身體政治

解讀
20世紀
中國文學

葛紅兵 著

目　次

第一章

身：中國思想的原初立場

　　以「身」來指認「人」是始原期漢語思想的重要特徵，這個特徵進一步發展為「貴身」說，使「身」在中國思想中成為一個本體論概念，並構成三世紀前始原期中國思想的原初立場。貴身論中的「身」在先秦思維中處於從實體論的「身體」向虛體論的「自身」動態轉化之中，但以實體涵義為主。中國先秦思想中的身體哲學觀念非常豐富，「以身為天下貴」、「推己及人」是貴身論哲學的一體兩翼，貴身說、赤子說、修身說、捨身說等則構成了其完備的概念系統。重溫西元三世紀前中國思想中的「身體」觀念對建構中國現代思想文化體系具有重大意義。不過，老子和孔子思想中，實體論一元身體觀隱含著實體／虛體二元論身體觀的萌芽性因素，這為後世漢語思想形成身心二元論，形成重道賤身的思想，過分強調「捨身」，遺忘了「捨身論」前提「貴身」，提供了某種隱約的思想線索。應當承認這也是漢語始原思想中「貴身論」後世並未得到充分闡揚的原因。

一、漢語思想：奠基於貴身論

甲骨文中的「人」字標畫的是人身體側站的形狀，也就是說，漢語中的「人」字原初意義乃是指「人的身體」：身體的動作（側站）和身體的狀態（形狀）。此原初涵義，後世代有延用，《史記・樊酈滕灌列傳》中有「荒候市人不能為人」之句，此處「人」是指「性行為」，這種用法在現代漢語中也有遺存，例如，「他人在這裏，心不在這裏」這裏的「人」就是指「人的身體」。

「人」由簡單的字源意義向「漢語思想概念」轉化的過程及其複雜。不過，我們可稍稍簡化一下這個線索。孔子是最有代表性的始原期漢語思想家，而孔子以「仁」為媒介來界定「人」，他把「仁」賦予「人」為漢語思想關於「人」的原初立場奠基。「仁」的原初意義是什麼呢？「仁」在漢語中的較早構形是上「身」下「心」，訛變為上「千」下「心」，省變為「仁」，「仁」從「心」、從「身」，「身」亦聲，其本義當是「心中想著人的身體」，與從「心」從「人」表示「心中思人」的「愛」字造字本義差不多，孔子以「愛人」來釋人是不錯的[1]。楊伯峻在《論語譯注》中說，「也有人說，這『仁』字就是『人』字，

---

[1] 參見葛兆光：《中國思想史（第一卷）》，上海：復旦大學出版社，1998年，第179-180頁。

古書『仁』『人』兩字本有許多寫混了的。」[2]「仁」、「人」同義的說法宋人陳善較早提出，後世贊同者甚眾。筆者也頗認為正確，因為這個字源的考釋可以和我們對「人」的考釋相印證，都發端於人的「身體」，表示著漢語思想對人的原初指認：「人」就是他的「身體」—古人是透過人的「身體」把人從大自然中區分出來，指認出來的。

孔子大多是在比較本原的意義上使用「人」這個概念，孔子道德思想的核心是「己所不欲勿施於人」，這個「人」就是和「欲」聯繫在一起的，在孔子那裏「人」是「欲」的實體（肉身實體、情感實體和精神實體），是實體實踐者，而不是精神虛體（情感體、精神體），不是虛體虛踐者，他講「夫仁者，己欲立而立人，己欲達而達人」，換言之，孔子是把實體實踐——「立人」擺在第一位，把虛踐——「求知」擺在第二位，所謂「行有餘力，則以學文」，意思是說，「人」的慾望及實踐實體地位高於道德思考等精神虛踐的地位。楊伯峻先生說：「論語沒有一個『理』字，而朱熹的集注處處都是『天理』，『理』諸字；孔子已經認識到人類社會的物質生活的重要意義，才有『先富後教』的主張，可是朱熹的集注到處是斥責人欲的詞句。」[3]說的就是這個意思。

---

[2]　楊伯峻：《論語譯注》，北京：中華書局，1958年，第3頁
[3]　楊伯峻：《論語譯注·導言》，北京：中華書局，1958年，第8頁

由此言之，漢語始原意義上的「仁」是和對作為慾望實體和實踐體的「身體之人」的肯定結合在一起的，在孔子那裏它是「推己及人」、是「愛人」、「立人」。可以說，中國思想發端於對「身體之人」的思考和重視。中國思想的原初立場是奠基於身體的。對身體的在世狀態的觀察願望、理解願望；對身體保全、持守的願望，這是思的最主要動機。思在源頭處，始源性的，把身當作唯一的依憑。

　　先秦思想家楊朱堅持「不以天下大利，易其脛之一毛」，楊朱此一說法中高調提到「身體」，儘管這種言說是修辭性的，但是如果考慮到它思想史發端處實體思維的特點（例如古希臘人就曾經認為「水」是世界的本體，楊朱也可能有「身體」是世界本體的實體思維觀念），我們便可接受這樣一個事實：楊朱的意思是「身體」因其個體性、實在性而在倫理學上具有優先地位，這種貴身論的思想，被後世看成是中國思想的異端？是否果然？非也。在中國思想的始原處楊朱並不是異端，相反貴身論是中國先秦思想的基石之一，是中國思想的最重要出發點。

　　《老子》十章曰：「載營魄抱一，能無離乎？」老子認為營、魄是構成身體的兩個方面，二者合一，此處「一」的意思就是身體，「抱一」指的是身體需要「堅守」。實際上，「如何堅守『身體』」是老子思想的核心主題。那麼什麼是真正的「抱一」狀態呢？《老子》五十五章有「含德之厚，比於赤子」之說，在老子看來，最有厚德（「德」在老子那裡是「事物的自

然、本性」的意思）的是嬰兒狀態的人，也就是赤裸裸的身體的人，在老子看來，身體的最佳狀態，也就是人的最佳狀態，是赤子。是不為外物所役的赤裸裸的嬰兒狀態的身體。由此，我們可以說，老子是一個身體本位主義者——他有一種身、「德」同一的思想，老子認為「德」是身的本體屬性。在老子看來，人的社會化，就是人的身體墮入名、貨、得的在世狀態中的過程，但是，在這些在世狀態中，身體不是受到了保護，相反是受到了摧殘。老子認為，人的本真存在應該追求的不是這種狀態，相反是對這種狀態的抵抗。這種「赤字觀」和後世孟子的「君子觀」很不一樣，君子是透過養心、養氣克服身體，使身體得到修煉之後的產物。

　　《老子》四十四章有「名與身孰親？身與貨孰多？得與亡孰病？甚愛必大費，多藏必厚亡。顧知足不辱，知止不殆，可以長久。」在老子看來，保全身體的存在是人生的第一要務，因為身體是存在的本體，甚至就是存在本身，它是存在的根據，存在的形式，也是存在的本質，在身體中存在的根據、形式、本質是同一的。然而，這種統一性於身體的在世狀態中常常被取消，「名」、「貨」、「得」妨礙著身體的本質性持存，他們都是存在的非本質樣態。所以，老子認為人應該知足、知止，以便不讓這些影響身體本身，不影響存在的本性。

　　《老子》十三章講到：「寵辱若驚，貴大患若身。……及吾無身，吾有何患？故貴以身為天下，若可寄天下；愛以身為天下，若可托天下。」這些話的意思是，對於身體，最好的是令其

保持赤子有必要提醒讀者注意這裏的「無身」思想，這裏的「無身」並不是說要我們不重視身體，視身體若無，而是要我們重視身體，努力保持身體的始原狀態，不要讓身體受到各種後天名利的污染，所謂「無身」就是指一種身體的始原狀態。這就是老子「貴以身為天下」的思想，馮友蘭認為它「以身貴於天下」之義。如此，它和楊朱的貴身論在思想質地上就是一致的了。

讓我們進一步解釋一下貴身論。貴身論中的「身」在先秦思維中處於從實體論的「身體」向虛體論的「自身」轉化之中。「自」在甲骨文中是一個象形字，具體說是「鼻子」的象形，為什麼古人把「鼻子」看作「自」呢？概因為人們常常用手指著自己的鼻子，表示「反諸於己」，也就是說「自身」一詞的原始本義實際是指人用手自指其身。儘管「自」這個字古已有之，然而，哲學上的「自」概念實際上在老子和孔子的時代尚沒有產生，哲學思維尚沒有發展出「自」的概念，因為「自」在哲學中的出現意味這一個非常重要的思維飛躍：它意味著人類把自我作為主體性從客體世界抽離出來，把自我看成是超越客體的主體，意味著超越實在論，以虛在論為基礎的主體論思維的確立。顯然，在老子和孔子的時代，他們尚不會使用「自」這個概念，他們尚沒有意識到「自」的存在，他們的思維是實體論的，作為代用品，他們還只是用「身」來指代自我，這就和一歲小孩，剛剛開始學習說話的時候，只會說「寶寶要吃飯」，而不會說「我自己要吃飯」一樣，因為對於人類來說，「我自己」是一個非常

高級的思維，學會使用「我自己」這個詞，必須有高級的思維飛躍。但是，也正是這個「身」讓我們看到，古代人的始原性思維，他們充分地認識到所謂的「自我」不過就是「身體」的代名詞而已。今天，在我看來，古代人用「身」指代「自我」恰恰是古代人親近始原真理的表現，他們憑藉其樸素的意識，真正把我了「自我」的根源，他們清醒地認識到「自我」就在鼻子後面那個「身體的疆域之內」，或者說，就是「身」。然後，後世，卻將這個最樸素的真理遺忘了。[4]

---

[4] 兒童最初是沒有「自我」概念的。一個2歲小孩兒，他說「他要吃」的時候，實際上並不是指他之外的別人要吃，而是指他自己要吃，在小孩兒的語言中，「他」、「你」等代詞是較早學會的，而「我」則是最晚學會的。小孩比較容易接受了別人對他的「他」以及「你」的指稱，並把自己認作一個「他」或者「你」，有的時候，他面對他自己在鏡子中的影像，他卻把那個影像看作是另外一個人，這個時候，它並沒有建立關於自我的觀念。那麼，「自我」的觀念如何嵌入到他的意識中的？語言中的「我」是如何最終被他領會的呢？

一、他的「別人」。他總是指著牆上的女性人物畫像喊「媽媽」，而對於男性人物形象他總是喊「爸爸」。在他的意識中，只有「爸爸」和「媽媽」的區分，而沒有個體的人的區分。為什麼呢？因為他本能地知道用「爸爸」和「媽媽」這樣的詞，將「別人」和自己聯繫起來。在他看來，世界上的人都如同「爸爸」和「媽媽」一樣是屬於他的「別人」。這個時候，他知道「爸爸」、「媽媽」是別人，但是，「爸爸」、「媽媽」的統稱也暴露了他試圖用什麼樣的模式來認知世界。他試圖將「別人」都規劃到「屬於他的」的範圍中。這個時候，「別人」和「自我」並沒有得到真正的區分。也就是在這個時候，他的語言中「他」就是「我」，就是「你」。人稱是沒有意義的。

二、別人的「我」。當他的媽媽說「我的乖寶寶」的時候，在他的聽覺中意味著什麼呢？他是屬於別人的，當他的母親張開懷抱，同時嘴裏喊道「乖寶寶」的時候，他意識到他是屬於那個懷抱的。在「我的乖寶寶」中，他

如何領會「我的」的涵義？「我的」首先意味著他是屬於別人的，例如，他的母親。他對此並無異議。但是，那個時候的他並不試圖說「我的好媽媽」，而只是喊「媽媽」。也就是說，他並沒有試圖獨自佔有媽媽的意思，在他的意識中媽媽是先然地被他佔有著的，他對此並無恐慌。因而「『我的』乖寶寶」和「寶寶」的涵義對於他來說是一樣的。但是，聽覺上的差異，導致某種感覺上的區分，他知道「我的乖寶寶」要比「寶寶」更親昵，前者常常發生在「媽媽」心情好的時候，而後者常常沒有什麼特殊的感情色彩，甚至有的時候用在嚴厲的責怪中，如「寶寶！別動！」「寶寶！你又犯錯誤了！」因此，他本能地喜歡「我的乖寶寶」，進而本能地喜歡「我的」這個定語。

三、屬於「我」的「別人」和「自我」。「我的好媽媽」這樣的用語發生在他意識到媽媽並不只是屬於他一個人，他需要強調這種列屬關係的時候，也就是說他產生了佔有的衝動。「屬於『他』的別人」，這個時候轉換成了「屬於『我』的別人」，這種「我的」的衝動，這個時候已經不僅僅來自於聽覺上的「親昵感」，同時也來自別的恐懼，媽媽漸漸地要上班了，要會朋友了，要出差了，媽媽產生了離開他的危險，這種危險使他意識到媽媽並不是他獨佔的，為了克服這種「失去」的恐慌，他開始尋求一種規劃性語言，這個時候他發現了「我的」的涵義，他發現了用這個詞來強調「歸屬」的意義。進而他也在這個詞中發現了「自我」。

從上述分析中，我們可以知道，「我」的誕生不是主體進入世界的衝動的產物，而是相反，主體意識到這個世界大多數是「非我」的，而且這非我的世界和自我是有衝突的，主體內心出現了自我和非我的衝突的景象，他感到「自我」正受著「非我」的威脅，這個時候主體試圖脫離世界，從世界中區分出什麼是「非我」的，什麼是「自我」的，試圖將這區分出來的「自我」保持住，不使它喪失。

因而，「自我」在意識中發生，進而表現在語言上，是因為「自我」是一種記號，主體用這種記號，給屬於自己的一切打上標記。就如同一隻獅子，用自己的體液、毛髮在森林中留下標記，表明自己在森林中的勢力範圍一樣。

從本質上說，「自我」是一種將「自己」從世界中分割開來的記號，就如同獅子將自己的勢力範圍從大片的原始森林中分割開來一樣。

二、貴身論是否是漢語思想的一個根本信念

　　貴身論是漢語思想的一個起點。那麼它是否是漢語始原思想的一個根本性信念呢？回答這個問題我們要看漢語始原思想是否建立了一種身體本體論的哲學，身體本體論作為一種系統的哲學信念，不僅要堅持身體是存在的本源，存在就是身體的觀念，還要反對身體和意識各自獨立的二元論，反對意識高於身體、獨立於身體、為身體的本源的觀點。也只有這樣才算真正堅持了身體一元論，堅持了身體本源論。在這個論題中，筆者並不需要證明，始原期漢語言不存在身、心二分法，二分法並不可怕，關鍵是在這二分法中，哪一個是根本的、始原的，認為身是根本的、始原的，就想唯物論者堅持物質第一性，意識第二性一樣，貴身論思想的關鍵是堅持「身體」「第一性」的思想。

　　老子的確是這樣做的，他不僅有重身體輕天下，視身體為存在本體的觀點，還認為，知對於人來說也是不必要的，「無知」被老子認為是保全身體本位的最重要的手段。就此，他提出「塞其兌，閉其門，終身不動」的思想，認為要關閉身體感官，讓自己處於無知狀態。《老子》第三章提出了赤子境界：「虛其心，實其腹，弱其志，強其骨。」老子所重的是形腹骨，所輕的是心志。老子認為天賦人類以充盈的精氣，保全這種精氣就可以保全身體，並不需要後世的修煉和妄為，身體內本身就藏有深厚的道、德，道、德

是身體本身帶來的，道、德與身同體——這是老子的「身、道、德三位合一論」——不是後天培養的，《老子》六十二章說：「古之所以貴此道者，何也？不曰求以得，有罪以免邪？故為天下貴。」

這個觀點我們可以和莊子的「吾所謂無情者，言人之不以好惡內傷其身。」什麼意思呢？不應當有超乎身體之上的精神性要求，本乎身體、歸乎身體，可以益生。所謂無情，就是要氣絕情感思想對身體的操控，讓身體活在「赤身」的始原狀態裏。不要在性命之外追求任何外在的情、理，只要發乎性命歸乎性命，就可以養生。所以，莊子說，殉乎仁義世人稱君子，殉乎財貨世人稱小人，而實際上君子和小人都是傷性害命的人，人只有順其自然，按照身體的本來目的生活，才能說是真正地聖人。

老子有身體營、魄二分、心志與腹骨對立的思想，但是，他反對身心二元論，而是堅持了「身」為本體、「虛置心志以充實腹骨」的「貴以身為天下」的一元論思想。《老子》中一系列關於身的思想，「終身（第五十二章）」、「退身（第九章）」、「無身（第十三章）」、「沒身（第十六章）」等都應該從這個角度來理解。

《老子》第五十四章：「善建者不拔，善抱者不脫，子孫以祭祀不輟。修之於身，其德乃真；修之於家，其德乃余；修之於鄉，其德乃長；修之於邦，其德乃豐；修之於天下，其德乃普。故以身觀身，以家觀家，以鄉觀鄉，以邦觀邦，以天下觀天下。吾何以知天下然哉。」此處老子提出了非常重要的概念「修

身」，「修身」之道乃在「不拔」、「不脫」，在於「固持」、「抱一」，老子還提出了「以身觀身」的思想。這也顯示老子的身體本體論前提：身是自給自足的本體，本身可以自我闡明；老子的身體方法論：（一）從身出發才能認識身；（二）對自「身」的觀察可以理解他者的「身」。

　　下面讓我們來考察一下《論語》中的身體思想。「身」《論語》中出現身的句子有十四次。其中十三[5]次是指「身體」、「本身」、「本人」[6]。《論語・學而》有言，「吾日三省吾身」，這裏《論語》把我的「身體（body）」當作「我（I，myself）」理解的，為什麼用「身（body）」指代「我（I，myself）」，要把自己的身當作每日「三省」的對象？因為這個對象，在孔子等思想家看來具有世界本體的地位，它和西方思想中的「存在」（being）這個本體性概念是一樣的，西方思想

---

[5]　1、（1・4）：曾子曰：「吾日三省吾身──為人謀而不忠乎？與朋友交而不信乎？傳而不習乎？」此處，「三省吾身」，意思是「以自身身體為反思對象」。不能解釋為「以我的品格為反思對象」，因為後面的反思「三事」，都是指身體性行為的性質，而不是直接指身體的精神品格。此處的「身」作為主體自指詞，有反身代詞的意味，可曰「自身」，何以有這種用法，因為「身」有「反諸於己」的意思：一個主體意識到自我的時候，首先意識到的是自己是一個獨立的身體，因此，「身」常常被主體用來自指（身＝我），它的隱含意義是「我（存在者）就是身體」。一個對照──《論語》2・9：「子曰：吾與回言終日，不違，如愚。退而省其私，亦足以發，回也不愚。」這裏的用「私」指待對「（自身）思想」的尋思，未見用「身」，可見，論語對「身」的使用，是有特指的。
[6]　只有一次是用做量詞：長一身有半（《論語》10・6）。

家使用「存在」改變的時候，中國思想家正使用著「身」，並以「身」為本體論思想的緣起。[7]「身」的最好狀態是什麼呢？《論語（3‧20）》曰：「關雎，樂而不淫，哀而不傷。」此境界也。此思想在《中庸》得到發揮，《中庸》言：「喜怒哀樂之未發，謂之中；發而中節，謂之和。」《中庸》進而把這個思想發揮成對宇宙萬物的整體性思想：「中也者，天下之大本也；和也者，天下之達道也。致於中和，天地位焉，萬物育焉。」原始儒家思想是基於對身體的觀察，始於對身體的體驗的，原始儒家從身體視域出發，以身體隱喻萬物，而得天下、萬物之思想。

「身」是《論語》思想的一個核心指向，以「身」為核心問題，《論語》不僅闡發了上述本體論思想，還闡發了非常豐富的社會學、倫理學觀念。「身」在《論語》中可以「殺」（殺身成仁──〈衛靈公〉），可以「致」（事君能致其身──〈學而〉），可以「忘」（一朝之憤，忘其身──〈顏淵〉），身也可以「辱」（降志辱身──〈微子〉），可以「省」（三省其身──〈學而〉），可以「正」（其身正，不令而行──〈子路〉），可以「潔」（欲潔其身，而亂大倫──〈微子〉）。孔子提出了「里仁」可以「美身」的說法，「里仁」何意？想著身體行為的身、用心關注身的身乃「里仁」──「里仁」乃肉身實踐也。從

7　「體」在《論語》中出現一次（「身」、「體」未見合用）：《論語》（18‧7子路從而後）：「丈人曰：四體不勤，五穀不分，孰為夫子？」，是指肢體、手足。

上述論述，我們可以知道，孔子思想中，「身」是不受外界影響的，是自我造就、自我奠基的，它是軀體及其驅力的總和。

與此相對應的，在《論語》中還有一個概念叫「己」，「己」和「身」對應，代表意識體——相當於今天我們講的「自我意識」，從《論語》「行己也恭」、「為仁由己」、「修己以敬」、「克己復禮」等語來看，「己」實在是指和「身」對應的「意識」——大致相當於「心」的概念。但是，在《論語》中，「己」和「心」還沒有徹底地和「身」分離，沒有形成方法論上「孟子式」的身心二分法以及二元論。孔子對自己的人生境界做過這樣的概括：吾十有五而志於學，三十而立，四十不惑，五十知天命，六十耳順，七十而從心所欲不逾矩。這裏，我們應該細細追求這個「心」字的用法，這裏的「心」是慾望的代名詞，「心」代表了來自身體的各種慾望。這個「心」的概念和後來孟子所發揮的「心」的概念非常不一樣，孟子發揮並已經完成了孔子的身心二分思想，把心從身中分離出來，心成了遏制慾望、控制身體的元素，而不在是身體本身的一個有機部分。

《論語（9‧30）》有言：「可與共學，未可與適道；可與適道，未可與立；可與立，未可與權。」孔子把人生的境界具體地劃分成學、道、立、權。這和「而立」、「不惑」、「知天命」、「耳順」、「從心所欲，不逾矩」是一樣的。在孔子看來，學和道不過是安身立命的途徑，而不是安身立命本身，所以孔子尚沒有把道看成世界本體的想法，孔子甚至認為道的理念必

須接受世道的變通（「權」），孔子最不喜歡的是那種不知道權變的人。此命題可以在下述引言中得以佐證。「富與貴，是人之所欲也，不以其道得之，不處也。」在孔子看來，富貴是人的正常慾望，孔子並不否定這個慾望，而是認為需要按照一定的道去追求它。這個思想比老子的積極，意思是說，道可用於對富貴的追求，道在這裏具有追求富貴的操行方法和準則的意義。《論語》言「君子食無求飽，居無求安，敏於事而慎言，就有道而正焉，可謂好學也已！」有的人認為這是說，孔子認為身體的「安泰」、「飽足」不重要，重要的是「敏而好學」的品質，這是不對的，孔子這裏的「無求飽」，「無求安」的意蘊和老子的「無身」接近，是其所是地安頓好身體的饑飽、冷暖，不求超乎身體所需的飽足與安適，此事本身就是「就道」了，所謂「學」的最終目的也在於此。那麼孔子的「立」、「權」如何理解？《論語（18・8）》謂「不降其志，不辱其身，伯夷、叔齊與！」謂「謂柳下惠、少連降志辱身矣，言中倫，行中慮，其斯而已矣。」謂「虞仲、夷逸，隱居放言，身中清，廢中權。我則異於是，無可無不可。」此處可見孔子的「重身」思想，此處的「身」應當是身體、自身的意思，和「志」對應，對於孔子而言，降志、不降志、隱居是「身」的三種形態，他列舉了三種人，而他自己認為，他是不會把「志」看得高於「身」的。孔子並沒有把身心絕然二分，更沒有把心看成是超越於身的統攝者，而是認為身心雖有區別卻又是合一的，從這個角度，林義正先

生說「在孔子用語中，身、心二字合以言人」[8]是完全對了。所以，我們看到，他對伯夷、叔齊的論述，是把志、身聯在一起的，這裏沒有出現捨「身」取「義」（心、志）的論斷，概在於，孔子認為，志是身體的一部分，離開了「身」談「志」就沒有意義。當然，孔子也說過「志士仁人，無求生以害仁，有殺身以成仁」的話，但是這裏的殺生成仁和後來孟子的「捨生取義」並不一樣，這裏的意思是說，身的存在是非常寶貴的，但是，對於更廣大的身體倫理學目標「仁」（像關心自己的身體一樣關心他人的身體保全）來說，它又是可以捨棄的。我們都知道孔子將「仁」（關於人的詞源學意義，本文已在開頭講了）定義於「愛人」，但是，卻不知道，孔子的意思「仁」並不是單純的愛別人，而是推己及人，講的是像愛護自己一樣愛人，這是「仁」的核心命義。所謂「仁者」靜而壽的說法，正是此義，「仁」首先是針對每個人自身的「動與靜」、「樂和壽」而言的一個規範，其次才是推己及人，愛別人的一個規範，「仁」的本意是愛自己的身體，使身體靜而壽，再推己及人。所以，我要強調的是：「仁學」在孔子那裏是關於身體和生命的學問，是關於身體的「動」與「靜」，「樂」與「壽」的學問。孔子是把自己的思想根基放在這個點上的。孔子也沒有把「道」、「心」、「禮」看成本體（「邦有道則仕」，「無道」又如何？隱。這裏，道只是

---

[8] 林義正：《孔子學說探微》，台灣：東大圖書公司，1987年，第147頁。

個人行事的指標參數，而不是個人行事的根基。在上述基礎上，我們很容易理解下面的問題：「知者動，仁者靜，知者樂，仁者壽。」動靜，樂壽，都是身體概念。「知者不惑，仁者不憂，勇者不懼。」惑、憂、懼都是在世狀態（身體在世間的處境）概念，非常類似現代現象學關心的問題。

三、「身」：漢語言始原思想的核心命義及現代價值

由此，我們總結一下身體本位的漢語言始原思想，其基本含義可以這樣概括：

（一）貴身

它是在楊朱的思想、老子的思想、孔子的思想中反覆強調的本體論命題，它強調身體存在的本體性、價值性，要人們敬畏生命。這個觀念具有重要的現代價值。從貴身論可以出發，我們可以進一步豐富人道主義思想，提高當代社會的人道主義水準。比如，在這個觀點下，我們思考死刑問題就會有別樣的想法，除了上帝（上帝永遠不會這樣做），人類是否有權力以一部分的名義取消另一部分同類的生命權？殺人者之所以有罪正因其逾越人的許可權剝奪同類生命，那麼判處死刑呢？二者的實際邏輯是一樣的：我們正以尊重殺人者邏輯的方式懲罰著殺人者。許多人迷信死刑，認為死刑可以威懾罪犯，事實並不能支援這個觀點：取

消死刑的國家並沒有因為取消死刑而犯罪率上升，保留死刑的國家也沒有因為使用死刑而盡絕犯罪。我們應該怎樣珍惜生命、熱愛生命、敬畏生命呢？我並不是說我們現在就要取消死刑，而是說，死刑本身在身體本體論視域中是值得反思的問題。

貴身論的首要命意是：以身為天下貴。楊朱堅持「不以天下大利，易其脛之一毛」，意思是，身是天下最貴之物，「身」是自然世界中唯一以自己為目的事物，「身」不是「利天下」的工具，相反，天下應該以「身」為利；《道德經》第十三章「故貴以身為天下，若可寄天下；愛以身為天下，若可托天下」，說的正是此意。在此基礎上，我們如果真正理解孔子「仁者愛人」的「仁政」思想，便可以知道，漢語言始原思想在貴身論上是統一的。《道德經》和《論語》中反覆出現「終身」一詞，為什麼老子和孔子不約而同地以「身」同「生」？老子和孔子同樣把「身體」被視作「生命本身」，這是身體本體論思想指導下的對「身」的用法。何以言漢語思想以人本為傳統？因為貴身論是它的本體論基礎。

但是，堅持貴身論，並不是說，「身」以自身為目的，在倫理學上和「天下」相比，具有優先地位，「身」就可以無節制地佔有外物、主宰世界，相反「身」要安居於世界之內，必須尊重世界，和世界和諧相處。《道德經》第十六章要求「安『身』於『虛』、『靜』」，「終身免於危殆」，《道德經》第四十四章曰「名與身孰親。身與貨孰多。得與亡孰病。甚愛必大費；多

藏必厚亡。故知足不辱，知止不殆，可以長久。」這裏可見老子貴身思想的典型議論：「身」比名聲、財貨貴重；貴「身」者知足、知止，而後可以長生；貴身思想的這曾意思也被儒家闡揚，《大學》把「知止」「明道」看作是「能行」的基礎。貴身論並不意味著人類面對自然可以為所欲為，《道德經》第十六章說：「致虛極，守靜篤。萬物並作，吾以觀復。夫物芸芸，各復歸其根。歸根曰靜，靜曰復命。復命曰常，知常曰明。不知常，妄作凶。知常容，容乃公，公乃全，全乃天，天乃道，道乃久，沒身不殆。」這個思想非常重要，它告訴我們貴身論的真正含義是「身」「知常」、「復命」，順應自然之「道」。

　　貴身論堅持「身」貴於天下，認定生命是自然界中最寶貴的事物，這就以明確的命題處理了有生命之物和無生命之物之間的關係，那麼，生命和生命之間的關係呢？「身為天下貴」並不是說，每個個體的「身」都可以以自我為中心，唯我獨尊，為了自己的利益而傷害他人的「身」，而是要如孔子所說「推己及人」，真正的貴身論在倫理學上要求，視他人的身為己身，「身」而平等；《道德經》第五十四章說：「故以身觀身，以家觀家，以鄉觀鄉，以邦觀邦，以天下觀天下。吾何以知天下然哉。」此處提出了提出了「以身觀身」的思想，明確顯示老子的方法論：從自我的身體出發，從對自「身」的關照出發，推己及人關照他人的身體。它是貴身論思想的另一重要內涵。《論語》

第十五章:「子貢問曰:『有一言而可以終身行之者乎?』子曰:『其恕乎!己所不欲,勿施於人。』」就是這個意思。

在這個意義上,《道德經》第七章說:「是以聖人後其身而身先;外其身而身存。非以其無私邪。故能成其私。」什麼意思呢?聖人把自己放在他人的後面,反而能位居人先。不考慮自己,反而能夠保全自己。」這裏的「身後」,「外其身」,是視「以有身為無身」、「無為於身」的意思。[9]

(二)赤身與修身

作為漢語言始原思想的在世狀態論,老子「赤子」觀對調整現代人生存觀念,提高現代人生存品質具有重大意義。嬰兒的狀態、未有遮蔽和污染的童稚狀態、赤身裸體毫無保留的狀態是人的存在的真理狀態。現代人生命原驅力的喪失,和遮蔽、壓抑有關,現代人的羞怯、封閉、委靡可以說正是這種遮蔽的結果。人們以包裹、遮蔽、隱藏為美,以此而千方百計地掩藏身,戕害身的原始活力、存在的原初本真,使身體離其本真狀態「赤子」越來越遠——「身」不能無遮蔽地敞開地面對世界,安泰地直接棲居於大地和蒼穹之間,而是必須遮蔽於衣物、遮掩於房屋之下,遮掩於各種情感、精神、文化之下。現代漢語辭典,解「坦」為赤身裸體,並「形容粗野無禮」。現代人對「坦」(赤裸身體)

---

[9]　參見盧育三:《老子釋義》,天津:天津古籍出版社,1987年,第61頁。

的認識何其膚淺呢？它原始含義，「來不及穿衣服，坦著懷趕出來見朋友」已經沒有人記得。現在「穿著（被衣服遮掩著）」已經成了存在的常態，而「赤裸」已經成了存在的非正常（野蠻無禮）狀態，赤誠收到蔑視，遮掩卻被讚美。這是我們當下的生存本相。如何還原漢語言思想對「赤子」狀態的體認，追隨古人對「赤子」狀態的理解，讓「赤子」成為一種普遍的在世狀態？這是現代思想應該認真思考的問題。

「赤子」狀態是貴身論追求的處「身」理想，然而，「身」的世內在世狀態經過精神和文化的浸染，在情感波動、觀念禁錮中不能自己，「身」喪失了「自身」，如何回復到「赤子」的理想狀態呢？「修身」成為脫離了始原狀態的「身」的必由之路。

何謂「修身」？修身。貴身論秉持「以身為天下貴」的思想，然而「身體」作為實體生存於混亂的濁世，必然會受到各種污染和損害，不能生活於「赤子」狀態，如何使「身」經受各種在世處境的考驗，歸復於「赤子」？「修身」便是題中應有之意。老子、莊子提出「不好不壞」、「正道直行」的修身養生說，強調天生而不人為，以無為和自然為修身正道。在此基礎上，老子提出「致虛極，守靜篤」的修身觀（《道德經》第十六章），「身」安於「虛」、「靜」，終身免於危殆。

原始儒家也強調「修身」，進路稍有差別，孔子提出了「正身」的觀念，他說「其身正，不令而行；其身不正，雖令不從。」《論語》中關於修身的概念還有很多，如「致」身、

「潔」身、「省」身等，這些為後來孟子的「踐形」、荀子的「美身」等說所繼承和發揚。

（三）捨身

在漢語言始原思想中是作為「身體本體論」命題的邏輯結果被提出來的，真正的貴身論並不是僅僅堅持「自我的『身』貴」，而是要堅持孔子的「推己及人」，認定「所有人的『身』同貴」的思想，在此基礎上，為了「所有人的『貴身』」而捨身就是「貴身」的最高境界了。《道德經》第六十六章說：「是以聖人欲上民，必以言下之；欲先民，必以身後之。」這裏，「欲先民，必以身後之」的「後身」觀念（個人的「身」的重要性放在民之眾「身」之後），從正面推演，便可得到「捨身」的必然結果，孔子曰「志士仁人，無求生以害仁，有殺身以成仁。」「捨身」和「貴身」是否矛盾？在孔子這裏是不矛盾。「志士仁人」正是因為重身愛人，才不惜捨棄自己的身，而拯救他人的「身」；何以言「捨身」是「貴身」的極致？原因正在於此。「志士仁人」把「身」看成是世界上最終要之物，因而願意為「身」而犧牲；又因為「身」是世界上最寶貴之物，所以，捨身相求的必然是「身」本身。為身而獻身，是捨身的本質規定，因為「世界上最寶貴之物」從邏輯上說只有為自身而犧牲才有價值──正如我們上文所說，身是自然界唯一以自身為目的之物，它除了自身以外，不應當成為任何其他事物的工具。

後世漢語思想，尤其是儒家正統思想，更多地看重心、精、氣、志、神對身體的超越和控制，把身心對立二分。從孟子心、氣、形三位一體論身體觀開始，身體的哲學本體論地位漸漸喪失，甚至後世不僅不再把身體看作存在的本源和根據，相反把它看作是妨礙人的昇華，必須經過靜心、養氣，加以克服的東西。經過這種變化，後世漢語思想中的「身」在哲學上大多已經不是指「身體」，而是指心靈主宰下的外形——或者可以叫做心的外化，身不是被當作本體，而是被當作一個更有本體意味的東西「心」的外化之物，荀子直接把身體看作是「心」的「踐形」。

四、身：一個被遺忘的命題

話要說回來，孔子大略是在貴身論，在身的「實體一元論」前提之下談論「捨身」的，作為漢語言始原期思想大師，孔子和楊朱、老子一樣，絕大多數時候堅持實體論的身體觀，堅持身體一元論的，也就是說，捨身的前提是重身、貴身，這和老子談「退身」、「後身」、「隱身」、「無身」的出發點是一致的。不過，正如老子始原而混沌的「營」、「魄」二分身體觀一樣，孔子已經開始了懸設和「身」對應的「心」、「志」的精神虛踐概念，並嘗試用這些概念來展示其對「身」的不同側面（情感的身、精神和意志的身）的認識，老子的「營」／「魄」二分、孔子的「身」／「心」二分。換句話說，老子和孔子思想中，實體

論一元身體觀隱含著實體／虛體二元論身體觀的萌芽性因素，這為後世漢語思想形成身心二元論，形成重道賤身的思想，過分強調「捨身」，而遺忘了「捨身論」的前提「貴身」，提供了某種隱約的思想線索。應當承認這也是漢語始原思想中「貴身論」後世並未得到充分闡揚和發展，本章所述，實際上是一個被後世漢語思想主流遺忘了甚至是否定的命題。

總的說來，後世道家基本維持了其「貴身論」傳統，《素女經》是一部具有道家色彩的特殊著作，它擁有「氣」、「志」、「神」、「心」等等術語，但是，這些術語的語用方式，和儒家不同，它們不是作為和「身」對立的「精神」概念出現的，或者說，他們不是在「身／心」二元論基礎上被使用的，相反，他們是「身」的從屬部分，是身體實踐概念，而不是精神虛踐概念。如：

黃帝問素女曰：「吾氣衰而不和，心內不樂，身常恐危，將如之何？」「彭祖曰：愛精養神，服食眾藥，可得長生。」

素女曰：「交接之道，故有形狀，男致不衰，女除百病，心意娛樂氣力強然。不知行者，漸以衰損。欲知其道，在於定氣、安心、和志。三氣皆至，神明統歸。不寒不熱，不饑不飽，亭身定體，性必舒遲，淺內徐動，出入欲希，女快意。男盛不衰，以此為節。」

《玄女經》云：「黃帝曰：『意貪交接而莖不起，可

以強用不？』玄女曰：『不可矣。夫欲交接之道，男候四至，乃可致女九氣。』黃帝曰：『何謂四至？』玄女曰：『至莖不怒，和氣不至，怒而不大，肌氣不至；大而不堅，骨氣不至；堅而不熱，神氣不至。故怒者，精之明；大者，精之關；堅者，精之戶；熱者，精之門。四氣至而節之以道，開機不妄，開精不洩矣。十動不洩，通於神明。』」

筆者認為「身」在漢語思想中至少有三個層面的含義：

第一層面的「身」為肉體，無規定性的肉體、身軀。

第二層面的「身」是軀體，它是受到內驅力（情感、潛意識）作用的軀體。

第三層面的「身」是身分，它是受到外在驅力（社會道德、文明意識等）作用的身體。這種「身」觀念，堅持人的「身／心」二元論，而且把「心」看成了「身」的主宰。

漢語始原思想，首先認識到人是肉身實體，是肉身實踐者，其次，它也認識到此一肉身實體是包含著實踐驅力的實踐者——軀體和身分。但是，後世漢語言思想在這個方向上犯了錯誤，它更多地是在「身分」的層面上使用「身」的概念，把「身」等同於「身分」，而忘記了更為本源地，它應當是內驅力作用下的「身軀」。不過，道家又可另當別論，道家對「道」、「氣」、「志」、「神」、「心」、「精」的語用方式和儒家不同。它

堅持了一元論的「身」，沒有把「身」分成兩個決然相互獨立又對立的部分「肉體」和「意識」的成分。「氣」、「志」、「神」、「心」、「精」等被看成是內在於「身」的驅動力，是「身」的所有物，從屬於「身」。因此，道家基本上是在漢語「身」含義的第二層面「軀體」的意義上認識「身」的。莊子曰：「道之真，以治身，其緒餘以為國家。」在老莊看來，「道」是養生長生的路徑，首先是一個針對身體的概念。孔子曰：「志士仁人，無求生以害仁，有殺身以成仁。」在孔子那裏捨身是因為重身愛人，但是，到了孟子那裏，捨身已經不是因為重身，而是因為一個和「身」對立的概念「義」了。孟子曰：「生我所欲也，義亦我所欲也，二者不可得兼，捨生而取義者也。」後世儒家只是知道如何研究心、精、氣、志、神對身體的超越和控制，把它們當作和「身」對立的身體主宰者，脫離了「身」的長生，講「不朽」，大致看來，儒家所追求的不朽，是從克服身的方面講的，身是易朽的，所以，不朽應該放在身的功用上，而不是身本身上，儒家講立功、立德、立言，以超越身的有限，追求功、德、言的無限。但是，道家似乎不是如此，道家強調「身」可不朽，「長生不老」。

　　孟子心、氣、形的理論架構可以說是儒家身體觀的共相，這種「形、氣、心」三位一體論身體觀，是一種精神化的身體觀，強調身作為形、氣、心的結構，踐形、全心、浩然之氣合一，「身」透過這種理論結構被虛體化、非肉身化了。馬王堆出土的

帛書《德行》與《四行》中繼承了這個觀點，提出君子如果能夠徹底實踐仁、義、禮、智，並引發仁氣、義氣、禮氣、智氣，混合為一，同體流行的話，他即可臻於聖位，臻於聖位的聖人之內在身體裏面即有「聖氣」盈滿。也就是說，身體不是存在的本源和根據，相反它會妨礙人的昇華，只有經過靜心、養氣的修煉，使「聖氣」貫注，身體得到昇華，克服了它作為軀體的物質性，人才能「聖化」。荀子〈王制篇〉曰：「水火有氣而無生，草木有生而無知，禽獸有知而無義。人有氣、有生、有知，亦且有義，故最為天下貴。」這裏我們可以看到，存在不是以身貴，存在是以氣、生、知、義而貴。在儒家觀念中，天地間充滿了氣，「身」也是由氣組成，而不是單純肉體，氣會影響人的生命與心志，而存在在原則上可以養氣、治氣，最終心氣同流。

從中我們可以看出，和道家不同，儒家的氣、心等是外在於「身」的，它們是從身體外部進入「身」，操控身、提升身的一種能動性，而且相比較於身來說，它們具有更本源性的地位，在儒家看來，「氣」在「身」先。

從這些觀點看，孟子、荀子等是後孔子哲學家，他們對身體的觀念不是進步了，而是退步了。

「形色，天性也，唯聖人然後可以踐形。」《孟子‧盡心上》

「養心莫善於寡欲。」《孟子‧盡心下》

「故天將降大任於斯人也，必先苦其心志，勞其筋骨，餓其體膚，空乏其身，行拂亂其所為，所以動心忍性，增益其所不

能。」《孟子・告子下》

在孟子看來，「身」本身並不足以擔當「聖人」之任，只有經過「苦」、「勞」、「餓」、「空」、「亂」等政治學處理之後，經過「增益」，才堪「聖人」之用——這裏「身」不再是以自身為目的的自在之物，而變成了「聖人」的踐形成聖的工具。身體是不完整的，只有聖人才能使身變得完整。何謂聖人呢？孟子認為寡欲養心、從善盡心凝聚「浩然之氣」的人才是聖人，也只有這樣的人才能操控好「身」，讓「身」達到「踐形」的境界。孟子已經脫離了漢語始原思想，他不再認為「身」而平等、「身」而尊貴、「身」而統一，而是把「身」分割成貴賤、大小，身不再是本體而被看成是某種外在於身的東西（如「氣」、「心」等）的餘流。他說：「體有貴賤，有大小。無以小害大，無以賤害貴。養其小者為小人，養其大者為大人（《孟子・告子上》）。」

荀子有如何呢？荀子曰：「君子之學也，以美其身；小人之學也，以為禽犢，……積善成德，而聖心備焉（《荀子・勸學篇》）。」荀子強調的是「聖心」，身體透過積累善的要素而具備聖心，積累善的要素的方法則是「君子之學」。「君子養心，莫善於誠，致誠則無他矣！唯仁之為守，唯義之為行，誠心守仁則形，行則神，神則能化矣（《荀子・不苟篇》）。」荀子認為，誠則形，而後能出神入化。也就是說，荀子認為，踐形還不是身體修煉的極限，踐形之後還要出神和入化。朱熹對此的解釋是

「形者積中而發外。」形只是誠心的外部表現。此處，荀子完成了一個概念的轉化，「身」的始原含義被取消了，存在者不再被看成是自給自足的身，而被看成是需要心來節制的非自足之物。

身的肉身實踐者內涵、身的軀體學含義、身的自在自為者地位被取消了，它成了「心」的從屬物，「心」則成了身體政治學，它是治理、掌控「身」的原動力、途徑方法、又是目標，身不是自給自足的，心才是自給自足的本體。存在被區分成兩個割裂的東西：「身」、「心」，進入了以「心」為中心的時代。荀子說：「耳目鼻口形能各有接，而不相能也，夫是之謂天官。心居中虛，以治五官，夫是之謂天君（〈天論〉）。」荀子有「心容」的概念，在荀子看來，「心者，形之君也，而神明之主也；出令而無所受令，自禁也，自使也，自奪也，自取也，自行也，自止也。……故曰心容。」荀子主張要修身，修身的方法則是禮。「禮者，所以正身也（〈修身篇〉）。」「夫目好色，耳好聲，口好味，心好利，骨體膚理好愉佚，是皆生於人之情性者也（〈性惡篇〉）。」

當然，後世儒家身體觀也不是鐵板一塊，我們大致可以將後世儒家對「身」的觀念分類成心體觀、性體觀、道體觀，或者說意識體、形氣體、自然體觀三種，顯然，自然體說在其中居於末流。朱熹解陸象山的觀點說：在陸象山看來，目能視，耳能聽，鼻能知香臭，口能知味，心能思，手足能運動，如何更要甚存誠持敬，硬要將一物去治一物，需要如此做甚。如果不是朱熹誤

解，那麼大致說來，陸象山可能是秉持心即是性理的觀點的。朱熹說陸象山就像告子也是這個意思。告子只是承認有內在心的法度，不論外在性理。但是，這不是儒家主流。朱熹就把這種強調心的作用，而不論性理的學說看成異端，在朱熹看來凡是不承認「超越性理原則」的學說都是異端，凡是強調心的作用，而不論性理的更是異端了。

後世中國人不重視「身」。對身的外形美尤其是對男人的外形美沒有固定的看法，甚至是極端不重視，《西遊記》中把孫悟空和豬八戒看成是「人」，中國的讀著可能也從來沒有把孫悟空和豬八戒當成動物來看，中國的讀著沒有因為他們猴子、豬玀的外形，而把他們看成動物，為什麼呢？這和儒家身體觀有關係，儒家不是從身體的外形來看人的，而是從「心」、「志」、「神」、「氣」上來看人的。但是，同樣的小說，在翻譯成英文時，英文譯者就直接稱呼孫悟空為「Monkey」，稱呼豬八戒為「Pig」。《西遊記》是一部描寫佛教故事的小說，但是，它骨子裏卻是儒教的，它讓孫悟空來自石頭，原因是它需要孫悟空作為一個偉大的反叛者完全「沒有性別」，這是封建儒教對聖賢的身體要求——它應該沒有情欲。封建儒教的身體觀深深地浸潤於民間，是中國傳統身體觀的「意識形態」，在《水滸傳》中，那些英雄們從來沒有遭到過身體慾望的困擾，性慾在《水滸傳》中徹底地轉化成了殺戮慾。當然，這種身體政治，只是對男「人」而言的，在《聊齋》中，女狐狸精可以不受此限制，她們可以自

主支配自己的身體，可以自由地獻身於一個「儒生」，常常這個儒生會因此而得到金榜得中的好處，但是，反過來就不可以，如果是男狐狸精，他就不可以隨意以自己的身體和女人媾和，否則就會給女人帶來災難。狐狸精的故事並不是封建身體政治的缺口，相反是封建身體政治的完型。

東方思想的聖殿之中，人的「身」被驅逐了[10]。東方思想的整體性欠缺和這種驅逐有著緊密的聯繫。當哲學家們以蔑視和踐踏「身」為榮耀的時候，我們又能在什麼地方找到東方思想的出路呢？當代中國思想界完全有必要進行一場認真的反思，重新回到

---

[10]　當然這個過程在西方也是一樣的，西方思想的源頭，身心二分法得以正式確立的關鍵人物是蘇格拉底，他將善看作是最高的道德範疇，他教人要認識自己，而這個自己不是指人的身體而是人的「靈魂」，也就是理智。柏拉圖則更進一步，將善不僅看作是道德範疇而且是本體論、認識論的範疇，善是最高理念，所以也是其他理念追求的目的，在他看來世界的本原是精神性的理念，我們的感覺以及我們的感官所接觸的世界是不真實的，精神理性是崇高的，而感覺物質則是卑下的。中世紀哲學自然不必說了，近代哲學也是如此，如斯賓諾莎認為思想是真實的，而有限之物是不真實的，思想必須放棄有限之物；再如「我思故我在」的迪卡爾，把思與在直接統一了起來，表面看不是從思推論出在，但是這裏思與在的直接統一其實是把人當成了精神、思維而不首先是廣延實體；在康得那裏自我不是身體，而是「靈魂」、「主體」、「能思維的本質」……；在東方，中國哲學到董仲舒，再到陸王基本上也是如此。在這一脈哲學家看來「真理」、「善」只是屬於心靈的領域，身體離開了心靈就和真理、善無緣。當然在中西方哲學、倫理學史上也有一種將人的身與心同一起來的力量，古希臘的伊壁鳩魯等，伊壁鳩魯就說過「靈魂是身體的一部分」這樣的話，在西方還有費爾巴哈、謝林、舍勒等的肉身化哲學，有尼采這樣的反道德主義哲學家，但是他們終究是弱勢力量。人的身心割裂已是不爭的倫理學事實，人失去了他的身心同一，倫理學失去了它的基礎。

漢語言始原思想的發生處，體會它神秘玄遠的哲音。而「貴身論」無疑是它非常重要的一個方面。在我看來，存在就是身體的到來。在場是一個個具體的「身」的在場，雖然身必須透過與他人的身共同在場而表現自己為共在者。身的出場為存在作為世內在者提供了最原初的立場，它對世內在者原初立場的規定性主要表現在它首先是作為軀體而存在的，保全自身是這個軀體的最初使命，除此之外，始原意義上的身並未規定在者的其他義務──身是除了自我保全並把這種自我保全的義務擴展到他者的身之外沒有別的義務的身，因此身作為存在的原初立場意味著自由。身將自身作為目的，無約束地實現身體自身，被看成是存在的首要立場：自由是在這個意義上說的自由。當然，此一自由並非縱慾，正如老子所說，視有身為無身，才是治身的最高境界，也才是身體本體論關於自由的最高境界。關於這方面的思想，孔子主要講的是「無可無不可」、「隨心所欲，不逾矩」。最後，關於「身沒有超越性」的說法是毫無根據的，這種超越性我們可以從「捨身」觀中看到：「捨身」是身的超越性實踐，同時也是身超越性的見證。

當然，身體本體論作為哲學命題要重新回到人們的視野，必須完成多方面的價值轉換。事實是，它也的確擁有廣闊的理論前景：貴身論和現代生態哲學、貴身論和人權中心主義的現代國際政治倫理、生命品質為中心的生命意識等等都有著某種邏輯暗合。

第二章

政治的身體：
在古代希臘及現代西方世界

一、實在論身體觀、虛在論身體觀：產生、消解及其動機

　　透過對藝術的觀察，直覺告訴我們，西方特別是古希臘，其人體藝術的中心是肌肉，他們以對肌肉的精確的解剖學觀察為根據，發展出了對人體的寫實藝術，這方面古希臘雕塑藝術可以說是範本，我們會看到，後世許多西方藝術家（畫家）同時也是生物學家、解剖學家，例如達芬奇。許多人存在誤解，以為這種以肌肉為中心的人體藝術僅僅來源於一種對身體的外部的觀察，這是不對的。栗山茂久在《身體的語言》一書中說，這種錯覺只要到夏天的海灘上一看就會明白：大部分人身上的肌肉是看不出來的。楊伯特認為要擁有「藝術家」那種對於肌肉的眼光，必須有解剖學知識——以便瞭解肌肉與骨骼的所在之處[1]。因此，可以

---

[1]　Cited in A. Hyatt Mayor, *Artists and Anatomists* (New York: Artists Limited Edition,

想像，西方人體藝術家，是把人體，建立在對模特裸體的直接觀察之上的，而且這種觀察還要深入到皮膚底下的解剖結構中。

顯然，這種方式並沒有在東方發展起來，東方畫家對人體幾乎一致地是讓他們穿上衣服，他們只是大致描畫衣服的線條（與其說他們在描畫身體不如說他們在描畫衣服），他們沒有對人體的外表（肌膚裸體）感興趣，更無談對人體內部的肌肉和骨骼感興趣了。在西方人看來，一個沒有肌肉的身體就像一件沒有人穿的衣服，但是，在東方人看來，沒有衣服單有肌肉的身體就如同剝光了皮的青蛙。何以有如此巨大的割裂呢？

筆者對這種現象的興趣來源於，為什麼在西方人眼中人體是由肌肉和骨骼組成的？他們試圖深入到人體的內部，透過解剖學來瞭解人體？為什麼東方的中國人從來沒有表現出這種興趣？唯一的解釋是對身體的觀察和研究是受制於某種特定的「身體意識形態」也即「身體政治」影響的結果，而不是相反。是身體政治觀念影響了「身體」──塑造了東西方人對身體的理解，而不是對身體的科學主義的考察塑造了這種「身體」理解。

西方史上系統的解剖首次出現在西元前四百年亞里斯多德對於動物的研究上，而真正開始對人體解剖的研究則是在亞歷山大大帝時代。可以假設的是西方人較早就存在對人體進行解剖作細緻探究的慾望，而且方法已經具備（透過比較成熟的動物試

1984), 10.

驗），但是，這種慾望顯然受到了某種意識形態的阻撓。

人體在古代人的宗教政治生活中佔據重要地位，例如古代人類的人體祭獻儀式[2]。古希臘人有內臟占卜的習俗，柏拉圖認為肝臟能夠反映一個人的思想，希臘人把宙斯稱為「內臟的解剖者」，梭倫時代內臟占卜為希臘政治生活非常重要的一部分，他們出征前都要用獻祭動物的內臟占卜吉凶。

可見希臘思想中存在一種「真相隱藏在身體內部」的信仰，他們認為身體內隱藏著超自然事物的徵象，他們要透過對身體內部臟器的觀察瞭解事物的過去和未來。

和這種觀點相輔相成的是亞里斯多德對自己解剖動物的動機的解釋，亞里斯多德表示：我們對人體內部所知甚少，所以要透過觀察和解剖與人類相近的動物來瞭解人，而他瞭解動物則出於這樣的目的──身體結構、後代繁衍以及習性，瞭解「自然律」，後一種觀點後來顯然佔據主導地位（這可以解釋，為什麼亞里斯多德的解剖學沒有涉及肌肉，而是以內臟為中心）。

不過這兩種觀點並不矛盾，都是認為人體承載了造物主偉大的隱秘，都是要以沉浸肅穆的態度欣賞偉大的造物神功，理解和膜拜造物的偉大技巧和運思。就是因為這種身體意識主宰了西方人對人體的態度，發展出了西方式以解剖學為基礎的對人體的觀

---

[2]　這種儀式可能是普遍的，東方也有，甚至在《水滸傳》中寫到過用史文恭的人頭祭獻晁蓋天王的事。

察方式——它是對偉大造物主的敬仰方式之一。

按照蘇格拉底的觀點，造物主是按心中完美的形式創造世界的，「造物主預見的形式定義了所有造物的目的」，而剖學家所要看見的就是這種目的。不過柏拉圖似乎並沒有親自試驗過這種解剖。問題可能是柏拉圖認為人類所要觀察的是「不變的形式」，而身體只是變動不拘的現象，是假象，它來自生成，又走向滅亡，所以，他的傾向和蘇格拉底[3]一致，傾向於身心二分，而把靈魂看成是身體的純粹形式。

亞里斯多德不這麼看，他認為透過感官人類可以把握「自然」，而且他也不認為物象是某種更為本質和神秘的「形式」的表徵。

不管如何，解剖學的身體觀察還是漸漸地建立起來了，特別是經過中世紀以後，這種觀察方式的正統地位變確立了，但是，我們還是不能忘記，古希臘人是出於對身體的上述政治意識信仰（身體表現了造物主的偉大創造力，它顯示了偉大造物主的內在邏輯，對身體的觀察和瞭解是為了證明造物主偉大的事功，要服從這種政治目的）而展開了對身體的內部觀察的歷史的。在下面的論述中，我們會發現古代希臘人並不是真的對純粹的身體（對肌肉、骨骼、臟器、鮮血）感興趣，只是更為複雜的精神要

---

[3] 蘇格拉底非常害怕自己會因為用感官觀察事物而使靈魂變得盲目。這一點我們將在下面的章節中分析。

求促成了他們對身體的觀察，而這種觀察又導致他們對超越身體短暫性的更多渴求。這種渴求直接導致了西方解剖學人體觀的誕生，同時也導致了神學人體觀的出場，因為是為了論證人體做為被造物所體現出來的造物主的神奇和偉大，當這個目的被認為已經達到（解剖學的進展無一例外地證明瞭人體的精妙，它的每一部分的合目的性）的時候，解剖學便已經完成了任務，這個時候人類對疾病的解釋，唯一的解釋，只能是它被魔鬼左右了。我們看到，在漫長的解剖學發展的過程中，解剖並不是為了身體疾病的治療，甚至在現代之前，它也沒有推動人們對疾病和治療的理解，它只是證明瞭偉大造物主的事功。

現在，讓我們在此回到藝術問題上來。我們看到古希臘藝術家非常重視人體，而對人體的重視，在他們的意識中，又是以肌肉為中心的，這是古希臘人的身體美學：他們認為只有充滿肌肉的身體才是美的。那麼這種身體美學觀念是怎麼建立起來的呢？不能認為希臘藝術家一個個都是解剖學家，不能認為他們對人體的描繪是受到了解剖學興趣的左右，因為我們看到古希臘藝術家有時候是在人體本沒有肌肉的地方加上了肌肉[4]，可以肯定的是這種描述人體的興趣主要來自於某種美學觀念，這方面日裔學者栗山茂久有一個解釋：

---

[4]　例如，波萊沃洛的《裸體鬥士》。

〈觀相術〉是一篇委託亞里斯多德之名的論文，其主體為探討從人的體格判斷氣個性。根據這篇論文，個性堅強的人雙腳大而健康、關節良好而且肌肉腱發達。個性強烈的人則爽退關節良好而且肌肉腱發達。強健而分節良好的腳踝代表勇敢的心靈。這種關聯是我們一看見看得出來的──也就是肌肉腱與力量之間的關聯。我們在肌腱發達的身體上看到了力量的存在。

　　那麼希臘人所著迷的，是不是擲鐵餅者那種肌腱發達的體格呢？當然，這絕對是人們所見的其中一部分：描述英雄肌腱發達的四肢之文字頗為常見。不過，要注意的是，上述這種對身體的解讀，同時反映了一種較不為人所知，但也頗為驚人的細節。《觀相術》一書不僅是在可見的肌腱上看到了美德：我們從文中得知，強壯勇敢之人的雙腳、腳踝、雙腿同時也有良好的關節。分解不良的雙腳與腳踝代表了軟弱與膽小。[5]

　　需要解釋的是栗山茂久這裏所說的關節並不是指解剖學意義上的關節，古希臘相術中的關節「有的時候正好和解剖學關節重合」，有的時候並不重合，概在於古希臘人把生物我長成氣最終形體所需要的生長與發展的目的論過程理解為「分節」的過程。希波

---

[5]　栗山茂久：《身體語言》，第144頁。

克拉底曾經寫過一篇〈空氣、水、空間〉的文章，文章中記載錫西尼遊牧民族所遊蕩的地區：其四季變化不大，也不劇烈，像是同一季節的細微變化而已。因此其居民的體格也彼此相像……因為在四季變化不大的地區，身心都難以具有耐力。由於這些原因，他們的體格肥胖多肉、分節不明顯、潮濕而鬆弛。希波克拉底顯然把缺乏「分節」看成是錫西尼人低等的標誌。可以看得出來，希臘人把這種多節的身體看成是高貴強健的象徵。西羅多德在《歷史》中更是直接說出了這種身體的政治意味，他認為，強健而多節的身體是統治者的身體，軟弱少節的身體是奴隸的身體，因此，我們可以看得出來，古希臘對上述以肌肉為美的身體的崇拜實際上包含了對統治者的讚美在裏面──這種身體美學它來源於政治的直接需要，它為古希臘的統治提供身體上的說服。為什麼他們，希臘人是高貴的統治者？因為他們肌肉強健身體多節，為什麼另外一些人是奴隸，因為他們軟弱少節。[6]這是古希臘的身體政治。藝術家對身體的描摹不是來自於解剖學而是來自於深層的政治動機。

---

[6] 希波克拉底的後繼者甚至認為：這種差別正好是歐洲人和亞洲人的差別。分節良好與分節不足，勇敢與怯懦之間的差別正好是歐洲人與亞洲人之間的差別。由於歐洲四季變化比亞洲劇烈，因此歐洲人的體格類型比亞洲人多，亞洲人生活在變化不大的氣候下，因此彼此相似，身體缺乏分節，心志欠缺韌性，相反歐洲人則比較勇敢，因為一致性造成懶惰，而差異性則造成身心的韌性。休息與怠惰造成怯懦，韌性與努力則造成勇敢。因此歐洲人緊繃、瘦削的身體正是吃苦耐勞的征服者的身體。

這種情況在東方正好相反。特別是在中國。後世中國人似乎從來沒有對肌肉感興趣。為什麼呢？中國人的身體政治思想可能和希臘人正好相反，受儒家思想影響，中國人相信「勞心者治人、勞力者治於人」，勞心者不必擁有強健的體魄，因為他們只要用心就可以了，所以他們可能看起來是非常瘦弱的文人，但是這種體征卻是統治者身分的標誌，相反中國人認為強健的體魄是勞力者的標誌，勞力者在中國人的觀念中是受歧視的低等人，他們受勞心者的統治。中國人從來就鄙視那種五大三粗的身體類型，因此在古代文人畫中幾乎所有的人物都是以神態為中心的，這種人體藝術趣味和希臘以肌肉為中心的趣味完全不同。為什麼呢？東方中國的文人認為，人的力量不是透過肌肉，而是透過「神」、「氣」、「志」、「精」等等展現的，而這種東西無疑不在肌肉是否發達上，而在人的神態（高峻挺拔、舒郎俊偉的體態，閒適超然、智慧卓絕的神態）上。

　　也就是說，中國人相信身體的力量虛踐，這種虛踐來自「神」、「氣」、「志」、「精」等等虛體，而不是來自肌肉、骨骼等實體；而古代西方人相信身體的力量來自肌肉和骨骼的實體實踐。

　　希臘人相信人的自我操控來自於肌肉，而中國人相信人的自我操控來自於「氣」，中國人強調要透過練「神」、養「氣」而達到「美身」的境界。所以，我們看到中國古代文人畫中的身體都以展現「神」和「氣」為中心。

東方歷史上，埃及、中國、印度等等，都沒有發展出人體解剖學。我們可以有兩種假設，一種是東方人從來沒有這種慾望——瞭解身體內部構造的慾望，另一種是這種慾望是有的，但是，受到了某種身體觀念的影響而被禁止或者主動放棄了。前一種解釋，可能更有說服力，中國人不認為身可以分解開來認識，中國人更傾向於把身體歸諸於「氣」等概念為代表的虛體，而不是內在的器官和肌肉實體。也因此，中國人不需要解剖學，他們對身體的瞭解有完全不同於西方的途徑。中醫的「望」、「聞」、「問」、「切」很典型，是一種外部觀察的途徑，與西方追求內部觀察的途徑絕然相反。中國人更相信直接體悟到的外部的東西，中國人沒有現象和本質二分的思想，沒有關於可見之物以及不可見之物的劃分，關於身體是形式因和質料因之結合的說法是西方特有的。

也許我們會說，中國人對身體的瞭解實在太可憐了，中國人關於身體的知識非常淺薄而且充滿了各種模模糊糊的隱喻色彩，但是，如果我們反過來想一想，想到中國人的身體知識以及表現身體的技巧對於中國人的身體政治學來說已經完全足夠了，中國人不用去瞭解更多的東西。比如，中國人完全沒有必要像希臘人那樣去瞭解肌肉。希臘人認為肌肉是受意志支配而控制動作的器官，肌肉使我們能夠說話、做事，我們可以控制我們說話的語調、節奏，我們可以控制我們的四肢，我們可以決定我們什麼時候行動，什麼時候停止，等等，總之，只有肌肉才使我們人類稱

為世界的主宰者。然而,中國的身體政治卻並不強調行動,相反中國的身體政治僅僅強調「心」,對於中國的思想者來說,自我操控不是來源於肌肉,而是來源於「心」,透過養心和練氣,人類就可以達到與萬物相近又超然於萬物之上的身體境界。

所以中國人根本就不需要解剖術,中國古代醫書《難經》中說:「望而知之謂之神,聞而知之謂之聖,問而知之謂之工,切而知之謂之巧。」而更著名的醫書《傷寒論》則說:「上工望而知之,中工問而知之,下工脈而知之。」可見,中國人根本不認為透過實際動手(「切」、「脈」)而得到的關於人體的認識是最高的認識,相反,那種手段來的認識被認為是「下工」,上工是「望」,也就是僅僅透過看而能認識身體的狀況,是認識的最高境界。

最後,中國人和古希臘人非常不同的是,中國人不認為強健是好的事情,相反,我們看到在道德經中老子非常強調的是「視有身為無身」,中國人講究的是「虛空」,聖人追求的是虛靜恬淡,中國古代傳說中辟穀入聖之說,何謂辟穀?不吃人間粗劣食物,只是隱居深山老林,靠著汲取大自然的靈氣而養生,中國人渴望的不是想希臘人那種多節多肌肉的身體,而是相反是那種輕盈的可以騰飛於雲天之上的辟穀的身體。《史記》中記載漢高祖謀臣張良退隱以學「辟穀道,引輕身」的說法。這個故事告訴我們什麼道理呢?中國知識分子眼中,似乎高官厚祿仍然比不上「引輕身」的辟穀。從道家的觀點看,中國人對於身體講究的不是有用,而是「無用」。

中國古代身體政治的另一個問題：為什麼中國古代文人欣賞的是那種弱不禁風類型，從魏晉時期中國文人對極端瘦弱型體格的欣賞，到宋以後對「白面書生」的塑造，中國人對男性的身體想像，主要類型都是如此。中國古代文人對男性身體的想像是沒有性徵的，相反性徵似乎受到了刻意的抹煞。即使是在夫妻關係中，丈夫和妻子之間的關係更多地不是被看作是性別關係，而是被看作是上下等級關係──夫為妻綱；男性只有在與「婦」對應的時候才具有性別意味，而且這種性別意味也是打折扣的──中國古代的性別政治不是從身體的性別屬性出發，而是相反，是從身體的社會等級屬性出發的。從這種最需要強調「性」的場合，「性」卻是被社會身分的等級掩蓋的事實，我們可以推論其他場合對性別特徵（肌肉等）的強調對於中國社會的政治狀況來說完全是多餘的。對於中國古代知識分子而言，在他們和皇帝的關係中，他們要強調的根本不是自己的體力，而是忠誠。這個「忠」的要求是中國古代政治生活中最重要的原則。但是，在這個原則中，我們會看到「君／臣」的關係實際上在「陰／陽」的體系中是被這樣理解的：君對應陽，臣對應陰。

由此出發，如果一個知識分子要強調自己對皇帝的「忠」，那麼他實際上就必須強調自己身上陰的屬性，而不是強調自己身上陽的屬性──他的馴服、柔弱，這是中國古代身體政治的屬性決定的。事情也的確如此，屈原用香草美人來自況，用女人對男人的忠貞來表白自己對主上的忠心，因為「忠」是獲取政治權利的基礎。

事實上，這種身體政治的意識還表現在幾乎所有的上下級關係中，唐代詩人朱慶餘在參試後，打探結果，寫詩給考官張籍，詩裏用剛到夫家的新媳婦來自比，說道：「洞房昨夜停紅燭，待曉堂前拜舅姑，妝罷低聲問夫婿，畫眉深淺入時無。」其實問的不僅僅是入時不入時，合符時尚只是在時尚潮流，重要的是合不合夫婿的審美尺度，是否能得到公婆的批准，這裏的夫婿就是考試的出題者，而公婆則是出題者背後的「權力」。這樣古代在政治意識、陰陽觀念，左右了中國知識分子的身體觀念，他們不可能從力量、肌肉的層面強調自己身體（這樣的身體常常同攻擊、獨立、性格等等想聯繫，而這些無一例外在中國古代政治觀念中是被看作負面因素的），因為力量型的身體不符合中國古代強調柔弱依靠忠順的政治美學。

二、身心二分法：一個主流身體觀念的產生

讓我們來進一步探究古代希臘人的「身」觀念：在古希臘哲學中[7]人的身體和靈魂是怎樣被看成兩個事物的？哲學家為什麼需要懸設人的身體和靈魂的二分？

---

[7] 按古希臘術語，心靈（nous）只能存在於靈魂之中（psycho）之中，nous是獨立於形體的純粹精神。靈魂是形體內部推動形體運動的能動力量。古希臘文的「自然」是指事物運動的本原與原因（physis）。亞里斯多德《論靈魂》一書屬於自然哲學。因為他認為靈魂是一種特殊運動形式生命的本原。靈魂可分為三類：植物的靈魂，動物的靈魂，人類的靈魂。

讓我們首先看一看柏拉圖在〈美諾篇〉中如何論述。在〈美諾篇〉中靈魂和肉體的分離以及不同作用還沒有得到有效的闡釋，但是柏拉圖透過蘇格拉底回答美諾關於認識問題的疑問講到這一點。美諾的提問是：「你到哪裡去尋找你對它一無所知的東西？你能尋找你所不知道的東西嗎？即使你很幸運遇到了你所尋找的東西，你又怎樣知道這就是你所不知道的東西呢？」美諾的提問涉及一個悖論，即一個人不能研究他知道的東西，也不能研究他不知道的東西。對這個悖論，蘇格拉底援用了奧非斯教所宣稱的靈魂不死和轉世輪迴的思想來回答：「既然靈魂是不朽的，並多次降生，見過這個世界及下界存在的一切事物，所以具有萬物的知識。毫不奇怪，它當然能回憶起以前所知道的關於美德極其他事物的一切。萬物的本性是相通的，靈魂又已經知道了一切，也就沒有理由認為我們不能透過回憶某一件事情——這個活動通常叫做學習——發現其他的一切，只要我們有勇氣，不倦地研究。由此可見，所有的學習不過是回憶而已。」

　　這裏柏拉圖賦予了靈魂以肉體所沒有的功能。柏拉圖所認定的主體（在這裏還只是認識主體）是靈魂，靈魂先天具有知識，靈魂的不朽是知識的前提。但是柏拉圖在這裏對靈魂是怎樣獲得知識的這一問題沒有給出回答——柏拉圖在這裏依賴了一個不能加以說明的靈魂不朽並具有知識的前提，它是將之作為即成定論接受的。柏拉圖讓它作了「學習就是回憶」說的基礎。

在〈美諾篇〉中「學習就是回憶」的說法建立在靈魂不朽和先天具有知識的即成前提之上，人之所以需要知識是因為人的靈魂會失掉原有的知識，但是在〈美諾篇〉中柏拉圖並沒有說明靈魂為什麼會失掉原來的知識。對於這個問題的回答是在〈裴多篇〉中。在〈裴多篇〉中柏拉圖明確指出是由於肉體的緣故使靈魂失去了原有的知識。這樣在〈裴多篇〉中靈魂和肉體的分割及其意義就明確了。

　　柏拉圖在〈裴多篇〉中記述了蘇格拉底與他的兩個弟子西米亞與克貝討論哲學家對待死亡的態度的對話。在這個對話中，我們可以看到柏拉圖對人的身體和靈魂的分割，這個分割又帶出知識與身體、情欲與身體等一系列人類思想史上的基本命題。

　　為了擺脫肉體，哲學家渴望死亡。對話中，蘇格拉底所認定的哲學就是為「死亡」作準備。死亡使靈魂脫離肉體獨立存在。真正的哲學家應該厭棄肉體，因為肉體會將靈魂引向歧途。靈魂只有在有效地擺脫了肉體的干擾之時才能進行認識，在這裏人的肉體和人的認識能力割裂了，為死亡作準備就是為認識做準備，就是為人徹底脫離肉體作準備。「哲學家追求死亡就是想使自己的靈魂脫離肉體，使靈魂淨化，去認識真理──純粹的知識。」蘇格拉底在這裏以他特有的思辨的天賦設立了人類思想史上的一個最大的騙局：人的身體和心靈的分裂。但是蘇格拉底的蠱惑是有力的，甚至他的這一思想的矛盾也成了一種力量。蘇格拉底意識到了人的身體和心靈的二分法在認識論上的矛盾。人只要活著

就無法徹底脫離肉體，得到完全淨化，蘇格拉底悲觀地認識到人最終只能「練習死亡」，但這不可能就是死亡本身，所以靈魂永遠是不純淨的，人也永遠不可能得到純粹的真理。「哲學家要想獲得純粹的知識就只能在他死了之後」。這當然是一個可笑的結論。但是它卻主宰了人類思想，它成了人類某條思想主線的開端。

這裏靈魂是先於肉體的，具有優先性，在肉體在之前它就已經在了，靈魂是永恆的、輪迴的，身體則是靈魂的形式，是偶然的、暫時的。這樣柏拉圖實際上就將靈魂和肉體、身體和知識割裂開來。認為絕對的正義、美、善等等都不是身體所能把握的，要獲得這些純粹知識，只有那些僅僅依賴心靈的沉思並且盡可能地切斷思想與身體聯繫的人才能做到。「看來只要我們活著，除非絕對必要，盡可能避免與肉體的交往、接觸，這樣我們才能不斷地接近知識。我們應該在神拯救之前淨化自己的靈魂，不能允許靈魂受肉體慾望的侵蝕。透過這種方式，也就是使靈魂避免肉體慾望的侵蝕。我們才能像與自己交往一樣與他物交往，獲得純粹的未受污染的直接知識。這種知識大概就是所謂的真理。一個沒有先淨化自身就去冒犯純粹真理王國的人，無疑違反了宇宙間的公道。」[8]

柏拉圖是有矛盾的，在〈美諾篇〉中柏拉圖用靈魂的不朽與輪迴來證明學習是回憶，如果學習是回憶的話那我們的靈魂必

---

[8]　柏拉圖：《蘇格拉底的最後日子》，上海三聯書店，1988年，第127-129頁。

須先前就已經存在，我們回憶的是靈魂先前學習到的東西，除非靈魂在我們生前就已經存在，否則我們不能回憶生前所學到的東西。從這裏便可以證明靈魂不朽，〈美諾篇〉中柏拉圖透過克貝之口說出了這一推論。而在〈裴多篇〉中他又用學習是回憶來證明靈魂的不朽和輪迴，靈魂不朽因而具有萬物的知識，而萬物又是相通的，所以人們可以由一物而知萬物，因為回憶就是把遺忘的知識記憶起來，要使回憶成為可能，就必須首先肯定有預先存在的知識，有預先存在的知識就必須有知識主體——靈魂。這樣柏拉圖又用學習就是回憶來證明瞭靈魂的不朽和輪迴。由此我們知道這裏的循環論證。

對靈魂的假設是無法證明的，在邏輯上無法解決這個證明，證明一個靈魂和證明一個上帝是一樣困難的。

當然在〈裴多篇〉中柏拉圖對靈魂的證明還依靠了對立面轉化的辯證法思想。這個思想他可能是透過克拉底魯而受到赫拉克利特的影響，柏拉圖認為生死這對對立面是相互產生的，從生到死，就是靈魂和肉體分離；從死到生，必然有靈魂存在於某個地方，它從那裏再度復生，否則從死到生就不能實現，所以靈魂是不朽的。

到了《理想國》中柏拉圖又有了變化。他將靈魂看成是由理性和非理性兩部分構成的。這樣實際上修正了他在〈裴多篇〉中把靈魂單純看成是理性的想法，〈裴多篇〉中柏拉圖認為靈魂的惟一特性就是理性，而激情與慾望則來自肉體。在《理想國》中

柏拉圖則實際上認為理性、激情、慾望是靈魂的三個組成部分。

希臘思想的這個傾向似乎具有世界性，在中國，宋代以後的新儒學中，王陽明心學將程朱理學的以倫理為本體變換為以人心為本體，把天理、人欲外在的衝突歸於一元；王陽明身後出現的泰州學派李贄等更將「心即理」說發揮到極限成為晚明人文主義思想的始作俑者和中堅力量。[9]

三、論生成：解釋身和世界的一個方法

阿那克西曼德說，萬物的本原是無限的。因為一切都來自無限者，一切都滅入無限者。因為有無窮個世界連續地來自本原，又滅入本原。他進而說出一個道理來證明本原是無限的：因為那化生一切的應當什麼都不欠缺。

阿那克西曼德為什麼要構築這「無限者」呢？因為他和我們一樣遇到了「存在從哪裡誕生又沒入哪裡？」的問題，存在者從哪裡獲得了它的「自我」最終又將「自我」交付給了誰？人要找到自己所從來和自己將必然要隱沒之處，他要在更廣闊的領域裏

---

[9] 李贄可能是一個例外，他講自然人性論。「性而味，性而色，性而聲，性而安逸」、「穿衣吃飯即人倫物理」、「人必有私」等都是自然人性論的觀點，以及「天生一人自有一人之用」、「天下之人本與仁者一般（李贄《焚書·覆京中友朋》）」的人格平等思想。他們在為人和為文方面，強調「獨抒性靈，不拘格套」。

為自己的存在尋找證明。

　　亞理斯多德認為阿那克西曼德的這個認識有超越性。亞里斯多德《物理學》（III4，203b）中講道：「他們還說這就是神。因為根據阿那克西曼德和多數自然哲學家說，它是不死的，不滅的。」阿那克西美尼也同阿那克西曼德一樣主張自然界的量質是惟一的、無限的。可是他遜色於阿那克西曼德。阿那克西曼德將世界的本原說成是「不定的」。而阿那克西美尼卻認為是「氣」，泰勒斯認為是「水」，就如赫拉克利特認為是「火」一樣。認為世界的本原是「不定的」是思維的一個大進步。尼采看到了這裏的進步。在《希臘悲劇時代的哲學》第四章第一節中，他講：「本原的不朽性和永恆性並不像阿那克西曼德的解釋者們通常認為的那樣，源於一種無限性和不可窮盡性，而是來於它不具備會導致它衰亡的確定的質。因此，它被命名為不確定者（aperiron），被如此命名的本原是高於生成而又擔保了生成的。」這是用負的方法為本源命名，中國哲學的「無」的觀念，「道」、「太一」等概念，也有這種特徵。

　　　事物生於何處，則必按照必然性毀於何處，因為它們必遵循時間的秩序支付罰金，為其非公義性而受審判。（阿那克西曼德）
　　　我們首先用生命，其次用死亡為我們的出生贖罪。（叔本華）

把一切生成看作不守法的擺脫永恆存在的行為，看作必須用衰亡來贖罪的不正常行為，這也許不合正確，但完全合乎人性。……阿那克西曼德已經不是用純粹物理學的方式處理這個世界起源的問題了。當他在既生之事物的多樣性中看出一堆正在贖罪的不公義性之時，他已經勇敢地抓住了最深刻的倫理問題的線團，不愧為這樣做的第一個希臘人。（尼采）

既然如此，人類又何必要「不守法地擺脫永恆存在」？阿那克西曼德說：「你們的生存交易有何價值？如果毫無價值，你究竟為何存在？我發現，你們是由於你們的罪過而執著於這存在的，你們必將用死來贖這罪過……它終將化為煙霧。然而，這樣一個曇花一現的世界總是會重新建立！誰能拯救你們免除生成的懲罪？」

從上述的觀點，我們可以推論，「自我」是因為其不公義而從無限者中脫離出來的，最終它將沒入那永恆的無限者之中，為自己不公義地脫離無限者交付罰金。從這裏我們看到瞭解釋「自我」之生成和毀滅的另一種途徑，懸設一個超驗的「無限者」，將存在看成是存在對「無限者」的不公義的脫離。從這個思路，我們會自然地得出結論，那就是「自我」先驗地就是一個逃離者，一個從無限者裏逾越出來的不公義的案犯，它先就已經犯了不公義的罪，因而「守護自我」對於存在來說並不是一件光榮的任務，而是一項懲罰。

從這裏我們可以看出，古代希臘思想中的「自我」概念，是建立在對肉體「生成／死亡」問題的思考之上的，包含著「肉體是短暫的」這樣一個基本的看法，因而「自我」是一個對此進行超越的概念[10]。這個概念和中國古代哲學中的「自身」概念不同，中國古代哲學沒有發展出對「肉體」的「有限性」進行超越的想法，因而「自身」概念和「肉體」的聯繫更加緊密和直接，沒有對「肉體」進行全面否定和超越的意思。

　　阿那克西曼德的這種思考是不是過於悲觀？可能的，實際上，古代希臘思想對此也是有反思的。巴門尼德就拒絕「生成論」。巴門尼德認為「存在者是存在的，不存在者是不存在的」，「存在者不可能生成自非存在者」。那麼，他如何解釋他的眼睛告訴他的「生成」呢？巴門尼德區別了感性和理性。他說：「不要跟隨昏花的眼睛，不要跟隨轟鳴的耳朵和舌頭，而要僅僅用思想的力量來檢驗。」巴門尼德將感官，肉體視為騙局，擺脫它，是為了否定生成，擺脫阿那克西曼德的「生成」之罪及懲罰。他要追求的是阿那克西曼德的「不定者」（本原、永恆者、無限者）的反面──即確定之物。追求可靠性、確切性的可

---

[10] 換句話說，「自我（作為虛踐）」開始在「肉體（實踐）」的終結處，又或者，可以這樣說：作為心靈的「自我」，是在作為軀體的「身」的中止處產生的。笛卡兒的「我思故我在」、康得所說的「我們的心智均有一種自反（aversion against it）的傾向」等都是這個意思。引申開來，我們可以看到阿倫特認為「思考是日常作為的中斷……一開始思考，我們就好似進入一個全然不同的世界」的提法也是由此而來的。

怕衝動導致了這一切：巴門尼德這樣極端地講道：「請把一切生成的，茂盛的，絢麗的，繁榮的，騙人的，誘人的，活生生的東西拿走，請把這一切拿給你們，只求給我惟一的、貧乏的、空洞的可靠性。」巴門尼德推論我們可以擁有一個達於事物本質和不依賴於經驗的認識器官，思維可以直接進入「『存在』的世界。」「因為被思維者和存在者是同一的」，「必定是，可以言說，可以思議者存在」，「可思議者是存在的[11]」，「自巴門尼德始，希臘哲學家都相信存在是永恆的」[12]。

　　的確，巴門尼德的這個觀點，為人的存在尋找到了一個超驗價值，這裏，「自我」被看成是超越於感官的「可靠性」，是不生成也不毀滅的，它是單純的、空洞的「絕對」。「存在者不是產生出來的，也不能消滅，因為它是完全的。」[13]

　　尼采在《悲劇時代的哲學家》中這樣評價巴門尼德：「他就這樣對人的認識裝置作出了第一個極其重要的然而仍是很不充分的，就其後果來說是災難的批評」，「他把感官與抽象思維能力截然分開，彷彿它們是兩種彼此完全分離的能力似的。因而，他就摧毀了理智本身，不由自主地把『精神』和『肉體』割裂開來。這樣一種顯然錯誤的割裂，尤其自柏拉圖以來，如同一種詛

---

[11]　《西方哲學原著選讀》，商務印書館，1997年，第32頁。
[12]　趙敦華：《基督教哲學1500年》，人民出版社，1997年，第70頁。
[13]　巴門尼德：〈論自然〉，《西方哲學原著選讀》上卷，商務印書館，1997年，第32頁。

咒加於哲學身上。」尼采的理由是成立的，這種觀點完全抹煞了存在在軀體論、身體論、身分論上的統一性，將存在看成是「大全」、「無限」、「永恆」，似乎為存在奠立了更為高貴的基礎，其實恰恰是取消了軀體和身體作為存在的本體論性質。

和巴門尼德接近，德謨克利特也反對「生成說」。他說：「沒有一樣東西是從無中來的，也沒有一樣東西在毀滅後歸於無。」[14]但是德謨克利特的出發點和巴門尼德相反，他說一切事物的本源是原子和虛空……原子在大小和數量上都是無限的，它們在宇宙中處於渦旋運動之中，因此形成各種複合物：火、水、氣、土。這些東西其實都是原子集合而成的。德謨克利特的這個說法其實是將「自我」的起源解釋為是「原子在渦旋運動中遵照必然性而產生的」，在德謨克利特看來，除了原子和虛空是本源性的、自然之物，其他都是約定的，據說德謨克利特也說過這樣的話：「感覺和思想都是身體的變形」，「無聊的理性，你從我們這裏取得了論證以後，又想打擊我們，你的勝利就是你的失敗。」似乎可以說，德謨克利特想把存在奠基於身體和感官之上。[15]因而，可以說，德謨克利特似乎將存在奠基在了「短暫

---

[14]　《西方哲學原著選讀》，第47頁。

[15]　當然，德謨克利特也說，「人生的目的在於靈魂的愉快，這與快樂完全不同，人們由於誤解把二者混同了。在這種愉快中，靈魂平靜地、安泰地生活著，不為任何恐懼、迷信或者其他感情所苦惱。」德謨克利特似乎認為，「自我」應當僅僅被理解為靈魂，而靈魂應當是「平靜地、安泰地生活著，不為任何恐懼、迷信或其他情感所苦惱。」他把這種愉快稱為幸福。在德謨克利特的觀念

者」、「有限者」的基礎上，放棄了將存在奠基於「無限者」、「永恆者」的觀點，存在被看成是一種約定，而不是從「無限者」那裏脫逃出來的「罪犯」。

就此，德謨克利特認為，存在的幸福應當處於「安泰」、「平靜」之中，不應有任何恐懼、迷信、苦惱。

我能理解德謨克利特對存在的這種物質主義的解釋。他做的實際上是這樣一個工作，讓存在者自我立法，他的意思是說存在是自我奠基的，存在於存在之外並不需要什麼「無限者」、「永恆者」為其擔保，這是一個非常進步的哲學訴求，在這個意義上我說，德謨克利特是世界哲學史上第一個真正意義上的身體哲學家。

從亞里斯多德的《論靈魂》我們可知，早期哲學家是從探究身體運動的原始因方面著手假設靈魂的。他們認為引起運動的主要或首要原因必不是現象界的事物，而一定是另一個事物，他們說是靈魂。從這方面可知，靈魂的假設是和人對世界原始因的探求聯繫在一起的。德謨克利特說：「靈魂和心靈是一回事。它是原始的，不可分的物體，由於它的精細和它的形狀，它有產生運動的能力。」在人類史的源頭，人們所認識到的靈魂是有形的「實物」，「實體最能運動的形狀是球形，這就是心和火的形狀。」（亞理斯多德：《論靈魂》，I.2，405a）

中，靈魂是由原子組成的實體，並不是後世所認為的純粹主觀的意識體，因而，似乎德謨克利特的「靈魂」也可以理解為存在的實體——類似於身體、軀體的概念。

一方面人們認為身體不能自己始動，另一方面始動身體的原因和身體一樣是實體。

　　但是進一步的發展，哲學家似乎放棄了這種解釋。他們似乎對將靈魂解釋成實體失去了耐心。阿那克薩戈拉認為：「心靈是安排一切的原因。」尋求本質的衝動使人將「身體」看成了「現象」──他們正就此反對將身體同時也看作本質的可能，因為身體是易逝的，靈魂才是這一切的本質。「蘇格拉底長於概括，他掌握了歸納和定義」。但是，「並沒有認為這些共相或定義單獨存在。而另一些人（柏拉圖派）卻認為它們是單獨存在的，並且把它們稱為理念（普遍的存在者）」（亞里斯多德：《形而上學》，XIII.4，1078b）。可見，將「靈魂」和存在者區別，將普遍存在者從存在者中區別開來是後蘇格拉底哲學的事情。但是有必要注意，即使是到了柏拉圖，似乎也依然沒有脫離「實體」的觀念。他認為普遍的存在者是我們感覺到的變化實體以外的另一種實體。雖然他認為二者是分離的，但是它依然認為二者都是「實體」。柏拉圖在本體論中使用了大量的悖論，如一物不能同時既在此處又在彼處。這是實體的問題。柏拉圖的「靈魂」說沒有完全擺脫實體範疇，但是他的靈魂「不死」、「分有」等說法似乎與此又對立。柏拉圖也已經講到了靈魂看事物比感官看事物準些，但他並不專斷，他說：「我這個比方也許不確切的。因為我的意思決不是說，透過思想媒介來研究存在的人只從影子看存在，會比從實際作用看存在的人看得更清楚。」柏拉圖有很多矛

盾的地方，有些論述是不統一的。

他依然受到實在論思維的制約。當初巴門尼德認為理念是整一的、同一的，不能為各個事物分有，就是這個緣故。在〈巴門尼德的篇〉中，柏拉圖涉及了實在論的理念。理念的實在論在分有之說中無法解決。巴門尼德：「蘇格拉底啊，你看，如果分別出自在的本體，如理念，困難是多麼大。」

現在，讓我們更進一步看看西方思想中的靈魂論。西塞羅《論老年（XXI）》中認為，靈魂有這樣的特徵：

（一）來自天上，受上天驅使進入肉體，目的是為了將天上的風光貫徹到到人生裏來；生前就有。

（二）靈魂是「普遍」所分出來。

（三）不死。

（四）自動。

（五）不分散。

（六）純粹。

「靈魂不死」具有某種老年人心理。西塞羅《論老年（XXI）》中講到「蘇格拉底在死前一天發表關於靈魂不死的議論」，接著他記述了蘇格拉底臨死前的話，從這段話可以知道，說話者之所以論證靈魂不死其意在證明：「親愛的兒子們呦，你們不要以為我離開你們之後不存在了……你們還要繼續相信我的靈魂還存在。……軀體死後，靈魂會更有光明、更指智慧。」最後他又說：「假如我說得不錯，你們要追念我如追念神一般。」老人不

僅僅希望他們在世時主宰旁人，而且希望死後能繼續這主宰，所以他們說，他們的身體會「死」，而「」靈魂不死。安瑟爾謨論證上帝存在，只是因為「上帝是不能設想再有什麼比他更偉大」的概念，所以沒有人可以有上帝的概念，並且瞭解其意義，而又同時否認上帝存在。從中我們可以看到，從對「絕對價值」的要求中，誕生了「心靈」，但是「身體」的「心靈」還是相對的，這時就需要一個整體的心靈——「上帝」來充當絕對者。所以奧古斯丁認為上帝在心靈中自明。從這裏可以看出神學的一個基礎：將上帝和人的心靈捆綁在一起，沒有「心靈」就不會有「上帝」；反之，「上帝」又需要「有心靈」。這樣，我們就明白了，為什麼「上帝」和「人的身體」幾乎毫無關聯。「人的身體」遭到了哲學家的懷疑，現在它遭到了「上帝」的懷疑。這個懷疑是致命的。

阿奎那這樣完成他對上帝的證明：

（一）動的世界的第一個發動者。

（二）因果世界的第一因。

（三）比較真的世界中絕對最高的真。

這是從「生成」角度，以及後「生成」價值角度對上帝的論證。阿奎那說：「上帝具備一切能力，什麼都不缺，所以上帝是盡善盡美的。」而在中國哲學中孟子說：「萬物皆備於我，有何欠缺？」但是，孟子這句話雖有崇我的意思、任我的精神，卻沒有產生將「我」當作「無所欠缺者」大全、無限、至善的意義。阿奎那是在將人與植物（能生長所以有靈魂）、與動物（除了生

長動物還能感覺，所以有靈魂）的比較中認識人的「靈魂」的。他認為人與植物、動物比較，人具有生長、感覺，同時還有理智。人在所有的生物中其靈魂是最高級的，這高級之處在理智。阿奎那的靈魂概念，相比過去的「靈魂」實體說（奧古斯丁：人「是一個擁有理性而宜於管理肉體的實體」）以及「靈魂」獨立說（柏拉圖的理念論）是一種進步。他借用了亞里斯多德的形式與質料的學說解決靈魂與肉體的關係問題：「靈魂是肉體的形式」。他指出：「不應當設想靈魂與肉體是兩個現實存在的實體，相反兩者結合，才成為一個現實存在的實體。」這樣，他比將人看成僅僅是靈魂主體的柏拉圖派有了進步。他批評柏拉圖派的認識論：「柏拉圖曾提出，人不是由靈魂和肉體構成的一種組合體，而是靈魂使用著肉體。可是，這種論證是不能成立的，因為人和動物是有感覺的和屬於自然的東西。可是，如果按照前面的主張，肉體及其各部分不是人和動物的本質，唯有靈魂才是真正的本質。這與實際情況不符。因為靈魂既不是感性的東西，也不是物質的東西。所以，主張人和動物是靈魂使用肉體，而不是靈魂與肉體組合而成的東西，這是不能成立的。」可見，湯瑪斯·阿奎那不認為靈魂單獨可以構成人的本質，只有和肉體結合，二者的統一才構成人。這對柏拉圖將靈魂看成只有擺脫肉體才能超越是進步了。

他也反對柏拉圖的「分有說」、「回憶說」。他對此做的說明：假設人人共有一個理智，那麼，如果人類早已永恆存在，則

理智也必定永恆存在，從而理智的知識如概念等必定是永恆存在的，只須人們去回憶罷了。既然人人都早已具有一切知識，也就無需投師求學了。這顯然不能成立。他認為理智並不是全人類只有一個，而且也不是永恆的。

現在看來，這種對靈魂的研究是可笑的，但在當時能認識到這點是一個進步，在消解「靈魂」道路上的一個進步。當然，阿奎那論證人的靈魂是精神的、不朽的，這也很可笑。「假如理智是有形體的，它的活動就不會超越物體的範圍，它只能認識物體。可是，這顯然是不對的，因為我們認識許多無形體的東西，所以理智不是有形體。」另外，他還就人的自我意識論證靈魂的精神性——任何物體都不會自動的，都是由這部分推動另一部分，「然而，理智的活動卻能返回自身，因為它之認識自我，不僅僅是部分地認識自我，而是完全地自我認識。」所以，人那個具有理智的靈魂必然不是物質的，而是絕對精神的。關於「不朽性」，他講道：「人天生都是追求永恆存在所，這一點從事物都追求存在上是明顯不過的。可是，人由於理智，不僅如同動物那樣注意此時此地的存在，而且還認識絕對的存在。所以，人由於靈魂既知道永恆存在，還認識絕對而無限的存在。」

四、尼采的超越

尼采在《查拉圖斯特拉如是說》中說道：

從前靈魂輕蔑肉體，這種輕蔑在當時被認為是最高尚的事：——靈魂要肉體醜瘦而饑餓。它以為這樣就可以逃避肉體，同時也逃避了大地。

　　啊！這靈魂自己還要醜瘦些，饑餓些；殘忍也是它的淫樂！但是，你們兄弟們請講，你們的肉體表現你們的靈魂是怎樣的呢？你們的靈魂是不是貧乏、污穢與可憐的自滿呢？

　　……

　　「朋友，請以我的榮耀為譽，」查拉圖斯特拉答道，「你說的一切都不存在：沒有魔鬼，也沒有地球。你靈魂之死，還比你的肉體快些，不要害怕吧。」

　　伊格爾頓在《審美意識形態》[16]一書中以「身體」概念為核心談論尼采是很正確的。身體在尼采那裏意味著所有文化的根基。在尼采看來，哲學一直純屬於「對身體的一種解釋或者是對身體的一種誤解。（《快樂的科學》）」「哲學不談身體，這就扭曲了感覺的概念，沾染了現存邏輯學的所有毛病。（《強力意志》）」尼采反對這種做法，決定回歸身體，從身體的角度重新審視一切，將歷史、藝術和理性都作為身體棄取的產物。在《尼采駁瓦格納》中，他甚至寫道，美學實際上是「實用生理學」。

---

[16] 廣西師範大學出版社，1997年。

尼采認為我們所獲知的全部真理都來自於身體：它是我們與所處環境在感覺上相互影響的暫時結果和我們生存與繁衍的需要，是基於生存需要而擺佈出來的現實，邏輯則是生存利益的虛假的同義語。正是肉體暫時的統一性，與現實的世界的關聯，我們才可能如此這般地進行思考——是身體在詮釋著這個世界。肉體是一種比意識更豐富、更清晰、更實在的現象。而傳統心理學則代表了一種懷疑論的詮釋學，專事揭露思想後面起作用的那些低級的動機。尼采孜孜不倦地探索那些藏於理性核心並驅動理性的惡意、積怨或狂喜，讓人們真正地正視產生觀念的血肉之軀及其運作。他為此發明瞭系譜學——解釋那些高貴的概念聲名狼藉的淵源和他們危險的功用，將塑造所有思想的沾染血污的工廠置於光天化日之下。

他說「我的第一目標就是道德。倫理學與其用「善」與「惡」，不如用「高貴」和「低賤」，與其說是道德判斷不如說是趣味和方式的問題。……美學的價值判斷問題：一切應當統一到肉體上去，應當在肉體的本能慾望中發現其真正的基礎。」

身體是美好的東西，人類過分的地相信他們的智慧，可是智慧是會喪失的，而身體——身體的本能永遠不會喪失，它是永恆的。人類為什麼要痛恨他們的身體呢？為什麼他們要以壓抑自己的身體為代價來尋求真理？我們的身體是如何被放置到某個特殊的傳統中去的，而我們又是如何地最終被這種傳統決定，進而喪失了對自己的身體的宗主權？我們又如何能從這個身體的管理學

中逃脫出來？「思」在這其中承擔了什麼功能？它是在什麼意義上已經退化為一門身體管理學。

我們如何才能回到如下認識中去？

存在就是身體，思想、心靈、靈魂不過是身體的器官，是身體的部分，因而，存在應當奠基並統一在身體的物質性上，存在的基本義務就是守護這身體的物質性以及統一於這物質性身體的自我。自我和身體並不是兩個事物，而是一個事物的兩個方面，自我就是身體，或者說身體就是自我，「自我」的保全就是身體的保全。如何「保全」？如何這「保全」竟然成了存在的義務呢？身體的存在具有多種不同的形態，它自我奠基，但是常常這種奠基不是成全了自我保持，而是相反，例如，家族體、民族體。家族體、民族體，它是不同軀體透過血緣聯結在一起形成的超軀體，這個超軀體是複合的，由不同的個體型軀體共同組成，但是常常這種超軀體卻成了壓抑個體型軀體的力量，它佔有了個體型軀體，將它們降格為超軀體自我保持的工具。因而，如何將軀體作為獨立主體守護下來，將「自我」作為一種使命來保持，就顯得非常重要了。在這個意義上，「退場」，讓自我從家族體、民族體的共在中脫離出來，成為一個完完全全的獨立的個體，對於存在來說是一種奠基性的行為——它使存在在自我中獲得基礎；而不是相反，在「非我」中，或者在軀體的為他論中，在民族體、家族體中淪失。

五、福柯：身體的「現代性」

米歇爾・福柯（Michel Foucault）是西方最有影響力的後結構主義理論家之一。在尼采的身體一元論和決定論的基礎上，福柯從身體出發，構造了以身體為中心的譜系學，徹底地顛覆了意識和意識形態在歷史中的主宰位置。他關於身體與權力關係的論述，對近幾十年來的人文和社會科學領域造成了巨大的影響和衝擊。

從七〇年代起，福柯開始在非總體化、非表現性和反人本主義的框架下重新思考現代權力的本質及其運作方式。他反對把權力的本質簡單地規定成壓抑，也拒斥權力為國家機器專屬和為階級鬥爭服務的現代宏觀理論。對於福柯來說，「權力」是一個尚未規定的、推論的、非主體化的生產性過程，它把人不斷地構成和塑造為符合一定社會規範的主體。它本質上不是壓迫性的，而是生產性力量，它只「關注生產性力量，讓它們發展並且規範它們，而不願阻礙它們、壓抑它們或者毀滅它們」。

福柯認為現代性的特徵在於從壓抑性權力模式向生產性權力模式的轉變，在《規則與懲罰》一書中他總結了從對達米揚（Damiens）的殘酷折磨到對囚犯、學生等的道德改造。在現代社會中，權力不再是一種物質力量如刑罰的代名詞，而是透過社會規範、政治措施來規勸和改造人。在《性史》中，福柯稱這一新的權力模式為「生命——權力」（bio-power）。它是以

身體為中心，把人的身體整合在知識和權力的結構之中，成為符合各種規範的主體。因而在18世紀，性成了理性管理和塑造的對象。

作為後結構主義理論家，福柯關注知識的不同形式怎樣產生不同類型的生活。一切以知識為基礎的思想和行為，在他看來都是話語（discourse）。福柯認為，現代與前現代的區別既不是馬克思所說的資本主義生產方式，也不是塗爾幹（Durkheim）所說的新的社會團結方式，或是韋伯（Weber）認為的社會分配行為的結果，而是新的知識形式在現代社會出現了。也就是說，新的話語定義了「現代性」。

福柯最感興趣的是，為什麼在現代社會裏，身體需要被管理和控制？這種管理和控制是怎樣實現的？為什麼在前現代社會裏沒有這樣的需要？對這些問題的探討貫穿了福柯對身體問題的論述。福柯認為，現代社會對身體進行有系統的管理和控制主要原因是城市化所帶來的人口壓力以及工業化資本主義的需求。福柯將權力對個體身體的管理稱為「解剖政治學」（anatamo-politics），而將權力對整個社會群體的身體管理稱為「生命政治學」（bio-politics）。福柯認為權力首先是一種「規訓」的力量。那麼什麼是「規訓」（surveillance）呢？福柯把它定義為「規範人的多樣性的手段」。它源於修道院，並在十七世紀晚期發生瘟疫的小鎮上發展起來。最初這只是一個監督和隔離的方法，如在瘟疫流行時期，必須首先找出人群中感染上瘟疫的病

人，然後把他們與正常人隔離開來。這種規訓的手段不久就迅速地應用到整個社會中去，成為一種規範制度。

　　福柯主義認為，在以身體為中心的現代社會，人的身體從出生到死亡都處在醫藥的監控下，權力透過醫藥來管理人的身體，透過對疾病的診斷和隔離來規範「正常」的身體。由於身體成為現代性話語的核心，成為我們最重要的身分和最關切的物體，現代社會就必須將身體的死亡隱藏起來，諱莫如深。因此在醫院裏的死亡實際上是一種被隔絕的死亡，是處在醫藥監管下的死亡。除了醫護人員和死者的近親外，一般人是無法觀察到或注意到身體的死亡的。死亡被從社會中隔絕出來，隱蔽起來。將前現代社會和現代社會作一比較就會發現：前現代社會關注的是人的靈魂，是死後的救贖和來生的超越，而現代社會關注的是物質的身體的健康，是今生現在的享受，是如何利用健康的身體來賺取最大的財富。因為只有健康的身體才能創造最大的生產價值，所以如何透過醫藥和衛生來維持和改善健康，就成為以身體為中心的現代性最為關注的問題。現代資本主義社會的身體中心還表現在對身體的拜物崇拜上，身體不但是我們賺取資本的本錢，而且還是消費的對象和自我崇拜的工具。充斥在今天社會的時裝、化妝品、保健品、整容手術等等關於身體的消費就說明瞭這一點。

　　對於身體從「懲戒」到消費的歷史，汪民安、陳永國這樣曾這樣總結：

福柯關注的歷史，是身體遭受懲罰的歷史、是身體被納入到生產計畫和生產目的中的歷史，是權力將身體作為一個馴服的生產工具進行改造的歷史；那是個生產主義的歷史。而今天的歷史，是身體處在消費主義中的歷史，是身體被納入到消費計畫和消費目的中的歷史，是權力讓身體成為消費對象的歷史，是身體受到讚美、欣賞和把玩的歷史。……一成不變地貫穿著這兩個時刻的，就是權力（它隱藏在政治、經濟和文化的實踐中）對身體精心而巧妙的改造。[17]

我們認為，福柯關於身體和權力關係的論述，無疑為我們解讀中國文學中的身體呈現提供了重要的理論資源。另一方面，中國文化又有著獨特的、既不同於基督教文化又有別於現代資本主義文化的身體觀。從跨文化的角度對這種身體觀進行深入的探討和解讀，將有助於從真正全球化的視野來進一步修補和批判福柯的身體理論。

---

[17] 汪民安、陳永國：《後身體：文化、權力與生命政治學》，長春：吉林人民出版社，2003年，第20-21頁。

第三章

「五四」新文化革命中的 「身體」觀念

一、作為近代政治場域的「身體」

　　人類的政治興趣有兩個方向：一是對外部的，它指向的是宇宙及其代表著的「客觀」世界，這個世界是身外的；一是指向自我的，這個對象就是身體。人類的政治就是對「身外」和「身內」疆域進行劃分、勘查和診療。不能否認，始原意義上的政治首先是指向身體的，孔子、老子對世界外部問題的政治學興趣主要是來自於對身體的「切身」體驗和觀察。這種觀察和體驗，把他們引向身體政治的方向——他們的學說首先是一種對身體進行調理、整治進而是將之恰當地安置於世界之內，讓它和「身外之物」無爭執地相處的政治學。

　　更為重要的是，在中國，我們似乎從來沒有發展出對於身體的純粹的科學主義的興趣，中國人對身體從來就是用文化的態度、政治的態度來審視的。即使是在最應具有科學意味的「醫術」中，透過「把脈」方式，中醫所瞭解的「身體」依然不是西

方「科學」意義上的客體，而是一種心、氣、神、志交通的象徵體、隱喻體[1]，從中國儒學對於身體的觀點看，中國人對身體從來不是「客觀」觀察的，因為中國人認為不存在一個純粹的軀體現象，中國人把身體看作文化象徵意義上的「虛實體」（陰陽結合體），這種看法支持了中醫中「藥引子」的理論，比如，割股療親，「人肉」作為藥或者藥引子，是因為「孝」的政治觀念的身體投射。

這種情況在古代希臘也有，古代希臘思想家希波克拉底，同時也是一個醫生，或者，我們也可以反過來說，是醫生的事物讓他同時成了一個「思想家」，一個對身體著迷的醫生和一個迷戀思想的學者在本質上是統一的。如果我們理解希波克拉底，也就不難理解一個社會的政治意識形態對身體的興趣——也許這是政治的終極目的，也許這是政治的手段——但是，政治必須透過億萬個身體來發揮其操控世界的作用卻是顯然的，政治從來沒有離開過身體消滅、再生和改造，政治（宗教家、政治家、革命家他們對身體的關心是一致的）從來沒有離開過對身體的關心。比較典型的例證是中世紀教會對身體疾病的關注。教會把身體疾病歸於惡魔的惡意或上帝的激怒。「奧古斯丁謂基督教徒的各種疾病是魔鬼所造成，路德也同樣地歸咎於撒但的作弄。超自然的因

---

[1] 西方的脈搏論述一直有追求明確的呼聲，而中國歷來脈學都是透過不斷的明喻或者隱喻來加以重新定義。參見栗山茂久：《身體的語言——從中西文化看身體之謎》，台北：究竟出版社，2001年，第9頁。

所造的果當以超自然的救治法來制服，這是理所必然了。」對於身體的診療不是被看作生物學問題，而是被看作宗教政治問題，它是一場針對身體的政治爭奪戰：教會責無旁貸地要把那具被惡魔主宰了的軀體奪回來，讓它回到主的懷抱。這個時候，一個不懂得教會政治的醫生，常常要受到關於邪術和背教的指控。解剖術是被禁止的，因為教會深信「形體復活」之說。十八世紀中教士反對接種也是出於這種疾病政治學，病人需要的是教會的政治學理療，而不是什麼預防接種，病菌來自撒旦而不是來自自然界的什麼地方。

在中國這種情況也有。我們可以看看孟子的身體政治，《孟子‧離婁》有如下的話：「孟子曰：存乎人者，莫良於眸子，眸子不能掩其惡。胸中正，則眸子瞭焉；胸中不正，則眸子眊焉。聽其言也，觀其眸子，人焉廋哉。」身體的欠缺（眸子眊）被看成是「精神」欠缺的反映，而不是生理問題。孟子深信要達到「降大任於斯人」的政治目的「必先苦其心志」，「餓其筋骨、勞其體膚、空乏其身」是對一個人進行政治磨練的必要過程。

實際上，這個思路在五四革命者[2]那裏也是一樣的，一方面他們認為人的身體疾病不是一個生物學問題，魯迅放棄醫生職業選擇文學家、政論家（毛澤東更是直接稱呼魯迅為革命家），就是出於這個看法，在魯迅看來，中國人的身體疾病不可能透過醫

---

[2] 當然，革命者之間並不統一，比如郭沫若就相信中國這個龐大機體可以像鳳凰涅槃一樣死而再生，這種再生說非常類似基督教關於身體復活的說法；但是，魯迅卻似乎沒有這麼樂觀。

學來剷除，而必須透過一場徹底的政治革命來剷除，魯迅認為一把醫生的手術刀顯然對於中國（民眾）的病體已經毫無意義，魯迅要拿起的是政治的手術刀，他要把身體問題當作政治問題來對待。醫生這個職業和文學這個職業之間是怎樣互換的呢？醫生治療人的肉體，文學也能治療人的肉體，在魯迅的意識中醫生的治療沒有文學家的治療有效。「身」和政治緊密地結合著，它是政治的工具，也是政治的目標，同時也是政治的結果。「身」在軀體論、身體論、身分論三位一體意義上，從來就不是單純的自然現象，而是一個人類政治現象。或者說，「革命」作為非常態的政治手段，它既以身體（改造、消滅、新生）為目標，也以身體為工具，革命是身體政治最暴烈的手段，革命的文學家同時必然是治病救人的「醫生」。[3]

其實「革命」是並不稀奇的，惟其有了它，社會才會改革，人類才會進步，能從原蟲到人類，從野蠻到文明，就因為沒有一刻不在革命。生物學家告訴我們：「人類和猴子是沒有大兩樣的，人類和猴子是表兄弟。」但為什麼人類成了人，猴子終於是猴子呢？這就因為猴子不肯變化——牠愛用四隻腳走路。[4]

---

[3] 另一方面，對於機體論和進化論影響下的近代中國思想家而言，他們習慣於把社會、文化和人的身體類比，社會機體和文化機體也像身體一樣，會生病，「文化革命」對於魯迅來說意味著：以「文化醫生」的身分來給病重的文化中國動身體手術。文學是文化機體的身體理療術，是文化機體的身體政治。為什麼文化被賦予身體的屬性，成為某種治療的對象？

[4] 魯迅：《革命時代的文學——四月八日在黃埔軍官學校講》。記錄稿最初發表

魯迅認為人的身體誕生於（直立行走）人類的不斷「革命」，今天的人類也只有繼續革命才能走向未來。在魯迅看來，人類的進化（包括身體進化）是革命政治問題，當然革命政治問題也應包括人類的「身體革命」。對於身體和社會政治改革（革命）關係，魯迅的確是有非常奇特的認識的。魯迅認為「透過身體診治及改變可以促進政治改革。」魯迅在這種觀點不僅僅是從胡服騎射[5]以及對日本明治維新中全盤西化改行西裝的觀察。不僅僅是在隱喻的層面上，而且是在更直接的層面上，魯迅相信政治革命和思想覺悟可以治病救人：魯迅筆下，狂人、阿Q、祥林嫂的疾病（迫害狂、癩痢頭、憂鬱症）是社會壓迫和個人不覺悟導致的身體症候，它們是政治問題，應當透過政治方式來解決，而不是透過醫學治療，狂人、阿Q、祥林嫂在魯迅筆下是政治病人，而不是生理病人。

　　文革中出版的署名「石一歌」編撰的針對一般讀者的通俗讀物《魯迅的故事》[6]中這樣說道：「他（魯迅）又從翻譯過來的日本歷史書上，知道了西方醫學對日本的政治改革曾經起過很大的推動作用[7]。於是年青的魯迅決心學醫了。他當時想得很美

於1927年6月12日廣州黃埔軍官學校出版的《黃埔生活》週刊第四期，收入本集時作者作了修改。

[5]　戰國趙武靈王透過「胡服騎射」而成功推動國家政治改革。改變服裝（對身體的遮蔽行為）也是一項政治行為。

[6]　石一歌：《魯迅的故事・拿起戰鬥的筆》，香港：朝陽出版社，1972年。

[7]　明治維新時期日本在醫學上取得重大突破：1868年（明治元年）新政府在橫濱設立臨時軍事醫院，聘請英人韋利斯（Willis，1837-1894）擔任指導，後遷到東京，改為東京府大醫院。次年新政府將幕府的醫學所和大醫院合併，改為醫

滿，以為學好醫學，既可以救治像自己父親那樣被誤的病人，又可以促進人民對於政治改革的信仰，達到改革中國的目的。」具

學校兼醫院，成為新政府的第一所醫學教育機關。當時政府從德國請來兩名醫學教師即外科醫生繆勒（Muller，1824-1883）和內科醫生霍夫曼（Hoffmann，1864-1937），主持醫學校的教學和治療。1877年（明治十年）醫學校改為東京大學醫學院。隨著中央醫學教育的確立，地方也紛紛建立醫學校，培養西方醫學人才。1872年（明治五年）文部省設置醫務課，掌管醫療衛生事業。1874年（明治七年）公佈醫制76條，規定開業醫生必須通過考試西醫學，於是日本傳統的中醫學便急劇衰落下去。明治政府為了發展近代醫學，派遣成績優秀的學生到德國留學。當時留學德國成了日本醫學界的一股風氣。1875年（明治八年）東京醫學校設立速成班（三年制），還建立第二醫院供速成班學生臨床研究之用。這樣，近代醫學進一步得到普及。十九世紀後半期日本醫學界，細菌學成為一種新興的學問，細菌學被介紹到日本。緒方正規和北裏柴三郎是日本第一代細菌學家。1890年（明治二十三年）北裏發現破傷風菌抗毒素並任傳染病研究所所長。在傳染病研究所的推動下，日本的細菌學和流行病學得到發展（如志賀潔於1897年發現痢疾桿菌），衛生防疫思想普及全國。1894年香港發生鼠疫，青山風通、北里柴三郎赴香港調查研究。此時醫學團體紛紛成立，1893年成立了日本解剖協會和耳鼻喉學會，1897年成立了眼科學會。至明治末年日本的醫療衛生事業已經很發達了，醫生達三萬人，各府縣都成立了醫師會。1910年（明治四十三年）還出現了關西聯合醫師大會、關東北醫師大會等聯合組織。1902年（明治三十五年）在上野公園召開第一屆日本聯合醫學會，擁有會員1,797人，1906年增至2,400人。1896至1910年先後成立了各類分科學會，出版學會雜誌。至此，日本醫學正式開始加入近代醫學國家的隊伍。從1897年（明治三十年）日本參加莫斯科召開的第十屆國際醫事會開始，不斷派代表參加各種國際醫學會議。與此同時，外國學者也絡繹不絕地來日本進行學術交流。關於學術研究方面，著名的有：小金井良精的阿伊努族解剖學研究（1904），桂田富士郎的日本吸血蟲研究（1904），山極勝三郎的癌的研究（1905），秦佐八郎的抗梅毒藥雪爾伐散「606」的發現（1909），高木兼寬的腳氣病研究（1884）等。明治時代是日本醫學近代化的時代，西方醫學對日本醫學近代化起了巨大的作用，成為日本醫學的主體。日本醫學急速近代化是和政府大力提倡西方醫學分不開的。此外，醫學教育的普及也是一個重要因素。（《日本史》第十七章，南開大學出版社，1996年。）

體地探討醫學的發展到底在什麼層面上促進了日本的政治維新，不是本文宗旨，但是，醫學的進步，人們對身體屬性的瞭解，啟蒙了民智，推進了政治進步應該是不爭的事實。這個問題我們可以從中國近代、現代知識分子熱衷於留學學醫中初見端倪，孫中山是典型的由醫生而革命的革命家，魯迅、郭沫若、郁達夫等等也是如此，為什麼呢？他們從熱衷醫術而轉為熱衷革命？

基於進化論時間觀念使得魯迅相信，任何關於萬古不變、永恆回歸（輪迴）的思想已經過時，儒教對於歷史的退化論觀點更是不適應現代性需要了。現代性需要建立在對時間流逝的敏感（時間標示著社會進步，不僅是客體概念還是主體評價的一種價值尺度）、對世俗生活的熱愛（世俗生活被還原到個體的水準、身體的物質性層面——社會物質發展水準）；而這一切都和身體本位有關，對身體的感受及其存在性的認可成了現代性思想的基礎。身體作為個體的空間有限性性，身體作為短暫者的時間有限性，等等，正是這種有限性促成了人對時間的敏感，身體意識的覺醒與現代性思想是對應的。它們互相補充，構成了現代思想的核心。魯迅選擇醫生作為最初職業志向正與此關聯，其後改變志向從事文學，動機也是對人的身體進行「療救」，只是療救的方式不一樣而已。魯迅非常迅速地放棄了對身體進行醫學療救的理想，他認為中國人的身體之病只能透過政治和文化手段來治療。魯迅對於中國人身體的認識，是基於一個基本看法：病態，魯迅將他對中國人身體的觀察上升到「國民性」理論的高度。魯迅始終關注

著這樣的身體狀況：病態殘缺。在魯迅筆下，活躍著的各種人物都是有身體缺陷的，魯迅第一篇小說寫的是「狂人」，狂人是有精神症候的病人，此後魯迅陸續寫了〈阿Q正傳〉等小說，在這些小說裏，人的精神症候（阿Q的病態意識）則直接透過身體症候「癩痢頭」等象徵出來。甚至魯迅對中國封建歷史的認識也來自於一個著名的身體隱喻「吃人」——這是魯迅思想中最深刻的部分。魯迅終其一身都在追求「立人」，概在於魯迅認為中國人都在病中。

魯迅當時的確是有一種「革命必須從身體開始，認為中國五四文化革命必須觸及身體政治」的明確思想的。一九二二年魯迅先生在《吶喊》自序中寫道：

在這學堂裏，我才知道世上還有所謂格致，算學，地理，歷史，繪圖和體操。生理學並不教，但我們卻看到些木版的《全體新論》和《化學衛生論》之類了。我還記得先前的醫生的議論和方藥，和現在所知道的比較起來，便漸漸的悟得中醫不過是一種有意的或無意的騙子，同時又很起了對於被騙的病人和他的家族的同情；而且從譯出的歷史上，又知道了日本維新是大半發端於西方醫學的事實。因為這些幼稚的知識，後來便使我的學籍列在日本一個鄉間的醫學專門學校裏了。我的夢很美滿，預備卒業回來，救治像我父親似的被誤的病人的疾苦，戰爭時候便去當軍醫，一面又促進了國人對於維新的信仰。

日本明治維新是一場觸及「身體」──這個政治最根本問題的徹底革命。在中國歷史上最成功的改革是趙武靈王的胡服騎射改革，這場改革之所以成功，是它產生了身體政治的效應，觸及了身體層面。明治維新也一樣。一八七五年，日本駐華公使森有禮前往保定直隸總督官邸，拜會了李鴻章，席間在談到明治維新時有這樣一席話。

> 李：「閣下對貴國捨舊服仿歐俗，拋棄獨立精神而受歐洲
> 　　支配，難道一點不羞恥嗎？」
> 森：「毫無可恥之處，我們還以這些變革感到驕傲。這些
> 　　變革決不是受外力強迫的，完全是我國自己決定的。
> 　　正如我國自古以來，對亞洲、美國和其他任何國家，
> 　　只要發現其長處就要取之用於我國。」
> 李：「我國決不會進行這樣的變革，只是軍器、鐵路、電
> 　　信及其他器械是必要之物和西方最長之處，才不得不
> 　　採之外國。」

　　日本的明治維新作為一場政治革命深深地觸及了政治問題最核心的「身體」的方面（如深入到服裝的層面），明治初年傳統的日本史進入了「文明開化」時期，「隨著經濟政治制度的變革，日本的社會文化開始出現新氣象。首先是生活習慣的改變，人們剪去武士髮結（丁留），改為剪髮，解除佩刀。其次是改舊

式禮服（直垂林）為和服或西服。住洋房、點煤油燈，吃西餐的多起來了，被賤視的豬牛肉、牛奶成為上品」[8]。相反，清政府的洋務運動只是從學習西方的生產技術入手，並未觸及「身體政治」層面，因而也未能觸及與之聯繫的顯性政治制度。對於明治維新，中國朝野上下對之認識非常膚淺，尤其對明治政府學習西方進行變法改革，大為反感，說日本「一切效法西人，妄思自強」，「彼昏不悟，尚復構怨高麗，使國中改西服，效西言，焚書變法。於是通國不便，人人思亂」。

李鴻章算是當時中國最開明的人，但他在西裝問題上的態度卻極其保守。為什麼？他非常清楚地知道，身體政治的潛規則，服裝（身體的遮掩和敞開）不僅僅作為私人形式，更重要的是作為公共政治場域而存在的，它是一種政治技術工具，是政治意義相互鬥爭和爭奪的場所，它生產政治權利關係，又被政治權利關係生產：一個把維護滿清統治當作政治目標的人，不可能推翻滿清統治者創造的服飾政治[9]，不可能允許剪髮異服。一八九二年，浙江學者宋恕[10]上書李鴻章，提出「三始一始」的主張，

8　參見《日本史》第十六章，南開大學出版社，1996年。

9　明末清軍南下，頒佈「剃髮令」，所到之處，下令剃髮，要求幾千年來一直蓄長髮的漢人「留頭不留髮，留髮不留頭」，「嘉定三屠」跟漢人誓死不剃髮有關。魯迅先生說：「對我最初的提醒了滿漢的界限的不是書，是辮子，是砍了我們古人的許多的頭，這才種定了的，到我們有知識的時候大家早忘了血史。」

10　宋恕（1862-1910）原名存禮，字燕生，號謹齋，改名恕，字平子，號六齋，筆名支那夫，獨泣向麒麟者，後又改名衡。生於平陽縣萬全鄉鮑垟村。1891年底，於上海滯留期間，在旅館起草〈上李中堂書〉並撰寫《卑議》（初稿），

說：「欲化文、武、滿、漢之域，必自更官制始；欲通君、臣、官、民之氣，必自設議院始；欲興兵、農、禮、樂之學，必自改試令始。三始之前，尚有一始，則曰：欲更官制、設議院、改試令，必自易西服始。」宋恕懂得改易服制的身體政治意義，把改穿西服看作是政治改革的先導。孫中山一八九六年在日本剪掉辮子，改穿西服。從此，斷髮易服成為革命者的象徵，魯迅當時在日本留學，他是較早回應剪髮異服的人士之一。

據許壽裳〈亡友魯迅印象記〉所記，時間在一九〇二年（清光緒二十八年）秋冬之際，又據《且介亭雜文・病後雜談之餘》和《且介亭雜文末編・因太炎先生而想起的二三事》介紹，他在一九〇九年（宣統元年）歸國後曾因沒有辮子而吃過許多苦。「辮子」作為身體政治的有形代表，直接啟蒙了魯迅的身體政治意識。魯迅深知，身體是政治活動的場域，革命者應當重視身體政治的價值。一九二七年，魯迅在〈憂天乳〉[11]一文中透露了上述身體政治思維意識的明確資訊。針對「北京辟才胡同女附中主任歐陽曉瀾女士不許剪髮之女生報考」事件，魯迅議論到：

> 同是一處地方，甲來乙走，丙來甲走，甲要短，丙要長，長者剪，短了殺。這幾年似乎是青年遭劫時期，尤

全面地提出變法維新的政治綱領，次年赴津呈書，受李鴻章單獨接見。
[11] 最初發表於1927年10月8日《語絲》週刊第152期。

其是女性。否則，已經有了「短髮犯」了，此外還要增加「天乳犯」，或者也許還有「天足犯」。嗚呼，女性身上的花樣也特別多，而人生亦從此多苦矣。

我們如果不談什麼革新，進化之類，而專為安全著想，我以為女學生的身體最好是長髮，束胸，半放腳（纏過而又放之，一名文明腳）。因為我從北而南，所經過的地方，招牌旗幟，儘管不同，而對於這樣的女人，卻從不聞有一處仇視她的。

魯迅是把身體問題當作政治問題加以議論的，他不僅在雜文中議論，還在小說中加以專門的描述。而且，魯迅不僅關心身體政治的外在表層，反對政治對身體的壓抑與銘刻，更注重的是身體政治的隱性層面，反對是政治對身體的民族志式「書寫」。魯迅是深深懂得這種身體政治對中國人的傷害的。在〈祝福〉重他數次描寫了祥林嫂的外表：「第一次來魯四老爺家，做中人的衛老婆子帶她進來了，頭上紮著白頭繩，烏裙，藍夾襖，月白背心，年紀大約二十六、七，臉色青黃，但兩頰卻還是紅色的。」第二次來魯四老爺家，「她仍然頭上紮著白頭繩，烏裙，藍夾襖，月白背心，只是兩頰上已經消失了血色，順著眼，眼角上帶著淚痕，眼光也沒有先前那樣精神了。」接下來，寫她進一步受到打擊（捐獻了門檻之後依然沒有參與觸碰祭祀物品的權利）之後，「總惴惴的，有如在白天出穴遊行的小鼠；否則默坐著，直

是一個木偶人。不半年，頭髮也花白了……」，「臉上瘦削不堪，黃種帶黑，而且消盡了先前悲哀的神色，彷彿是木刻似的；只有那眼珠間或一輪，還可以表示她是一個活物。」祥林嫂這種身體的變化，完全是禮教政治銘寫的結果。祥林嫂被迫改嫁是因為族權、夫權政治的壓迫，捐門檻失敗則是因為神權政治的欺凌，魯四老爺、四嬸，阿牛、柳媽，等等，則是這些政治的直接執行者和幫閒者。祥林嫂在這些重壓下一步步走向末路，其身體的變化和禮教政治的壓迫同步，可以說她說禮教身體政治的活標本。小說〈祝福〉中，魯迅不僅描寫了祥林嫂被其婆婆捆綁劫持，強行販賣，祥林嫂不能主宰自己的身體，相反身體倒是成了別人的所有物的「具體」悲劇，描寫了祥林嫂因再婚而必須死後被鋸開，分別給兩個男人的神權「身體」政治對祥林嫂的迫害，更寫了人們對這種「身體」背景的麻木，人們已經接受了這種身體政治的邏輯[12]，彷彿女人的身體天生就不屬於她們自己。

---

[12] 對於祥林嫂被綁架強賣的事，魯四老爺只是說：「可惡，然而……」這然而後面的話呢？許欽文這樣分析：「然而」下面的話，雖然沒有說出來，意思卻很明白，這樣把她捆回去，對於禮教 沒有什麼不合，他也贊成。（參見許欽文：《彷徨分析》，香港文采出版社，1970年4月版，第7頁。）問題還僅僅說魯四老爺，其實在祥林嫂的周邊，幾乎沒有人人為這說不合理的，即使是和祥林嫂一樣命運的幫傭們也說這樣看。

二、頭髮：辛亥政治的身體標記物[13]

頭髮是身的一部分，某種程度上，它又獨立於身；頭髮是身的內容，但是，因為它處於身的外部，較少受服裝的遮蔽，很容易被看成是「身」的修飾，因而它又是身的形式。因為頭髮的這種屬性，頭髮是「身」中唯一的可以以部分而象徵「身」整體的「喻體」，也因此，身體政治常常以頭髮為中心。

《孝經》曰：「身體髮膚，受之父母，不得毀傷。」為什麼把「髮」特列出來單說？因為「髮膚」就是「身體」的同義語，「髮膚代表身體」。中國古代有針對體髮的髡刑、耐刑；髡刑，不加肉刑剃去身毛；耐刑，不剃其髮，僅去鬢鬚。何以髡、耐能成為一種刑罰？對此民俗學者江紹原有過精彩分析，他說：「至於髮鬚呢，如我們曾說明，它們尤其是人身的精華，幾乎與血和精這一紅一白兩種汁佔有同樣重要的地位。罪人饒他一死也可以，他的頭髮，卻必須除盡——豈但光臉禿頭可供眾人的玩賞，主要的真正的目的，在傷他的魂，這似乎換個法子取他的命。」[14]《三國演義》中，曹操馬踏青苗，自違禁令，遂有削髮

---

[13] 本節內容部分參考了張永祿先生在我主持的《身體政治》碩士生研討課上提交的討論論文（未刊稿）。

[14] 江紹原：《髮鬚爪》，上海開明書店，1928年。

斬首之舉。這是一種頭髮的政治學。[15]

　　如果說，在漢族歷史中，髡、耐是針對犯人的刑罰，那麼，顯然，維護髮膚的完整就是漢族文化中身體政治的正面傳統。魯迅小說〈頭髮的故事〉中借用主人公N先生的話說：「我們講革命的時候，大談什麼揚州十日，嘉定屠城，其實也不過一種手段，老實說，那時中國人的反抗，何嘗因為亡國，只是因為拖辮子。」[16]這N先生說得是非常對的，對於大多數老百姓來說，國家政治的概念是虛的，身體髮膚卻是實的，如果皇帝輪流做的改朝換代遊戲僅僅只是在國家政治的層面展開，也許它和老百姓沒有什麼關係，有時候，他們甚至會樂於接受這種改變，但是，滿清的入主中原卻非同一般，它是一場涉及身體髮膚，需要每個老百姓都來歸順的殖民政治運動，它要把每個老百姓都裹脅進來，它要直接在每個老百姓的身體髮膚上發生作用。為什麼，明末清軍入關，要頒佈嚴酷的「剃髮令」？「留髮不留頭，留頭不留

---

[15] 這種頭髮的政治學寓意也被二十世紀的無產階級革命政治所引用。二十世紀四〇年代，解放區文學通常被看作是意識形態一體化最初實踐的產物，其文本的政治隱喻是不言而喻的。無疑，《白毛女》是延安文學的典範，這一深含政治隱喻的敘述由「頭髮」來直觀指引：喜兒頭髮顏色的「黑→白→黑」變化和她政治上「人→鬼→人」的轉化是同構的。喜兒政治身分的翻身解放是透過她的軀體狀態（頭髮顏色）被「標記」出來的，透過這種標記，它顯示政治鬥爭具有身體效應，透過政治治療（階級解放）喜兒的身體獲得了新生（頭髮變黑），從病態恢復到常態。這個無產階級政治敘事是用頭髮的故事來演繹階級鬥爭的合法性，它也證明瞭階級鬥爭的有效性：階級鬥爭是可以深入地發生軀體效應的最徹底最有效的身體政治技術。

[16] 《魯迅全集》第一卷，人民文學出版社，1981年。

髮」正是滿清統治者對漢族每一個個體被征服者進行規馴、懲罰、標記的政治手段——用頭髮對身體進行政治標記和規馴雖不算是滿清的發明，但是，肯定滿清統治者運用得最為純熟和凌厲。反過來，「寧死不剃髮」，也成了反清鬥爭的政治手段。頭髮就這樣成了政治鬥爭的前沿場域，它不再是軀體所有物，而被政治異化了，政治透過它正在完成著對身體的規馴和標記。

〈頭髮的故事〉中寫道，滿清入關，強制漢人剃髮留辮，「頑民殺盡了，遺老都壽終了，辮子早留定了」，似乎在這場鬥爭中，征服者最終站了上風，漢族接受了剃髮留辮的身體政治準則，然而這場鬥爭其實才剛剛開始，太平天國起義，洪楊鬧起來了，要求留髮不結辮（稱長毛），辮子和「長毛」的區分再次成了政治鬥爭的標記：「那時做百姓才難哩，全留著頭髮的被官兵殺，還是辮子的便被長毛殺。」太平軍失敗了，滿清政府終於把他們的勝利永遠寫在了每個漢人的辮子上，內化為一種漢族的身體習性，滿族統治由此完成了由國家政治向個體身體政治的轉化，漸漸地辮子也成了一種身體上的政治國籍。大清國民走到哪兒，就會把油光可鑒的辮子帶到了哪兒。魯迅在〈藤野先生〉一文中這樣寫道：

> 東京的街頭，賞櫻花的中國留學生，不是因為油晃晃的辮子而平添了一道亮麗的風景嗎？上野的櫻花爛漫的時節，望上去卻也像緋紅的雲，但花下也缺少成群結隊的「清國

留學生」的速成班，頭頂上盤著大辮子，頂得學生制帽頂上高高聳起形成一座富士山。也有解散辮子，盤的平的，除下帽來，油光可鑒，宛如小姑娘的髮髻一般，還要將脖子扭幾扭。實在標緻極了。

在外國人的眼中，辮子是「東亞病夫」的標籤，但在大清統治者看來，辮子卻是大清對這個身體擁有政治主權的象徵，反過來它也標誌著一個人對大清的政治態度，是萬萬不能丟的。然而，〈辮子的故事〉中，N先生並不懂得這種「辮子意識形態」的複雜性，他說：「我出去留學，便剪掉了辮子，這並沒有別的奧妙，只為他太不便當罷了。不料有幾位辮子盤在頭頂上的同學們便很討厭我，監督也大怒，說要停了我的官費，送回中國去。」N先生在日本還是幸運的，監督還沒來得及懲罰他，自己倒是被革命者革掉了辮子。「不幾天，這位監督卻自己被人剪去辮子逃走了，去辮子的人們裏面，一個便是做革命軍的鄒容，這人也因此不能再留學，回到上海來，後來死在西牢裏。你卻早已忘卻了罷？」

然而，他回中國謀事以後，情況就不那麼妙了：

> 過了幾年，我的家境大不如以前，非謀點事做便要受餓，只得也回到中國來。我一到上海，便買定一條假辮子，那時是市價，帶著回家。我的母親倒也不說什麼，然而旁人一見面，便都要首先研究這辮子，待到知道是假，就冷笑一

聲，將我擬為殺頭的罪名；有一位本家，還預備去告官，但
後來因為恐怕革命黨的造反或者要成功，這才中止了。

　　我想，假的不如真的直接爽快，我便索性廢了辮子，
穿著西裝在街上走。

　　一路走過去，一路便是笑罵的聲音，有的還跟在後面
罵：「這冒失鬼！」「假洋鬼子！」

　　我於是不穿洋服，改了大衫，他們罵得更厲害了。

　　經過滿清數百年身體政治規馴，「辮子」作為一項外部強加
的身體政治規則已經漸漸地內化到了漢族民族記憶之中。完成了
從「被迫強加」到「被動接受」再到「無意識堅持」的過程，它
似乎已經成了漢族身體民族性的一部分。這個時候，不是統治者
要民眾接受這一身體政治，而是民眾自覺堅守甚至主動維護這一
身體政治原則了。N先生遇到的就是這種情況，現在的人們不是
在反對結辮，而是在嘲笑和打擊那些剪辮子的人，在這樣的辮子
政治背景下，N的遭遇就完全可以理解了。

　　不過，時代終於還是在變化，這次辮子政治的操控者變成了
革命黨。小說繼續寫道：

　　　　宣統初年，我在本地的中學做監學，同事是避之唯恐
　　不遠，官僚是防止唯恐不嚴，我終日如坐在冰窖裏，如站
　　在刑場旁，其實並非別的，只是因為少了一條辮子！

有一日，幾個學生忽然走到我的房裏來，說：「先生，我們要剪辮子了。」我說：「不行！」「有辮子好呢，沒有辮子好呢？」「沒有辮子好……」「你怎麼說不行呢？」「犯不上，你們還是不剪上算，──等一等罷。」他們不說什麼，撅著嘴唇走出房去，然而終於剪掉了。

　　呵，不得了，有人嘖嘖了；我卻只裝作不知道，一任他們光著頭皮，和許多辮子一齊上講堂。

　　然而這剪辮子病傳染了；第三天，師範學堂的學生忽然也剪下六條辮子，晚上便開除了六個學生。這六個學生，留校不得，回家不能，一直挨到第一個雙十節之後又一個多月，才消去了犯罪的火烙印。

　　我呢，也一樣，只是元年冬天到北京，還被人罵過幾次，後來罵我的人被員警剪去了辮子，我就不再被人辱罵了；但我沒有到鄉間去。

　　〈頭髮的故事〉深刻地反映了身體作為政治場域被各種政治力量賦予政治意味的事實，「身」成為政治權力主宰和使動的結果，各種政治勢力在此角力，「身」被動地成了它們鬥爭的舞台，它不再是個體「自身」。先秦哲學家建立起來的「身」和「自身」的原始聯繫消失了，「身」成了民族政治場域。身屬於你，又不屬於你，它和你的政治處境、政治立場、政治命運息息相關，你必須透過那些媒介而居住於世內，你再也不能直接將

「身」安居於大地和天空之下了。這篇〈頭髮的故事〉真實地講述了辛亥革命前後頭髮的命運，N先生只是覺得辮子不方便，要剪掉，不覺知觸怒了監督，要停官費，遣送回國，顯然他的剪辮行為被監督看成是一種政治宣示；如果說N是不自覺地陷入了頭髮政治漩渦之中的，那麼反滿革命者自己的剪髮辮以及逼迫老百姓剪髮辮的舉動無疑是一種自覺的革命政治行為了。他們要以滿清的方法來對付滿清——以剪辮子的頭髮政治學來代替留辮子的頭髮政治學。

在這樣的背景之下，N先生們的遭遇就可以理解了。剪辮子是革命黨，要受滿清屠戮；不剪辮子是保皇派，要受革命黨的制裁。怎麼辦呢？被強行剪了辮子的會惶惶不可終日，魯迅小說〈風波〉中就寫了七斤一家因沒有辮子而惶惶不安，精神上備受煎熬的景況，有辮子的又不甘被人說成是老朽，跟不上形勢，於是，在留辮子和剪辮子之間，出現了第三條道路，盤辮子。魯迅在〈阿Q正傳〉中這樣寫道：

> 趙司晨腦後空蕩蕩的走來，看見的人大嚷說：「革命黨來了！」
> 阿Q聽到了很是羨慕。他雖說早知道秀才盤辮的大新聞，但總沒有想到自己可以照樣做，現在看見趙司晨也如此，才有了學樣的意思，定下實行的決心。他用一竹筷將辮子盤在頭頂上，遲疑多時，這才放膽的走去。

......

　　小D也將辮子盤在頭頂上，而且也居然用一直筷子。
阿Q萬料不到他也敢這樣做，自己絕不准他這樣做！小D
是什麼東西呢？他很想即刻揪住他，拗斷他的筷子，放下
他的辮子並且批他幾個嘴巴，聊且懲罰他完了生辰八字，
也敢來做革命黨的罪。

　　這是既可笑又大有深意的，不要憑常識推理，以為趙司晨
之流是改良派，趙之流是沒有什麼政治立場和信念的，不過是
投機革命而已：把辮子盤起來，相時而變，革命成功了，我就
剪掉；革命失敗了，我就把辮子放下來。阿Q和小D呢？阿Q和
小D迫切需要革命，但是，革命卻沒有帶上他們，他們只能憑藉
對革命的直覺憧憬向趙司晨這些投機分子學習，透過盤辮子，
把自己和革命聯繫起來了。無論是阿Q、小D，還是趙司晨，
儘管他們處在對立階級地位上，他們的階級地位要求於他們的
政治立場可能是完全不同的，但是，在盤辮子的身體政治行為
上，他們的舉動又是一致的，他們共同上演了一出盤辮子的身
體政治活報劇[17]。

---

[17] 文革期間，人們對辮子也著實下了一番功夫：梳一條辮子是封建主義，梳兩條
　　是資本主義，留長髮是修正主義。激進的紅衛兵們將自己的頭髮統統留成「運
　　動頭」或「男式頭」，拿著剪子到處剪人家的頭髮，和上個世紀初的革命黨人
　　剪辮子運動差不多。他們對髮型是有區別的，對是一些右派分子，為他們設計

三、身體解放：「人性論」作為一個身體政治概念

　　從世界範圍來說，身體政治的觀念實際上只有兩種：一種是宗教的，比如基督教、佛教等等，他們大多認為靈魂處於輪迴的過程之中，靈魂的天國復活是生命的目的，在這種觀念之下，身體的現世的忍耐被看成是身體政治的中心，禁慾是這種身體政治的核心思想；一種是世俗的，把身體看成是短暫者，死亡的威脅、病痛的折磨、現世享樂與禁忌等等，成為身體政治的手段，身體本身就是目的，除此之外，沒有別的目的。

　　五四時代，中國思想者大多是無神論者，他們大多認為，中國人的病根在於對「人」的壓抑太甚，中國人失掉了人之所以為人的「人性」，所以，要使中國人重新獲得人的位置，必先解放人性，五四時代的人性解放論，可以一言以蔽之，是「要求承認人的身體性」的理論。這種觀念在五四時期幾乎是共識。魯迅要立人（治病救人），五四時代的其他思想家也有這樣的想法。在

了特別的髮型：陰陽頭，以示該人陽奉陰違，是野心家和陰謀家，讓這些黑幫時時處處在人民的監督下；對於紅衛兵來說，陰陽頭就是政治的身體審判書。楊降先生和魯迅先生一樣，也有一篇〈頭髮的故事〉（《楊降文集・丙午丁未年記事》，人民文學出版社，2003年）：

　　我們都是陪鬥，那個用楊柳枝鞭我的姑娘拿著一把鋒利的剃頭推子，把兩名陪鬥的老太太和我都剃成「陰陽頭」。……我帶著假髮硬擠上一輛車，進不去，只能站在車門口的階梯上，比車上的乘客低兩個階層。我有月票，不用買票，可是售票員一眼就識破我的假髮，對我大喝一聲：「哼！你這黑幫！你也上車！」

〈人的文學〉[18]一文中，周作人提出人性論的人學觀念，周作人的這個觀念的核心是「靈肉一致」：

> 我們要說人的文學，須得先將這個人字略加說明。我們所說的人……其中有兩個要點：（一）從「動物」進化的，（二）從動物「進化」的。

在周作人看來，人性中包含靈和肉兩個方面，周作人尤其重視肉的方面：

> 我們承認人的一種生物性。他的生活現象，與別的動物並無不同。所以我們相信人的一切生活本能，都是美的善的，應得完全滿足。凡是違反人性不自然的習慣制度，都應排斥改正。

周作人的這種主張在創作上也有呼應者，郁達夫在〈沉淪〉中直接喊出了一代五四作家的心聲：

> 知識我也不要，名譽我也不要，我只要一個安慰我體諒我的「心」。一副白熱的心腸！從這一副心腸裏生出來

---

[18] 周作人：〈人的文學〉，見《新青年》第2卷第5號，1917年1月1日。

的同情！從同情生出來的愛情！

　　　我所要求的就是愛情！

　　郁達夫不要名譽（功名利祿），也不要知識（仁、義、理、智、信等），而把人生意義寄託在男女之「情」上。

　　這種「情」的解放要求，和晚清一代作家所宣揚的那個「情」是不一樣的，晚清一代作家所講的「情」我們可以用吳趼人在《恨海》第一回中的一段話來概括：忠孝大節，無不是從情字生出來的。至於那兒女之情，未免把這個情字看得太輕了，並且有許多小說不是在那裏寫情，是在那裏寫魔，寫了魔還要說是在寫情，真是筆端罪過。由此可見，吳趼人意識中的「情」不過是「忠孝大節」而已，五四作家真正著意的那個「情」字在他看來不過是「魔」罷了。

　　郁達夫所要的「情」是男女之情，而且這種情是和「性的苦悶」、「肉的要求」聯繫在一起的，郁達夫在他的〈關於小說的話〉中直率地將他的寫作概括為「性的苦悶」。成仿吾是郁達夫的創造社同仁，他在〈「沉淪」評論〉中也說：

　　〈沉淪〉於描寫肉的要求之外，絲毫沒有提及靈的要求；什麼是靈肉的要求也絲毫沒有說及。所以如果我們把它當作描寫靈與肉的衝突的作品，那不過是我們把我們這世界裏所謂靈的觀念，與這作品世界裏面的肉的觀念混在一起的結果。

成仿吾在〈「沉淪」評論〉文尾講到，他的上述觀點曾經和郁達夫商榷並且得到了郁達夫的贊許。可見，郁達夫內心是贊成的上述解讀的。郁達夫渴望一種肉的解放：呼喚一種承認人的肉體性，對情與欲等身體慾望持肯定態度的嶄新身體倫理。

　　也正是在這個意義上，周作人把《水滸》、《七俠五義》、《西遊記》看成是「妨礙人性的生長，破壞人類的平和的東西」，加以排斥。為什麼？因為這些作品中沒有他所要的靈和肉一致的，保有了生物性的「人性」，因為這類作品是反身體的寫作，它們是戕害身體、禁錮身體、屠戮身體的寫作，而不是堅持身體、守護解放、解放身體、敞開身體的寫作，一句話，這些作品中沒有周作人、錢玄同所呼籲的「人性」——對人的身體性的肯定。

　　「五四」作家以「情」的自由、欲的「解放」為中心來定義人性論的，這種人性論是以身體自由為主軸的，它反對知、意、思對身體的控制，強調身體本能的合法性。徐志摩說「我一生的周折都尋得出感情線索，這不論在求學或其他方面都是一樣」。五四時代的作家將愛情視作突破口，因愛情的名向舊時代挑戰，《小說月報》十八卷八號〈評四五六月的創作〉一文統計當年四五六月小說戀愛題材占了總數的百分之九十八，由此，作者得出結論認為「他們（作家）最感興趣的還是戀愛」，胡懷琛〈第一次的戀愛〉和吳江冷的〈半小時的癡〉均以調侃的口吻講述理性主義者突然間一見鍾情地陷入對女子的癡迷之中，「情感之潮的湧發衝垮了理智的脆弱之壩」，嘲諷了理性主義的虛弱，肯定

了情感的偉大。「五四」作家的「情」是從身體中爆發出來的白熱的衝動，從個人的遭際中激發出來的熾烈愛欲。封建壓迫對於個體來說是透過身體壓抑和塑造來完成的。比如封建統治階級對女性「笑不露齒」的身體行為的規定，「足不出戶」的身體活動場域的限定，「裹腳束胸」的身體形態規定等等，而身體壓抑和塑造的最重要方面，無疑是對情和欲的壓抑與取消。身體不僅僅是屬於個人的軀體，還是封建政治壓迫活動的場域，五四思想家對此也極為敏感，他們吹響了身體解放的號角。

除了上述方面以外，五四作家還喊出了「我是我自己的」身體政治口號；由此，對於身體歸屬問題的重新認識，也構成了五四作家人性論身體政治觀念另一個重點。

正如當代西方學者坡爾・瓦勒所說，身體是一種我們在任何時候都擁有的特殊物品。我們每個人都稱這件物品為「我的身體」；但我們自己本身——也就是說我們在自己身體裏面——並沒有給它任何名稱。我們對別人提到它的時候，好像它是歸屬於我們的東西；然而對我們自己而言，它卻不完全是個東西；而且我們歸屬於它的成分要大於它歸屬於我們。[19]

從哲學上講，人類認識「自身」有兩種途徑，一種是把自身當作世界的一部分，從世界入手看待自身，一種是反其道而行

---

[19]　Paul Valery, Aesthetics, In His Collected Works In Engish（Princeton, NJ: Princeton University Press, 1964），Vol.13.

之，把自身看作獨立於世界的個體。這方面，大致，西方是從後一種思路，而東方是從前一種思路。東方的思路是沒有世界就沒有個體，因此個體只有納入到世界的意義系統中，才能找到自己的意義。因此，東方社會是把身體的歸屬問題放在一個群體框架中來解決的，這和中國思想是把習慣於把「人」放在「君臣父子夫妻」的關係中來加以認識是一致的。

封建儒學傳統認為，兒子是父親的私產，兒子的身體應當由父親來處置，所謂「父叫子亡，子不得不亡」便是這個意思。但是，這方面魯迅卻是極力反對的。魯迅最怕的是那些殺了兒子以兒子的肉為敬孝資本的「父親」，為什麼呢？因為魯迅認為「兒子」雖然來自「父親」，但是，兒子的「身體」並非父親的私產，父親並沒有權利隨便處置。在〈我們怎樣做父親〉一文中，魯迅開宗明義說：

> 我作這一篇文的本意，其實是想研究怎樣改革家庭；又因為中國親權重，父權更重，所以尤想對於從來認為神聖不可侵犯的父子問題，發表一點意見。總而言之：只是革命要革到老子身上罷了。

為什麼要這革命呢？因為傳統倫常「以為父對於子，有絕對的權力和威嚴；若是老子說話，當然無所不可，兒子有話，卻在未說之前早已錯了」，中國人的孝悌觀念，不僅是一般社會

倫理也是政治倫理，孔子就把「孝」作為政治倫理的核心[20]，在這個倫理體系中，父子、君臣都處於極端的等級制中。魯迅非常清楚，中國人要謀求政治解放，首先就要謀求父子關係的解放。魯迅據以為理的原則是什麼呢？生物進化論：「我現在心以為然的道理，極其簡單。便是依據生物界的現象：一，要保存生命；二，要延續這生命；三，要發展這生命（就是進化）。生物都這樣做，父親也就是這樣做。」

　　魯迅據此認為：「所以食慾是保存自己，保存現在生命的事；性慾是保存後裔，保存永久生命的事。飲食並非罪惡，並非不淨；性交也就並非罪惡，並非不淨。飲食的結果，養活了自己，對於自己沒有恩；性交的結果，生出子女，對於子女當然也算不了恩。——前前後後，都向生命的長途走去，僅有先後的不同，分不出誰受誰的恩典。」魯迅由此反駁中國傳統倫理，可惜的是中國的舊見解，竟與這道理完全相反。夫婦是「人倫之中」，卻說是「人倫之始」；性交是常事，卻以為不淨；生育也是常事，卻以為天大的大功。從這些論述出發，魯迅的結論到底是什麼呢？「所生的子女，固然是受領新生命的人，但他也不永久佔領，將來還要交付子女，像他們的父母一般。」魯迅的看法，後起的生命當得完全的自由，它是屬於它自己的。父母並

20　「其為人也孝悌，而好犯上者，鮮矣；不好犯上，而好作亂者，未之有也。」（《論語‧學而》）。

沒有居功自以為可以佔據後代生命的權利。甚至，魯迅從進化論出發還認為：「後起的生命，總比以前的更有意義，更近完全，因此也更有價值，更可寶貴；前者的生命，應該犧牲於他。」魯迅把中國傳統的身體觀念「子女的屬於父母」顛倒了過來，認為「父母當完全地犧牲於子女」，魯迅說傳統中國觀念的誤點在於：「長者本位與利己思想，權力思想很重，義務思想和責任心卻很輕。以為父子關係，只須『父兮生我』一件事，幼者的全部，便應為長者所有。尤其墮落的，是因此責望報償，以為幼者的全部，理該做長者的犧牲。』」

　　據此，魯迅提出了「幼者本位的思想」。這裏的「幼者本位」其本質是「個人本位」。其時的魯迅是相信「任個人而排眾數」的，在個人和眾數之間，魯迅選擇「個人」本位。

　　此時的魯迅尚沒有建立後來引以為重要的「階級論」，還沒有把身體歸結為「階級」所有物，他的口號是「我是我自己的」。在小說〈傷逝〉中，魯迅借用主人公的口喊出了這句五四時代最有分量的口號：

　　　　「我是我自己的，他們誰也沒有干涉我的權利！」
　　　　這是我們交際了半年，又談起她在這裏的胞叔和在家的父親時，她默想了一會之後，分明地，堅決地，沉靜地說了出來的話。其時是我已經說盡了我的意見，我的身世，我的缺點，很少隱瞞；她也完全瞭解的了。這幾句話

很震動了我的靈魂，此後許多天還在耳中發響，而且說不出的狂喜，知道中國女性，並不如厭世家所說那樣的無法可施，在不遠的將來，便要看見輝煌的曙色的。

由此我們來解釋五四時代狂飆突進的個人主義運動，為什麼那麼多女性走出了家門？為什麼那麼多青年知識分子從封建家族中脫胎而出？全因為這身體政治上的個人主義宣言，這樣，五四個人主義的時代流風就非常容易理解了。我們為什麼會說五四是一個自由主義的時代？這個隱秘就在這裏，這是由某種身體政治的「個人主義」意識決定的。如果一個人他自覺自己的身體權屬的背後只有「個人」，那麼在國家政治問題上，他就不可能不一個自由主義者，他就不可能不把個人自由置於國家政治的核心，把它放在最優先的地位來加以考慮。

五四時代的思想家們對「奴役」非常敏感，他們反對身體奴役的方向：首要的是戀愛的自由，他們反對家長在性戀婚姻問題上對他們的操控，試圖主宰自己的性戀；他們反對社會等級，比如五四時期出現了大量的「人力車夫」題材的作品，為什麼呢？體力上的等級奴役在五四思想家看來也是不可饒恕的，一個人沒有權力佔有別人的身體——魯迅就對自己坐人力車感到羞恥，原因是他覺得人的身體是平等的，他不應該將自己放置於別人的身體之上。

五四時代的思想者還沒有把身體歸諸於國家和階級的打算。關於國家，是時滿清垮台、民國處於繈褓之中，知識分子因為民

國政權的不穩故以及對袁世凱掌權的不滿,對國家沒有認同感,而至於階級,則因為馬克思主義的階級論還沒有大規模輸入,知識分子並沒有在階級中尋找歸宿的意圖。那麼,民族歸屬感呢?按照以撒‧柏林的說法,民族主義是民族受傷害後產生的感情,因此它是一種弱小民族的感情。

以撒‧柏林認為英國不容易產生民族主義情緒,是因為英國在數百年的歷史中沒有受到大規模異族侵略和戕害,而且因為工業革命,英國一直處於世界發展的潮頭;相反,法國的民族主義情緒卻日益強烈,因為法國處於衰落和奴役的邊緣,它感到了強國可能的威脅和實際的威脅。從這點來看中國的民族主義者,我們發現,中國的民族主義是含混不清的:一方面是滿清作為異族對漢人的統治,孫中山利用這點,挑起了漢人的民族主義情緒,因此,孫中山的革命中包含了民族主義因素,另外,其時的中國又受到西方列強的不平等待遇,中國社會擁有潛在的針對西方發達國家的民族主義情緒;另一方面,因為第一次世界大戰,中國的戰勝國地位,中國社會又充滿了一種驕傲的情緒,知識分子中彌漫著一種和世界列強同步,融入世界大家庭,成為其平等一員的世界主義豪情,這又沖淡了民族主義情緒。

其時,中國的知識分子中的民族主義情緒卻不強烈,尤其是在魯迅,此後魯迅一直沒有產生強烈的民族主義情緒,至於自由主義者如胡適等等,更是如此,胡適甚至宣佈我們「萬事不如人」、需要「全盤西方化」。當時中國知識分子相信,經過國民

革命以及第一次世界大戰的勝利,中國可以站立在和西方同樣的地位上,只要我們認真地向西方學習,我們一定可以趕超西方。他們沒有特別強烈的要把自己和民族結合在一起的衝動,沒有特別強烈的「我是中華民族的」民族意識。

　　由此,我們解釋了,在五四知識分子觀念中「身體歸屬」為什麼是「個人」自己,而不是民族、國家、階級的問題。但是,我們也已經看到這種情況並沒有維持多久,此後這個「個人主義」的信念慢慢地就瓦解了。為什麼?

　　朱學勤承續了魯迅的文化病理學方法,分析過中國的民族主義。在〈五四以來的兩個精神「病灶」〉中,他把民族主義和民粹主義並列,認為「民族主義」是中國現代社會軀體最重要的病症之一:

> 民族主義來源於中國近代歷史受盡外敵凌辱的集體記憶,但是它有兩種表現形態。一是理性的民族主義,既能嚴守民族氣節,又能與左傾排外劃清界限。……二是狂熱的民族主義,借愛國而排外,借排外而媚上,百年內頻頻發作,至今沒有得到清理。後者之肇禍,莫過於義和團扶清滅洋,以辛丑合約收場,民族危機跌入更深一重;此後中間一幕,是文化革命中火燒英國代辦處,烈火熊熊,疊映出席捲世界的一九六八年左傾學生政治與扶清滅洋的荒誕聯繫;至本世紀末,在大陸特定政治環境中,終於出現

「中國可以說不」那樣的裝腔作勢、北大學生對克林頓提問時的拙劣姿態，以及此次科索沃危機發生，部分留學生放著在海外能看到的多元報導不說，卻有意迎合大陸傳媒的片面報導，提議成立「抗北援南軍」、緊急呼籲朱鎔基推遲訪美等各種亢奮表演。……民粹主義和病態民族主義這兩個精神病灶，時時冒煙，常常發作。它們也不是什麼後現代的富貴病、疑難雜症，而是前現代的常見病、多發病，拖鼻涕、流眼水而已。但是，新文化運動的斷裂、五四之後的以俄為師、知識界兩次大規模左傾，犖犖大端，卻都與這兩個精神病灶直接相關。

這裏「民粹主義和病態民族主義這兩個精神病灶，時時冒煙，常常發作。它們也不是什麼後現代的富貴病、疑難雜症，而是前現代的常見病、多發病，拖鼻涕、流眼水而已」的說法，和魯迅在五四時期經常使用的「文化病理學」語言非常接近，都是用身體的疾病來隱喻社會的疾病，由此，我們又得引申出一個新話題了：文化診斷中的身體隱喻。

四、病重的中國：文化診斷中的身體隱喻

（一）病

　　把國家比作母親，是五四人的愛國主義發明，此前的國家因為是皇帝的國家，所以沒有人敢於用一個女性的身體來象徵之，而現代文學家和思想家則不這樣，他們把國家賦予女性身體的形象：在以母親象徵國家的時候，是因為母親的乳房哺育了我們，這是政治化的身體——以乳房為中心的政治身體。郭沫若還善於把國家比作情人，這是政治化的身體——以情、性為中心的政治身體。

　　類似比喻把身體和對國家政治感情、政治想像緊密地結合了起來。這種結合是有思想史依據的。此種國家身體政治的直接證據是希臘神話中海倫的故事，男人為女人的身體而戰，但是，這戰爭卻是以國家戰爭的面目出現的，現在男人們為母親的乳房和情人的懷抱而鬥爭，但是，這鬥爭卻是以愛國主義的面目出現的。身體政治的邏輯透過隱喻，轉化為潛在的不為人所知的隱蔽物，過程和機理消失了（潛意識——冰山底部），顯示出來的只有意識層。

　　但是，現在國家這個機體，在無私人眼裏，無論她是母親還是情人，總之是病了。

魯迅的現代性思路中，中國傳統對於成就事功立德立言的追求、對三綱五常秩序的渴念、對於道德善惡報應的要求被遺棄了，原始儒家關於「中和」的身體思路也被放棄了，魯迅選擇了「摩羅詩力」，魯迅渴望的是一種個人主義的、激情的、衝動的、粗暴的、裸露的身體美學。也正是在這種思路下，魯迅對中國人身體的認識才充滿了病理學意味。

　　「臉面之病」。魯迅為什麼讓阿貴的頭上長上了癩痢頭的瘡疤？中國人最好是臉面，而魯迅恰恰是讓他的主人公臉上長了瘡。魯迅對中國人的精神病理學的觀察從相貌開始：

> 　　後來，我看見西洋人所畫的中國人，才知道他們對於我們的相貌也很不敬。那似乎是《天方夜談》或者《安兌生童話》中的插畫，現在不很記得清楚了。頭上戴著拖花翎的紅纓帽，一條辮子在空中飛揚，朝靴的粉底非常之厚。但這些都是滿洲人連累我們的。獨有兩眼歪斜，張嘴露齒，卻是我們自己本來的相貌。不過我那時想，其實並不儘然，外國人特地要奚落我們，所以格外形容得過度了。[21]

---

[21]　魯迅：〈略論中國人的臉〉。最初發表於一九二七年十一月二十五日北京《莽原》半月刊第二卷第二十一、二十二期合刊。

該文中魯迅覺得中國人的相貌多的順馴，少了獸性。「這獸性的不見於中國人的臉上，是本來沒有的呢，還是現在已經消除。如果是後來消除的，那麼，是漸漸淨盡而只剩了人性的呢，還是不過漸漸成了馴順。」又說「倘不得已，我以為還不如帶些獸性」。魯迅很痛恨中國人「人＋家畜性＝某一種中國人的臉上真可有獸性的記號」，痛恨中國人的臉上「如古人一般死」以及「臉相都狡猾」。為什麼魯迅會有這種想法？因為魯迅覺得中國人的身體是不僅是病（有病理徵候）的，而且是低級的，魯迅接受了尼采的說法，認為低等的人只是蟲豸，還不能稱之為人，這種說法也可以得到周作人的證實。周作人在〈人的文學〉一文中，甚至認為中國人尚沒有爭得人的位置，還沒有成人真正的人，要「從新要發見『人』，去『辟人荒』」。

　　魯迅為什麼會這樣認識中國人的身體呢？在魯迅的思維中，中國人的身體和中國這個國家的文化機體是互文的。當魯迅把自己當作一個文化病理學家，研究中國文化的病灶，對中國文化作出診斷的時候，魯迅相信，中國文化這個「身體」，已經病入膏肓，甚至無可救藥了。正是從這個文化診斷出發，他才會對中國人的身體和相貌作出這樣的評論——這個評論與其說是對中國人進行身體實證觀察的結果，不如說是一個文化病理學判斷的結果，是因為這個文化病了，中國人的臉上才會「如古人一般死」，某一種中國人的臉上真可有獸性的記號，而不是相反。

（二）睡

魯迅曾經描述過當時的時代青年：

> 那時覺醒起來的智識青年的心情，是大抵熱烈，然而悲涼
> 的。即使尋到一點光明，「徑一週三」，卻更分明的看見
> 了周圍的無崖際的黑暗。

時代在黎明和黑暗之間，人在昏睡與甦醒之間。這是魯迅在
五四時期的基本看法。人睡著了，對於這樣的人，醫療是沒有用
的，醫療並不能使這些睡著了的身體醒來。為什麼要用「睡著了
的身體」來比喻當時代的國民呢？因為「睡著了的身體」是沒有
靈魂的，而魯迅正是要用這個來顯示這些人靈魂的「無有」。

《吶喊‧自序》中，魯迅這樣說：

> （我）覺得醫學並非一件緊要事，凡是愚弱的國民，即使
> 體格如何健全，如何茁壯，也只能做毫無意義的示眾的材
> 料和看客，病死多少是不必以為不幸的。所以我們的第一
> 要著，是在改變他們的精神，而善於改變精神的是，我那
> 時以為當然要推文藝，於是想提倡文藝運動了。

所以魯迅要為這些身體做的事是「予以靈魂」。

藝術也不再被視為遊戲或者炫耀，而是針對具體那些昏睡中的身體的「吶喊」，為什麼魯迅要把自己的小說集命名為「吶喊」，因為魯迅需要吶喊的聲音效果：喊醒那些睡死了的身體。魯迅這樣解釋他寫作的動機：

> 　　假如一間鐵屋子，是絕無窗戶而萬難破毀的，裏面有許多熟睡的人們，不久都要悶死了，然而是從昏睡入死滅，並不感到就死的悲哀。現在你大嚷起來，驚起了較為清醒的幾個人，使這不幸的少數者來受無可挽救的臨終的苦楚，你倒以為對得起他們麼？
>
> 　　然而幾個人既然起來，你不能說決沒有毀壞這鐵屋的希望。
>
> 　　是的，我雖然自有我的確信，然而說到希望，卻是不能抹殺的，因為希望是在於將來，決不能以我之必無的證明，來折服了他之所謂可有，於是我終於答應他也作文章了，這便是最初的一篇〈狂人日記〉。

　　作為對「昏睡」這種文化病理現象的理療，審美超越性（超越功利）以及永恆性（永恆人性美）被流放了，在昏睡的文化病體之上，魯迅憑藉其本能從那些摩羅詩人身上嗅出了理療中國那些昏睡的病體的方式，這些人身上不同於中國傳統文人的活力、激情以及多樣性的人生姿態感染了魯迅，這種活力正是魯迅所需

要的。雪萊，這個被魯迅看成是摩羅詩人之代表的詩人，在他的諷刺之作〈詩的四個時代〉中，主張「在我們的時代，一個詩人乃是一個文明社會中的野蠻人」。

（三）狂

　　「五四」人是「狂熱」的，他們是衝動的狂徒，聞一多認為浪漫主義最突出的而且也是最本質的特徵是它的主觀性，為了反對理性對文藝的束縛，他把情感和想像提到首要地位，從這個觀念出發，他在評論俞平伯的詩集《冬夜》時說到：「（《冬夜》）大部分情感是用理智的方法強迫的，所以是第二流的情感。」徐志摩走得更遠，他用一種詩化的語言說道：「充分地培養藝術的本能，充分地鼓勵創作的天才，在極深刻的快感與痛感的火焰中精練我們生命的元素，在直接的經驗的糙石上砥礪我們生命的纖維」，「從劇烈的器官中烘托出靈魂的輪廓。」在這裏藝術和「本能」、「快感」、「痛感」、「生命的元素」、「直接的經驗」、「劇烈的器官」等身體屬性直接聯繫了起來，它們被要求建立在這些「身體性」之上。郭沫若對自己的描述很可以給我們以說明。他說：「『五四』運動發動的那一年，個人的鬱積，民族的鬱積，在這時找到了噴火口，也找到了噴火的方式，我在那時差不多是狂了。」（〈序我的詩〉）每當靈感襲來，他「全身作寒作冷，牙關發戰，觀念的流如狂濤怒湧，應接不暇」（〈詩歌的創作〉），這種「神經性發作」，使他寫下了《女

神》中一系列詩篇，他說：「我所著的一些東西，只不過盡我一時的衝動，隨便地亂跳亂舞罷了。」（〈論詩三札〉）「我回顧我所走過的半生行路，都是一任我的衝動在那裏奔馳；我便作起詩來，也任我一己的衝動在那裏跳躍，我在一有衝動的時候，就好像一匹奔馬，我的衝動窒息了的時候，又好像一隻死了的河豚。」（〈論國內的評論及我對於創作上的態度〉）

希臘神話中的狄俄尼索斯是象徵直覺和激情的藝術之神；與之相對的是阿波羅，象徵理性和意象；前者瘋狂迷醉，後者理智和緩，前者重宣洩，後者重再現。「五四」人的心態則是狄俄尼索斯型的，衝動、灼熱，帶著迷狂氣息。他們任心靈的詩意鼓蕩張揚，如疾風、如暴雨，他們的審美是狄俄尼索斯型的，在感性與理性、激銳與和諧、衝動與平靜、焦慮與安詳的二元對立之間，他們大多居於前者，郁達夫不無偏激的說：「天才的作品，都是Abnormal（變態的）、Eccentric（偏執的）、甚至有Unreasonable（非理性的。）」

五四是一個狂熱的近乎非理性的時代，魯迅以〈狂人日記〉塑造失去了理智的狂人形象，來開始自己的文學創作，也許不是沒有道理的。「狂人」也許是五四時代最好的身體政治隱喻。

（四）頹

與上述情形相反的是魯迅，魯迅也更為深沉，他對那個時代的頹廢性感受是骨子裏的，因而也更為真實。魯迅深深地為當

時的情景所苦惱，陷於頹唐之中。這種情緒事實上一直主宰著魯迅。魯迅沒有遁世，但是，非常消極。魯迅的小說中總是充滿了衰老、厭世、耗散、無用的情緒，黃昏的、暗夜的、秋天的形象充斥著他的小說，甚至魯迅在描寫故鄉的時候也是如此，死亡和衰頹的氣息是如此的重。但是，這種頹廢並不是封建時代於歌舞昇平中慨歎人生無常、時運短暫的那種文人式的哀傷，而是針對未來的一種傾向。舊世界終結了，在魯迅的腦海裏，世界已經進入末日倒計時，但是，新的曙光還沒有見到（事實是魯迅一輩子都沒有相信有新的曙光）。在這種頹廢中魯迅時刻感覺到自己的衰老──一種身體的衰退感時刻折磨著魯迅。這種折磨讓他不能進入正常的戀愛（與許廣平），也不能正視自己的身體慾望（尤其是在北京八道灣的時候）。魯迅無法加入那些「狂」的合唱中，一方面是因為魯迅的確在當時是年齡比較大的一個，另一方面，更是因為魯迅特殊的身體時間意識，魯迅只是感到小孩還有救贖的希望，但是，對於他自己則早早地已經沒有希望了。魯迅把自己看成是一個老人。

五四時代充斥這各種各樣的振奮人心的呼號與口號，許多人使用先知式的語言，預告中國的新生和未來；但是，魯迅卻是例外，頹意識差不多把他淹沒了，對自我身體的質疑始終伴隨著魯迅，不祥的預感、死亡的憂慮一方面來自自己的身體經驗，另一方面也來自對國家的頹廢主義想像。這種想像因為來自於身體隱喻（死亡和再生），身體觀上帶上了末世論色彩。郭沫若相信

再生（郭沫若用鳳凰涅槃來象徵國家再生），而魯迅則僅僅相信死亡。《野草》中魯迅所歌詠的是那大衰朽、大死亡，在野火中永不復生的死亡之神，這死亡之神在十字架上微笑，永恆地詛咒人類，體驗「復仇的大歡喜」，而在〈頹敗線的顫動〉中，魯迅則完全把自己比作一個衰朽的老婦，充滿了被拋棄的哀傷以及對死亡的渴盼，〈過客〉中魯迅所求的不過是向著「墳場」而去。《野草》中數次出現了如「我想我竟是老了」的語式。

對摩羅詩人（野蠻人）的渴念是這種頹廢主義的自我想像的投射，然而也僅僅是投射而已，魯迅並沒有相信這種「野蠻」人能在中國的土壤上出現。相反，魯迅看到的是各種各樣病態的人和身。魯迅小說中所描述的人物幾乎所有的都是處在死亡的前沿，他們無一例外地正在走向死亡和衰朽（司馬長風在其一九七〇年代出版的《中國現代文學史》中說「魯迅小說中沒有一個正面人物」，原因概在於此，但是，司馬長風沒有領會魯迅的內在理路），而新生的氣息是沒有的。

頹廢可能來自大繁榮，也可能來自大衰退。在魯迅這裏，這兩種因素都有，一方面是周邊的樂觀主義者對大繁榮的預期，加深了魯迅對現世的大衰退的認識，魯迅是當時極少的幾個能從舊世界的崩潰中看出大衰退的人之一，另一方面大衰退的現世場景令魯迅憂心忡忡。值得注意的是，這種衰退並非來自魯迅對外部世界的充分觀察，比如當時國家政治的經濟的觀察，而更多地是來自魯迅的內部體驗——一種對身體的自省式體察以及

這種體察的外射。是時的魯迅並沒有對當時的國家政治作太多的理性分析，他的頹廢情緒、失望情緒不是來自外部，而是來自身體內部。

〈在酒樓上〉這部小說是一則身體政治的寓言。主人公為自己早夭的弟弟遷墳重返故鄉。主人公為尋找「屍體」重返自己的出生之地，但是，「屍體」卻始終沒有找到，何以找不到？原因是這「屍體」實際正是「我」的象徵，「我」就是那個多年前已經消失了的「身體」，為什麼「我」要尋找我的「身體」呢？一方面是因為母親的命令，另一方面，則是因為中年的「頹唐」，從母親的命令之中，也從「我」自己的中年之中，我得到了「身體」喪失，必須即刻贖回的指令。這部小說中，我們看到的是相反的寓言：不是靈魂喪失了，而是身體喪失了。

這段我們可以和《野草》中〈題辭〉對照：

> 當我沉默著的時候，我覺得充實；我將開口，同時感到空虛。
>
> 過去的生命已經死亡。我對於這死亡有打歡喜，因為我借此知道它曾經存活。死亡的生命已經朽腐。我對於這朽腐有大歡喜，因為我借此知道它還非空虛。
>
> 生命的泥委棄在地面上，不生喬木，只生野草，這是我的罪過。

魯迅感到自己已死，身體已經腐朽不見。《野草》和〈在酒樓上〉寫於同一個時期，同一種心境。《野草》中魯迅直接說出了自己的痛苦——身體已經死亡，委棄於地上，並且朽腐，無從尋找。〈在酒樓上〉中，這種自我失落的感覺轉化成了尋找三歲弟弟的「屍體」的故事，不過這兩篇東西是可以互文的。〈在酒樓上〉中的主人公在酒樓上遇見了誰？呂緯甫，「細細看他相貌，也還是亂蓬蓬的鬚髮；蒼白的長方臉。然而衰瘦了，精神很沉靜，或者卻是頹唐；又濃又黑的眉毛底下的眼睛也失了精采，但當他緩緩的四顧的時候，卻對廢園忽地閃出我在學校時代常常看見的射人的光來。」這是一具沒有身體的頹唐幽靈，除了當初學校時代的「光」尚可射人，已然一無所有，不要以為主人公「我」在酒樓上遇見的呂緯甫是另外一個人，實際上主人公在這裏找到的只是沒有身體的那個空殼——青春不再、激情不再的自我的幽靈，「我」實際只是在和那個真正的餘零狀態的自我交談。

　　這個幽靈在中國的大地上徘徊，找不到自己的身軀，更找不到安放這身軀的處所，小說中寫道：「北方固不是我的舊鄉，但南來又只能算一個客子。」也因此，它無以為人。

　　當然，魯迅也並不是特例。「五四」的頹是一種潮流，這方面冰心一九二○年〈一個憂鬱的青年〉中主人公彬君很有說服力。大愛者必有大痛，「五四」人是這樣大喜大悲、愛極恨極的人，他們生活得過於感性，因而常常因為時代的限制而感到悲觀

失意。楊義說：「發端於『五四』新文學運動的中國現代小說，比以往歷代小說更為飽含時代憂鬱。」楊義先生的感覺是很準確的。趙家璧在《中國新文學大系小說一集・導言》中說：「這一時期，……苦悶彷徨的空氣支配了整個文壇。」也是不錯的。有時，這種苦悶彷徨有至發展到絕望、厭世。如于賡虞的詩，感傷中帶著病廢，包含著對生存的厭倦，現代人為現世所煩悶的種種，滲透在蕭森鬼氣中。

　　五四時代的上述身體意識，也影響了五四文化的建設性。我們也應看到，魯迅畢生所做的建設性工作很少。一九三〇年代新月同仁開始建設性的批判民國政府，建議民國政府實行民主的時候，魯迅反其道而行之，對民主、進步等建設性言論一概否定。魯迅不相信中華民族這個機體能夠重新健康起來，唯一希望於之個機體的是它的「速朽」，魯迅把「速朽」用在自己的身上，也同時將之引用於國家和民族的身上。一般說來，郭沫若等相信「再生」說的人，最後都投身於激進的社會「革命」，試圖透過社會革命，對社會機體做全方位的「手術」，革除流毒，令社會機體再生。而魯迅，尤其說後期魯迅，完全不相信「再生」說，所以，他沒有能和那些「革命」者走到一處去。

第四章

階級的身體：
革命時代的身體意識形態

　　本章著重考察革命敘事中的身體屬性問題。革命這個辭彙很難界定，尤其是在二十世紀中國現代文學敘事體系中。廣義地看，它實際上可以分為兩個部分：二十世紀初以進步、解放為話語本位的啟蒙主義革命敘事和二十世紀中期，以階級、國家為話語中心的無產階級革命敘事兩個部分。俠義地看，主要是指無產階級革命敘事。本章考察的後半部分。革命是一整套宏大敘事的混合體，一切宣傳、鼓動、法律、法令、文藝都可以歸於其中，它旨在透過這些途徑達到對身體的揀選、規訓、操控等等，因而它首先是一套話語體系，同時也是一套操控制度。我們著重研究的是革命文學中的身體敘事，革命話語對身體的把握。我們的途徑是分析革命敘事對長相、體格和穿著的看法，我們要從這個小小的缺口開始我們的話語旅行。

一、革命敘事中的衣著

衣著，不僅表現了人類遮蔽和飽暖的物質性需求也也表現了人類對美的的精神性需求。純粹的衣著上的實用主義時代，在人類歷史上是非常少見的，大多數時代，人類對衣著的要求是審美和功利的統一。要知道，即使是在原始時代，人類在最粗陋的陶盆也表現了自己的審美追求，現代人對於衣著就更是如此了。

本節考察二十世紀四〇、五〇年代已降中國革命敘事中的衣著問題，二十世紀後半葉中國人的衣著政治進行一番考察。從這個考察，我們可以看到上述時代人們對身體的態度。

「無產階級革命」敘事，是以「戰鬥」、「勞動」為中心的，人本身不是敘述的中心，相反人是為這些中心而存在的，因此，人的穿著和穿法，也要圍繞這個中心來進行，這個時候的著裝在精神上受著比較純粹的勞動和戰鬥生活的功利目的的制約。

張弦小說一九五六年創作的小說《上海姑娘》中這樣寫道：「上海姑娘常常給我這樣的感覺，她們愛打扮、愛時髦、愛玩、愛鬧、愛唧唧喳喳沒完沒了地說話……就是不愛幹活。」

這段話的意思是什麼呢？注重穿著和穿法的生活美學是資產階級性質的，而無產階級性質的穿著和穿法的美學是勞動性質的，我們可以將之概括為身體的勞動美學。

駱賓基在他著名的小說《在山區收購站》中，這樣描寫山區收購站的女主任：「她在那兒幫著食堂的炊事員蓋豬圈呢！挽著兩個褲腿兒，蹲在板棚上⋯⋯」駱賓基顯然並不關心女主任穿的是什麼，他甚至沒有寫到女主任衣著的顏色和款式，他關心女主人是怎麼穿的，現在，女主人把褲腿兒挽著，這就是革命的勞動者嚴重最好的穿法：一種勞動中心的穿法。這個穿法肯定受到了作者的肯定。

　　丁玲在一九五三年創作的短篇〈糧秣主任〉中有這樣一段描述：

　　　車子走到攔洪壩的頭前停下了，車子已經不能前進。我的住
　　處在河東，我要經過壩（在現在來說還是工地）走回去。
　　我要穿過幾千人，要穿過無數挑土的、挑沙子的、背石
　　頭的、撒水的、打夯的陣線，我要繞過許多碾路車，我要
　　常常找不到路，被迷失在人裏邊。我每天出來都要透過這
　　個壩，這是一個迷宮，我一走到這裏就忘記了一切，就忘
　　記了自己，自己也就變成了一撮土，一粒沙那樣渺小，就
　　沒有自己了。⋯⋯這些人大都是河北各縣的民工，可是我
　　覺得他們又同我熟識，又同我不熟識了。他們雖然是在挑
　　土，在推斗車，可是他們臉上浮著活潑的氣息，他們並
　　不拘謹，他們靈活，他們常常有一種要求和人打交道的神
　　氣，他們熱烈，他們並不想掩飾自己的新的歡樂和勇氣。

就如同二十世紀九〇年代，酒吧受到新潮「身體寫作」的追捧一樣，「工地」是無產階級革命敘事中最重要的場景，它受到無產階級勞動美學的追捧。

　　這段描述中，敘述人對工地的讚美、對勞動的人群的讚美隱含著一個邏輯：只有勞動的人、勞動的場景才是美的。個人只有投身在這之中，才能獲得美的基礎，敘事人那種渴望融入其中的衝動就來自於此。

　　無產階級革命敘事中，勞動被當作美的根源。

　　和平時期我們可以將這種衣著方式稱為勞動美學，而在戰爭時期我們則可以將之概括為犧牲美學[1]：某種和肉體犧牲和傷殘

---

[1] 王願堅的小說《親人》中主人公是一位將軍，但是，該小說的核心意象卻是一位英雄戰士犧牲的場景：「曾令標一聲『再見』還沒有說完，就沉進了泥水裏，水面上只留下一隻手高擎著步槍，槍筒上掛著半截米袋子。旁邊一串子水泡和一頂綴著紅星的軍帽在浮動著……」每當關鍵時刻，小說主人公「將軍」都會想起曾令標為了救自己而犧牲的一幕，這一幕時刻激勵著「將軍」，將軍從心底裏感到，他肩上還負擔著另一個人的未完成的一切，那怕能代他作一點兒也好的。也是這一幕，構成了將軍行動的動力，它是故事情節折轉發展的基礎。因為這一幕，將軍才接受了一個「父親」，才有了「親人」的情節。

　　曾令標已經犧牲了，他的身體已經消失了，但是，這消失了的身體依然存在，它存在「將軍」的身軀裏。在將軍的意識了，曾令標是不死的，那在消失了的身軀恰恰因為犧牲而獲得了永恆。因為曾令標的犧牲，他反而變得不死了，他永遠地活在了將軍的心裏。

　　茹志娟的小說《百合花》展示的也是這種美學，在現實的生活中，那個新媳婦兒甚至不願意和這個小戰士說話，她拒絕了小戰士要借她被子的要求，但是，當小戰士犧牲了，面對小戰士的遺體，一下子小戰士的身體變得可親可愛起來，那個新媳婦兒不僅不顧反對繼續為死去的小戰士縫補衣服上的破洞，還把自己的被子墊在了小戰士的棺材裏。小戰士已經犧牲了的身體是可愛的、可敬的，新媳

聯繫在一起的對穿著和穿法的要求。徐懷中《西線軼事》中這樣寫道：「其他班排都去理髮，一律推了光頭，為的是頭部受傷便於救治。」在這個時候，任何私情、私慾以及個人性的選擇都是不允許的，大家必須一律，這一律是以戰爭為核心的，一切要為戰爭服務。事實也的確如此，作家筆下，女兵們上陣前給家裏的電話都是千篇一律的，而家裏父母給女兵們的交待也是如出一轍：

> 「好！到前邊要服從命令聽指揮，一定要保證電話暢通，不要像在家裏，膽小害怕可要不得，那麼多首長和同志，又不是你一個人。你能立功更好，怕不是每個人都有那個機會的。至少你可不能讓我和你爸爸臉上掛不住。你記住了沒有？」
> 「記住了。」

小說中這樣說，「和媽媽通話，幾個人一交換情況，禁不住笑了。這幾位媽媽崗位不同，互不相識，卻像是用了一份統一的

婦兒敬仰那犧牲了的身體，願意為它獻出自己的新婚被褥，願意為它縫補衣裳。

犧牲者的身體和敵人的屍體是兩個完全不同的概念。犧牲者的身體會越來越有感召力，越來越偉大，會散發不滅的精神之火，但是，敵人的屍體呢？劉白羽《早晨六點鐘》裏有這樣一段描述：「他在黎明中，連看也沒看一眼，就大踏步從敵人的屍體上跨過去，向前走。太陽出來以後，他們追擊敵人，上了一條山崗，在山崗上有密密的竹林和小馬尾松，透過樹林，看見朝霞。」革命的鬥士，對敵人的屍體看也不看一眼，便跨過去了，革命者只有從敵人的屍體上走過，才是真正的戰鬥英雄。

電話稿。」

　　母女間私密的告別話語尚且如此，更不要說展現在別人眼前的「衣著」了──它是革命時代的堂皇「話語」，有著真正的公共性。

　　這個時代的身體和衣著都不是私人性的，而是公共性的，在父母那裏，對於兒女的要求首先不是「你要把握好自己（你的身體是你自己的）」，而是「不要讓我們臉上掛不住（你的身體首先是為祖國和父母爭臉面的）」。

　　衣著的控制是身體政治非常重要的手段，在革命敘事中，衣著和身體屬性一樣都處於革命的控制之下，他們不是追求生命個性的領域，相反是革命表現其功利性的領域，因而也是政治必須照看的非常重要的領域。也因此，衣著的政治色彩便不言而喻了──在穿著上任何形式的個人主義和形式主義都是要不得的。

　　衣著要為勞動和戰爭服務，身體只有在勞動和犧牲中才能體現價值，這是革命文學中身體敘事的總趨向。對於衣著的個性化追求常常和性別意識、愛情意識聯繫在一起，個性化的著裝、審美性的著裝，常常表現在突顯性別差異、個人品味差異等方面，又常常包含著人們對情愛的渴求。然而在革命文學中，這些都是被否定的方面，勞動和戰爭的目的性，讓著裝也成了完完全全的功利性行為，審美的要求被取消了，為什麼呢？陸文夫的小說《小巷深處》（一九五六年）裏，借用主人公徐文霞的話這樣說道：「把工作讓給我，把愛情讓給別人吧！」茹志娟的小說《百合花》中，那個後來犧牲了的通信員小戰士之所以可愛，其一

個方面的品性便是，他不會和異性交往，他不敢和異性走在一塊兒，不敢和異性說話……等等，在革命文學話語中，這種不諳男女之道的品性成了優點，成了可愛的標誌。

　　無產階級登上歷史舞台之後，革命的階級情和異性之間的男女情並不是沒有矛盾的，前者是革命敘事鼓勵的公情，而後者則是革命敘事不能鼓勵的私情，階級鬥爭和革命生產常常要人們為了公情而放棄私情（文革期間，顧准的妻、子和顧准斷絕關係，就是出於這一需要），也因此，男女私情必須讓位給革命階級公情——這是革命敘事的一個基本特點。革命敘事中，男女主人公作為正面人物必須符合這一點，他們應當具有不諳男女之情的特質。駱賓基的小說《父女倆》中的一個男主人公民兵隊長張達就是這樣一個人，在女人面前，他和《百合花》中的通訊員如出一轍，小說寫道：「這張達本是雇農出身，使得一手好鞭子，唱得一口好萊蕪腔。往日只是見了年輕的女人，臉紅，沒話說，自從土改參加了黨，臉色就更顯得嚴肅了。」如果，我們瞭解階級情和男女情之間矛盾，瞭解了革命敘事在階級情和男女情之間的選擇，我們就容易理解，為什麼敘述者要特別強調張達見了女人「沒話」這個特點，又特別說明他加入中國共產黨之後，更是「臉上更顯得嚴肅了」——革命鬥爭要求革命者成為無情的人，只有無情的人才能不為個人私情、私利左右，一心為革命。油莊要為流水改道工程承擔土地、集市、墳場、交通等方面的損失，張達宣佈黨的這一決定時遇到當地莊上居民的議論，這個時候，

他表現出了一個革命者特有的政治鬥爭意識：

> 「你們沒聽出來，這是富農地主的聲音嗎？你們不認識他是
> 誰嗎？你們又的還要袒護他嗎？當眾面前，他有發言權嗎？
> 上級早料到，開引河會有壞分子造謠，破壞的，我還保證咱
> 們油莊沒有這樣的人，這不是給咱們油莊丟臉嗎？他竟敢當
> 眾發言，他不是還沒有解除管制嗎？」於是他厲聲地命令：
> 「把他帶回去！」於是人們開始安靜地、膽怯地散開去。

如果張達是一個個性軟弱，受到男女私情影響的人，他就不
可能有這樣堅定的階級立場，他對階級敵人的憎恨和鬥爭意識就
不會這樣鮮明——對於一個手握階級鬥爭生殺大全的人來說，私
情是極其危險的。

當然，在革命話語中，男女之情並不是完全沒有，但是，男
女之情的表達也是受勞動美學左右的。

孫犁的小說《正月》裏，多兒對德發的革命愛情不是透過花
前月下、卿卿我我來表達的，而是透過勞動來表現的：

> 娘幫她漿落線。她每天坐在機子上，連吃飯也不下
> 來。……挺拍挺拍，挺拍挺拍，機子的響動就是她那心的
> 聲音。
> 這真是幸福的勞動。

「這真是幸福的勞動。」請讀者注意這句話，孫犁是一個多麼敏感的作家，他的這句話可以概括一個時代的美學觀念和價值標準。勞動不僅是美的源泉、還是價值的源泉──它讓一個人美麗也讓一個人幸福。

資本主義時代，無產階級勞動越多，其被剝削也就越多，而社會主義時代，消滅了剝削之後，消滅了為資本家、地主創造剩餘價值、地租的異化勞動之後，新的勞動關係使得勞動成了人的第一需要，它不在是被迫的，它不再是階級壓迫和剝削的工具，相反它成了無產階級實現自己為無產階級的最重要手段。在新的生產關係中，是無產階級透過勞動實現自己的價值，而不是資產階級、地主階級透過勞動實現剝削。

從這個角度，我們理解無產階級革命敘事中，著裝必須以勞動為中心，著裝必須突顯勞動美的要求，就一點也沒有困難了。因為在無產階級看來，剔除了勞動這個因素，一切美邊成了無本之末，或者說，除了勞動美，世界上無產階級沒有更高的美學要求。

這兩個小說可以讓我們理解，在革命話語中，個人生活，進而個人的感情生活是沒有地盤的，也因此，著裝也不是個人性行為，而是革命大眾的「革命行為」了。

不過這種情況在八〇年代末有了改觀，一九八二年鐵凝發表了小說《沒有紐扣的紅襯衫》，這部小說實際上是以功利主義著裝美學為靶子，批判了著裝上的「勞動美學」，強調了著裝上美學趣味的個體性和純粹審美性，小說發表以後受到社會的廣泛好

評，次年被拍成了電影。小說中的中學生安然僅僅因為穿了一件沒有紐扣的紅襯衫便失去了評選三好生的資格，但是，安然並沒有屈服，而是堅持了自己的個性：她自己給自己定三好生標準，自己評自己為三好生。這個小說的敘事方式是對革命敘事的一個反動。

這種敘事策略實際上一九八〇年代新啟蒙敘事的總體策略。它非常類似一九二〇年代五四文化革命之後，中國現代文學所採取的策略——那個時候五四文化幹將透過「愛情」題材來表現個體解放、人性解放的二十世紀初啟蒙文學總主題。現在，世紀末新啟蒙大潮中，作家們則透過比較委婉的方式，衣著的美學變化（個性主義追求）來委婉地展現對個體文化的追求。

和鐵凝走在一條路上的作家很多，較早的有劉心武，此後蔣子龍等也參與進來。蔣子龍的《赤橙黃綠青藍紫》、《鍋碗瓢盆交響曲》等表現的也是這樣的主題。他們都強調生活在勞動之外的豐富性，人性在勞動之外的複雜性，強調人性的個體性要求以及由此而來的生活的多樣性要求，等等。

二、知識分子的身體

趙樹理小說《李有才板話》中，貧農李有才這樣描述一個反面人物的肖像：「鬼目夾眼，閻家祥，眼睫毛，二寸長……」在李有才這樣的人眼裏，眼睛細，睫毛長的人是壞相。閻家祥是什麼人呢？他是閻家山的「知識分子」，上過師範學校，畢業回

來做了山區小學的教員，也因為他是知識分子，所以，據說有一肚子「詭計」，小說中以李有才的口吻，說他有一肚子「骯髒計」。這是一九四三年。

不過這種邏輯到一九八六年張弦的小說《焐雪天》中，就反了過來。《焐雪天》中，知識分子杜葆坤同樣在小學裏做教員，但是他的長相卻非常周正，在女人素月的眼裏是「這麼個好男人，有學問，正派，一表人才的男人」，從中可以看到，中國現代作家對知識分子的想像發生了根本性的變化——知識分子的地位和勞動者的地位正好轉換了過來。《焐雪天》中，另一個勞動能手曹炳康，他會做電工，會修拖拉機，會做木工等等，但是，作為莊稼漢的他卻是獐頭鼠目，「他人長得難看，大扁臉揚著，厚嘴皮咧著，七歪八翹的黃牙齜著，金魚眼色迷迷地斜著」[2]，在一九八六年，張弦已經意識到知識分子代表了知識，而知識才是解放的前提、發展的動力，這個時候，張弦開始試圖確立知識分子的優勢地位——他首先給知識分子安上了一個比較好的外表。

張弦是一個創作期跨時很長的作家，他的創作橫跨一九五〇年代至一九九〇年代，前後四十餘年，變化很大。從五〇年代的《上海姑娘》到八〇年代的《焐雪天》、《被愛情遺忘的角落》等等，個中變化可謂天翻地覆。五〇年代的張弦，只願意讓他筆下的主人公穿工作服，《上海姑娘》裏對服飾的描寫我們已經在

---

[2]　張弦：《張弦代表作》，鄭州：河南人民出版社，1994年，第282頁。

上文提到了，他的另一篇小說《苦惱的青春》也是如此，李蘭對郭進春的好感竟然是從郭進春的工作服開始的，郭進春因為一身工作服（象徵勞動）而讓李蘭一見鍾情——這種描述今天的人看來會非常可笑，但是，在一九五〇年代卻是革命敘事的正途，那個時候革命的敘事者都相信，只有在勞動中和透過勞動建立起來的愛情才是有意義的，也只有這樣的愛情才是革命的愛情。

事實上，服飾的問題我們應該是在上一節中討論的，現在還是讓我們回到這一節的正題：長相。一九八六年的張弦已經不像當初一九四三年趙樹理那麼小瞧知識分子，把知識分子看成是革命的絆腳石甚至革命對象了，張弦已經能給知識分子正面的面相了，但是，張弦對知識分子這個階層還是不放心的，他對知識分子的能力依然持懷疑態度。

《焐雪天》中知識分子杜葆坤和莊稼漢曹炳康之間命運的對比很能說明問題：杜葆坤除了教書以外一無是處，當初大鍋飯的時候，他有一份國家工資可以支撐家裏的門面，儘管不能讓他富有，卻也能讓他高人一等，他可以維持一份體面的生活，而不用下地，他甚至娶了漂亮得讓曹炳康眼紅的媳婦素月，但是，他除了死教書什麼都不會一旦分田到戶，各自發家，他就顯得落伍了；與之相反的則是曹炳康，他是個能人，先是栽衫樹苗發家，而後是開修理鋪致富，最後成了鄉裏企業的經理。他們之間最大的諷刺是，當初杜葆坤的老婆素月是絕對瞧不起曹炳康的，但是最終，當曹炳康富有起來之後，素月卻神使鬼差地投入了曹炳康

的懷抱，她儘管為自己和曹炳康上床而後悔和苦惱，但是卻樂此不疲，甚至要了曹炳康的金戒指。杜葆坤知道真相之後，氣急敗壞，寫了告狀信，要狀告曹炳康，這個時候鄉裏來勸他，最終，杜葆坤靠著放棄上告（曹炳康）而獲得了鄉裏的職務，成為「鄉幹部」。

《焐雪天》實際上是一個「知識分子」和「莊稼漢」的命運對比，表面上看，是重複了《十日談》式的嘲笑知識分子、歌頌莊稼漢的故事，但是，如果放在中國二十世紀革命（文學）敘事的歷史中，我們就會發現，同四十三年之前的趙樹理相比，張弦對知識分子的態度已經有了巨大的變化，他已經不再嘲笑和憎惡知識分子，而是同情其命運、哀憐其不爭了。趙樹理對知識分子是絲毫沒有好感的，他甚至沒有認識到知識對人類進步事業、革命事業的重要作用。

當然，張弦還沒有找到二十世紀初五四啟蒙知識分子那種自信，那個時候中國知識分子是以大眾導師的身分進入文學創作的。五四之前梁啟超提出要用小說來新一國之民，五四來臨，中國啟蒙知識分子更是自覺重任在身，他們以啟蒙者自居，以開啟民智，啟發新民為己任，那個時候中國知識分子是自信的（這種自信和中國古代儒者酸腐的清高是不同的），但是，一九四〇年代開始，無產階級佔領文學舞台，無產階級革命敘事成為文壇主導，知識分子不再被看成是中國社會進步的動力，他們甚至被看成是中國社會革命的障礙，進而在一九五〇年代之後，他們還被

看成是社會革命成了革命的對象——他們普遍地被要求接受精神改造，自覺地接受工農再教育。這種狀況知道一九八〇年代才有改觀，知識分子重新找回了自信，但是這種自信就像張弦小說所表現的那樣，是非常不充分的，他們僅僅是直覺上感覺到自己是「好人」，是正面人物，但是，還沒有自信到認為自己將是未來社會發展的主導力量的程度。張弦對杜葆坤命運的理解可以清晰地顯示張弦對知識分子身分的這種社會性認識。

三、勞動者的體質

不過，趙樹理和張弦是稍稍的特例。絕大多數是在這之間的。現在，我們來更加細緻地考察一下無產階級革命敘事中，對正面主人公、英雄人物體格和長相的描寫。

蔣光赤是中國最早的以自覺的革命意識統領創作的作家，可以說是最早的革命敘事者。不過這位革命敘事者卻是多變的，他的中篇《少年飄泊者》（一九二五年），自稱是在「花呀，月呀」聲中「粗暴的叫喊」，寫農村佃戶少年汪中，因父母被地主所害，流浪異鄉，經歷各種遭際，最後走向革命，並且犧牲在戰場上。一九二七年四月初，在上海工人第三次武裝起義後不到半月，蔣光赤完成了中篇小說《短褲黨》，《短褲黨》受到左翼文學界的讚揚，它「及時地反映了黨領導下的工人運動。作品主要描寫上海工人第二次武裝起義的經過和失敗，最後勾勒出第三

次起義成功後的勝利圖景。」但是，不久在他的另一篇小說《麗莎的哀怨》中，他又猶疑起來，這個作品描寫一個白俄貴族婦女十月革命後流浪上海，淪為妓女的故事，小說著力於麗莎昔日的榮華富貴和眼前生活的淪落，採取自敘傳寫法，表現了哀怨、自憐，透露出作者內心深處潛藏的「資產階級情緒」。

儘管如此，「《短褲黨》體現了新文學『從文學革命到革命文學』的發展趨勢」，是革命文學的第一部重要作品，卻是不錯的。

現代政治革命有三個思想資源，分別是自由主義、社會主義和民族主義。十七世紀的英國革命標誌其開始，隨後的美國革命和法國革命標誌其更進一步的發展，它在十九世紀時影響了整個歐洲，在二十世紀時則影響了整個世界。在這個過程中，以法國革命為標誌，之前可以說是「自由主義」的時代，其革命的領導力量是資產階級，但是法國革命中出現了「短褲黨」人——因為沒有錢賣禮服長褲，只能穿短褲的無產階級——走上了歷史舞台，他們成了獨立的政治力量，這是「短褲黨」這個詞的法國由來。對於「短褲黨」在法國大革命中的作用，歷來人們有不同的認識，有的認為，「短褲黨」是一群由流浪漢、罪犯、妓女、裁縫等組成的流氓隊伍，他們的出現破壞了革命，有的則認為，「短褲黨」是革命的先鋒，他們的出場改變了革命的質地[3]。

3　參見魯德：《法國大革命中的群眾》，三聯書店，1964年。

十八世紀後期工業革命的到來，住在擁擠的城市中的工人開始日益具有階級覺悟。因而工人們，或者更確切地說，領導工人的知識分子，發展起一種新的思想意識——社會主義。它直接向資產階級的自由主義挑戰，不僅提倡政治改革，而且還要求社會變革和經濟變革。法國大革命時期攻打巴士底獄的「短褲黨人」尚不能說是真正的現代工人階級，他們還是在資產階級領導下烏合的無產者，但是，在蔣光慈時代的中國，他們已經不是烏合之眾，而是自覺的革命力量，「最有前途的革命力量」——至少在蔣光慈的筆下是如此。

　　本節並無詳細分析這個階層政治問題的意願，只是想考察，無產階級革命敘事中，作者所賦予人物的「無產階級身體屬性」。從這個角度沒，筆者非常喜歡「短褲黨」這個無產階級革命敘事的先驅所熱愛的「概念」。

　　蔣光慈時代的中國，俄國已經成功，無產階級已經走向勝利，中國為什麼不能？顯然，蔣光赤從這個辭彙中汲取了力量，他意識到一場新的革命就要到來了，他要在美學上和這場新的革命聯繫起來，而「短褲黨」這個詞正符合他的嶄新的革命敘事的美學標準。「短褲黨」，讓他一夜成名，他在美學上成了一個新的寫作路向的代言人。[4]

----

[4]　作品著力描寫鬥爭的領導者楊直夫、史兆炎的堅定、忘我的光輝品質。他們較早就指出國民黨右派的陰謀。楊直夫出於對革命事業的責任感，身患重病而堅持工作，寫得頗為感人。作品還寫出了工人李金貴、邢翠英等勇往直前，不

不過《短褲黨》還不是成熟的和典型的無產階級革命敘事作品，本節不想過分倚重「戰爭」、「起義」等極端背景的革命敘事作品，而試圖更多地以「工地」、「農村」建設——無產階級處於領導地位時，社會生活處在比較正常狀態下的革命敘事作品為根基。

　　從這個要求出發，杜鵬程的《在和平的日子裏》非常典型。它描寫的是一個革命戰場上轉業下來的革命建設者。在這部小說中，杜鵬程賦予他的主人公梁建以這樣的長相：

> 梁建，高個兒，身板挺魁梧。長方形的臉上，有一雙機敏而聰慧的眼睛。左眼眉上有個不大明顯的傷疤，這是戰爭留下的記號。眼角有很多又細又深的皺紋。這些皺紋表明他多次通過了歷史風暴，有著不尋常的精力。

畏犧牲的英勇氣概，歌頌了無產階級的革命堅定性。描寫這樣重大的題材，描寫共產黨員和革命者的形象，這在當時文學創作中是難得的嘗試。作者寫作時為「熱情所鼓動著，幾乎忘記了自己是在做小說」，立意要使《短褲黨》成為「中國革命史上的一個證據」（注：《短褲黨・寫在本書的前面》），這裏也表現了一個革命作家可貴的責任感。作品還存在一些缺點，例如：個別人物身上表現了個人英雄主義色彩，肯定暗殺復仇的行動；由於作者寫作時間過於匆促，而又企圖較全面地反映起義鬥爭，來不及熔鑄和精細琢磨，因此缺少比較完整豐滿、性格鮮明的人物形象。作者這時的一些小說具有共同的缺點：常常以熱情的敘述代替對現實生活和人物性格的細緻而具體的描畫，結構不夠謹嚴，語言也缺少錘煉。

杜鵬程《在和平的日子裏》對梁建的外貌描寫表明，一個真正的革命者必須具有的革命相貌：在革命戰爭中英勇負傷留下的傷疤、在革命建設事業中艱苦奮鬥留下的皺紋。我們從上述描寫可以看出，杜鵬程對人物形象的描寫，不是寫實的而是象徵的。描寫他的傷疤是想讓「傷疤」象徵主人公的光榮革命戰鬥歷史，描寫皺紋是想讓「皺紋」象徵主人公的豐富的革命工作閱歷。

　　革命透過服裝改變身體的外觀，對身體進行直接的「革命化」，使身體成為革命「裝置」。但是，僅僅有對身體外觀的裝修還是不夠的，同時革命也透過「外貌描述」對身體本身——尤其是面貌進行「改造」，使其更符合革命的要求。

　　這種革命化，以什麼為原則呢？和平時期和戰爭時期不一樣，戰爭時期以犧牲美學為核心，死亡和傷殘受到讚美，但是和平時期，正如，孫犁在小說《正月》（一九五〇年）中，借用女主人公多兒的一句話所說：「你們說的那些東西我都不要，現在我們翻身了，生產第一要緊。」這句話透過主人公多兒說出來，說明瞭什麼呢？說明，生產對於多兒來說，不再是外部命令，而是一項來自內部的自覺要求，勞動已經成了多兒的內在要求了，在這種「生產第一要緊」的革命律令面前，勞動美學取代了犧牲美學，勞動美學成了革命的身體最重要標準，便是很正常的事情了。

　　孫犁的小說《正月》中，女主人公多兒母親的長相是這樣的：

大娘受苦，可是個結識人，快樂人，兩隻大腳板，走在路上，好像不著地，千斤的重擔，並沒有能把她壓倒。快六十了，牙口很齊全，硬餅子小蔥，一咬就兩斷，在人面前還好吃個炒豆什麼的。不管十冬臘月，只要有太陽，她就把紡車搬到院裏紡線，和那些十幾歲的女孩子們，很能說笑到一處。

「大娘」還不是一個革命者，但是，她卻有所有革命者應當有的「身體」標誌，換言之，大娘的「身體」完全符合革命者對「身體」的革命性的要求：她的大腳板，她的齊全的牙口，等等，她是結識的、耐勞的，所有這一切都說明她的身體曾經被勞動塑造，而她本身也因此是一個真正的勞動者。孫犁用革命敘事對身體的要求對大娘的身體進行了「美學塑造」，大娘的身體圖譜是按照勞動美學的要求刻畫出來的，它是革命敘事中勞動美學規範作用的結果。如果，不是放在無產階級革命敘事的大背景中，如果不是從勞動美學的角度，我們就很難理解孫犁的這種描寫。

對一個人的大腳板的欣賞，對一個人的牙口的欣賞，何以成了一種美學標誌？

中國傳統，女人的美要的是「沉魚落雁，閉月羞花」，沉魚指的是西施，西施在身邊浣紗，水裏的魚兒看到她都要沉到水裏去，落雁說的是王昭君，昭君出塞時在馬上彈琵琶，天上的大

雁聽到這哀怨的音樂，傷心得忘了搧動翅膀，閉月說的是貂蟬，豔光四射的她在拜月祈福時把月亮的光芒都遮住了，羞花指楊玉環，她醉臥百花亭，就是花兒們觸到她溫潤凝脂般的肌膚，慚愧得直往葉子裏躲。

　　林黛玉其實並不是《紅樓夢》裏最美的，薛寶釵就比她漂亮，賈寶玉也認為那串八寶瓔金的手鏈，如果戴在寶姐姐的腕上可能更美。但是，賈寶玉為什麼偏偏愛林黛玉呢？那份閑拋暗灑、那份弱風扶柳、那份婉轉多情幫了林黛玉的忙，中國式的女性美要的就是羸弱的身軀，在中國人的眼裏，也許只有那多愁多病的身才能承受那嬌弱的多情。在中國傳統中，女性的美是和柳葉眉、櫻桃嘴、楊柳腰、纖纖玉腳這些專用辭彙聯繫在一起的，哪裡會有女性以大腳為美？女人講究的是笑不露齒，當然，不會把滿口大牙露出來讓人鑒賞，拿這樣的觀念來看孫犁，像孫犁那樣描寫女人的大腳板和齊全的牙口的簡直有點匪夷所思了。

　　無產階級革命敘事不同於封建時代的舊式文人寫作，舊式文人那種鄙視勞動美的習性在無產階級革命敘事中是完全要不得的，無產階級革命敘事要將那種剝削階級、有閑階級的「破落」審美觀徹底顛倒過來。勞動人民在政治上翻身，他們在審美上也要翻身。換而言之，勞動不僅是無產階級的美學立場，也是無產階級的政治信念，劉白羽在小說《早晨六點鐘》中寫道：「坐在沙發上站穩無產階級立場，是不簡單的事。」無產階級只能在勞動和戰鬥中才能真正站穩立場。

第五章
身體寫作：啟蒙敘事、革命敘事之後
——身體的後現代處境

　　消費社會，對身體的物質性打造可謂變本加厲，它已經遠遠超越了身體作為本能所需要的限度，染髮劑的誕生、醫學美容術的發展、食品工業的進步等等，身體被食物、衣物、化妝品等過渡打造，後工業時代，身體似乎獲得了前所未有的款待，成了當之無愧的消費主體。也因為身體的這種消費屬性，身體越來越成為政治物，它的自然屬性被自己的消費行為改寫甚至被消滅，它越來越和自己的本性相脫離，甚至成為自我本性的反對者。身體也因此成為自我消解、自我分延、自我梳離之物，身體製造了自己的後現代處境。

　　身體變成了無本質之物，它不再規定自身，也不再反對自身，它變成了後現代世界中的沒有規定性的空無。這個時候，身體越來越成為一個被規劃、被塑造的之物，它不再是現代景觀中的追求自我解放和確證主體，也不再是革命大敘事中的勞動和犧牲，而是主體消潰之後的一抹殘存的生存形式。身體寫作意味著：寫作透過親近、疏離、分拆、瓦解等等手段，不斷地對身體進行再想像、再塑造、再規劃，它脫離和啟蒙敘事和革命敘事，

透過寫作這種方式，不斷地切入到當下的後現代處境中，成為動盪不定的現實性的一部分，或者我們應該說，它透過再造自己的幻想而讓自己在後現代消費政治中成為核心的景觀之一。

　　同時，身體本身也是供以消費的（色情化的身體）。它是社會關係場域，自然也是消費關係的場域，但是，它非常特殊，它既是消費者，又是被消費者，它是消費行為，同時也是消費關係，因而身體和消費政治的關係非常複雜。在後現代景觀中，消費政治是主導一切的力量，它主導身體行為、身體倫理、政治身分的建構以及認同，在這個層面，身體是被塑造、被建構起來的；但是，它在某種層面上，消費政治又是極其身體化的，它又遵從著肉身需要（慾望）的邏輯，這一點上，後現代消費政治和啟蒙、革命時代都不一樣，在啟蒙和革命時代，身體話語是沒有什麼發言權的，它是政治話語的需要壓抑和消滅的對象，而後現代消費政治對身體話語則是鼓勵的，它甚至主動從身體話語中尋求突破、發散、多元雜糅和狂歡的力量。

　　身體在啟蒙敘事、革命敘事之後，找到了消費政治這個棲身之所，在消費政治的宏大敘述之流中，它被規馴、疏導、開放、開發、慾惠，它成了消費政治的一個符號載體──它是消費政治對之進行了重塑之後的產物，另一方面，它又壓抑、規馴和塑造著消費政治。身體並不是自然物，而是社會建構的產物，但是，人們也發現，它同時也是建構者，它總是與權力緊密聯繫在一起，在消費政治中身體話語擁有極高的表述權。

一、解慾望化及其所指

　　消費是高居於這個時代每一事物之上的原則，它將這個時代所能見到的一切，都納入自己的版圖，身體也不例外，甚至它可能是消費關係中最本質的方面，棉棉在《糖》裏說「我」最相信自己的身體，認定無限真理就隱藏在身體之中，為什麼呢？陳染在《寫作與逃避》中寫道：「那個附著在我的身體內部又與我的身體無關的龐大的精神系統，是一個斷梗飄蓬。」精神的力量變得虛弱，猶如兒童，而身體在這過程中卻越來越富於主導性，彷彿成了主角，後現代書寫中，身體是怎樣被指認的呢？刁斗就在一個訪談中說：「人是慾望的集合體，其中情慾是根本，我喜歡探究情慾。」消費主義時代，身體不是智慧，也不是勞動，而是慾望，而慾望的積累和消除都是透過消費這個媒介來實現的。身體直接成了是消費和被消費物，啟蒙時代曾高喊「我是屬於我自己的」的身體、革命時代「勞動和犧牲」著的身體，被「消費的身體」所取代。身體在消費中積慾又被解慾，消費是一個解慾的過程，但是，解慾過後是更加激烈的慾望：消費撩撥了慾望，這激發起來的慾望又進一步增進了消費。這是消費主義時代，消費世界的最隱秘邏輯。消費解放了慾望，但是，慾望並不能解決一切——身體作為消費者需要不斷地提升自己的消費能力，作為被消費物需要不斷地提升自己的可消費性。實際上，身體的消費者

和被消費物身分在某種意義上是同一的，身體在消費時代同時處於上述兩個方面的夾擊中。身體在消費政治中的主導身分是透過消費來確定的，當然，這只是幻覺，人們以為只有做一個消費者我們才能擺脫被別人消費的命運，而真實的情況卻是我們透過消費他人也消費了自己。

衛慧小說《上海寶貝》中的主人公追求各種名牌化妝品和服裝，身體是消費的精靈，需要不斷打造、投資，Chanel、Gucci等著名時裝、鴉片香水、CD唇膏等等都是必需的物件，為什麼？因為這個身體需要不斷地刷新自己，在各種關係中被消費著的身體必須時刻保持它的可消費性，它必須抹去被消費過的痕跡——而化妝品、香水和衣物無疑是身體最好的刷新媒介。身體為了實現自己為被消費物，它首先自己必須是一個消費者。透過這種消費，身體才能克服垃圾化，克服被遺棄的命運，重新回到可被消費狀態。紙巾被你的手擦過後，被服務員扔進了垃圾堆，它不再是紙巾，而是垃圾，服務員據此判定你完成了對紙巾的消費，並把紙巾的費用結算在你的帳單裏。垃圾是紙巾的遺跡，是它曾經存在過證明，是一種什麼都未餘留的餘留物，一張扔在垃圾堆裏的紙巾就不再是紙巾了，為什麼呢？它被消費過了，它們是沒有任何剩餘物的剩餘部分，它是曾經存在的價值被消耗過後再也無價值的過去的價值物的蹤跡，它就是無。後現代社會，一切有形的無形的物都在被消費之中，一切都因為被消費而垃圾化著。但是，如果你告訴你的鄰居：你擁有的不過是一堆

垃圾，他會大發雷霆，會以為你瘋了，因為他一生都在為擁有這些並消費它們而奮鬥。然而他使用的一切都是將是垃圾而現在還不是垃圾地垃圾，就因為他正在使用那些物，他佔有了那些物，所以那些物只因為他是它們的使用者和正在使用它們，而對於他（一個人）來說還是不是垃圾，而對於其他人，因為這些東西只能被一次性地消費，因而儘管它尚在使用中，還表現著自己的使用價值，但是卻已經是垃圾，也就是說，「垃圾」表明一種消費關係，當一種價值被一個特定個人佔有那麼它對於其他人來說就突然之間變成了垃圾，例如：紙巾，當它被甲用來擦他的油晃晃的嘴時，它對於一個沒有用餐巾紙而等著服務員拿餐巾紙來的乙來說就已經是垃圾了，也就是說，乙在這張餐巾紙被甲使用的過程之中甚至之前（如甲拿過餐巾紙，準備用它）時就將這張餐巾紙感受為垃圾了，因為這張餐巾紙對於乙來說已永遠沒有再用的可能，乙不可能將甲用過的那張餐巾紙再用一遍。這就是現代消費的實質，一次性地消耗一個物的所有價值，一次性地使其成為垃圾。人們怎樣對待垃圾呢？遺棄：現代人對空無的體驗和遺棄聯繫在一起。如果沒有化妝品、衣物等等手段，身體在這種消費關係中也會垃圾化，它不可避免地會遭受被拋棄的命運。一個被消費過的身體，它存在著，但卻是空無，因為它沒有可消費性了——身體如何躲過那種像紙巾一樣經一過性消費而成為垃圾的命運？傳統的辦法是一夫一妻制，一個身體和另一個身體構成一對一的相互消費，自己作為消費者的同時也是被消費者，自己被垃

坂化的同時也在垃圾化著自己的物件，因為這種對等關係，人們變得可以對對方的垃圾化視而不見——人們因為自身的垃圾化而忍受對方的垃圾化，這就是為什麼，在一夫一妻制關係中，夫妻雙方對化妝品、時裝、香水的物品不會特別在意的原因。

但是，後現代社會，許多人遊離在一夫一妻制婚姻之外，他們透過香水、化妝品、時裝盡可能地遮掩著自己，遮掩著作為被消費物自身已經垃圾化的明顯痕跡，他們讓自己成為可以反覆使用的消費物，他們試圖以此來克服自身的垃圾化，以便在這個消費主義的世界裏可以反覆循環使用。

香水、化妝品、時裝是對身體的消費性書寫，其實消費社會，金錢、地位、智慧、知識、年齡等等都是以對身體的消費性書寫的名目出現在世人面前的，它們都是身體的消費力的符號，同時它們也是作為身體的可消費性符號出現在我們面前的（是身體對垃圾化的抵抗策略）。對垃圾化的恐懼及抵禦在後現代消費主義身體政治中佔據著核心地位，這是消費主義社會公開的秘密。

尹麗川有一首詩〈肉體〉這樣寫道：

> 男肉體和／女肉體／滾到一起／抱成一團／用鼻子嗅／用手摸／用嘴唇舔／／不一會兒／就熱了起來／兩具肉體／汗膩膩的／／又過了一會兒／女肉體／對男肉體說／你下去吧／咱倆別靠／這麼近／太熱了／／男肉體／十分委屈／他沒忍心說的話／女肉體竟／先說了

〈肉體〉描述的並不是一場啟蒙主義時代的愛情關係，也不是革命時代的男女關係，而是後現代消費時代的積欲和解欲，是慾望消費，積欲帶來了消費，但是，解欲卻要中止消費，有的時候，身體的解欲來得太快，以至於消費行為尚未完成，就被解欲事實提前中止了——身體被解欲垃圾化了，它們的可消費性在解欲的那一刻消失了。消費和慾望的關係及其複雜：一方面消費總是對慾望的解碼，它透過給慾望解碼而解除慾望，另一方面，消費又總是試圖不斷地重塑慾望，挽留慾望，激發慾望，它避免一勞永逸的解碼——這一點構成了身體不斷需要「刷新」的動機。

　　在一般的身體消費關係中，這是身體消費和一般物的消費不同的地方：消費者和被消費者的身分是遊弋、互換、變動的，雙方同時身兼二職。只有在買春和賣春這種身體消費的極端例子中，消費者和被消費者的身分才是割裂的，身體的消費者和被消費者地位透過金錢的支付和收取來區別，金錢讓一個身體對另一個身體擁有了掌握和處置權——一個身體成為另一個身體的工具。因而，後現代消費主義身體政治的原則不應該從買春和賣春中得出，越來越多的一夜情、網戀、網交等事實說明，身體政治的後現代景觀，和傳統的婚姻、嫖妓場域中的身體關係並不一致，而是有另外的風景。消費是一個「解慾望化」能指，它的所指是什麼呢？垃圾化？

二、大寫的身體：表述什麼，怎樣表述

朱文在其第一部長篇小說《什麼是垃圾，什麼是愛》中寫道：「所有身體上的問題，也就是生活的問題。」不僅僅是朱文有這種看法，其實在陳染、林白、韓東、李馮等一九六〇年代生新生代小說家中都存在著一種將身體放大，將身體作為反抗意識形態的手段的衝動。他們用大寫身體來應對意識形態，以身體寫作來應對意識形態寫作。從這個意義上說，身體寫作首先是發現身體、回到身體，在存在本體論意義上找到身體，把消除身體和存在的割裂當作自己的目標。他們認為「身體」中包含了所有存在的意義和奧秘，一切身體的言說：感性的言說、慾望的言說等等都是合理的，一個真正自由開放的社會，首先是身體自由的社會，慾望不會被當做壓抑的手段，自由也不會將慾望當成反抗的工具，人們對待慾望的態度應該是放鬆的，它應當允許慾望借用身體本文自由地書寫自身。韓東的《障礙》、朱文的《我愛美元》、葛紅兵的《沙床》、林白的《汁液》等小說中，二十世紀九〇年代出場的新生代作家面對慾望是放鬆的，他們相信個體慾望比階級仇恨好，感性開放比理性壓抑好，他們甚至渴望以身體的慾望性來對壘意識形態的覆蓋張力。他們據此尋找著身體寫作的意義。

與此相對的是另一種方式。魏微在《一個年齡的性意識》中寫道：「她們……在性上仍然是激烈的拚命的。我們反而是

女人，死了，老實了。」[1]魏微們作為一九七○年代生的新生代作家，比韓東等晚生了十年，韓東們自認為自己在解放身體的時候，魏微們卻認為他們的解放還不夠，甚至可能是另一種禁錮，魏微認為韓東們對性和慾望依然是緊張的，他們並沒有把性和慾望當作性和慾望本身，魏微們試圖以一種淡然的毫無感動的沒有方向感和操行感的方式來面對性和慾望——它們將是它們自身，不再負載任何精神性因素（對意識形態的反抗也是一種精神性因素）。《像衛慧一樣瘋狂》（衛慧）中作者在寫到性快感時如是說道：「那一刻除了快樂就是快樂，所謂的幸福不也就是對痛苦煩惱的遺忘？」「趁我還年少時的激情，我願意！」這種快感的直接認同與那種將「性」當做反抗壓抑、反抗絕望的手段的方式是不同的，前者把快感當作工具，後者認為快感就是快感的目的，不應當控制快感以使其充當別的什麼目標的工具。在他們看來身體只能由快感來書寫，身體本文只能作為快感的遺跡而存在。

魏微、棉棉、衛慧等的筆下，身體出沒於酒吧、迪廳、俱樂部等香豔場所，它們是軀體化的，在這些地方，它們勾帶著享

---

[1] 魏微在《一個年齡的性意識》中曾慨歎現代社會，原始的、純粹的情欲已經消失，「性墮落成了一種暗示和想像」，在《從南京出發》中，她認為，南京的歷史：魏晉是形式主義、物質主義和享樂主義盛行的淫靡時代，人類從自身的束縛中跳出來，獲得了解放。表現在性上，則有著空前的自由、坦蕩，沒有志向。熱情奔放的身體第一次受到關注，房中術開始盛行。大量的錢物被及時地利用、揮霍、浪費——人類進入了大天真時代。而到了李香君的時代，甚至女人也在關注時局和政治，失去了對身體和自由之心的膜拜。性成了藉口，南京在墮落。

受商品產生的愉悅，也呈現著享受性帶來的快感，在衛慧筆下，對身體的精神性裝潢——亨利‧米勒、艾倫‧金斯堡、狄蘭‧湯瑪斯、米蘭‧昆德拉等，是搖滾、電子音樂、大麻、性等快感書寫必不可少的前奏，它們是身體快感具有癲狂、迷亂、顫慄、撒播、分崩等後現代效果所不可或缺的要素。而棉棉則更為直接，棉棉的身體言說來自對性高潮的發現和讚美，雖然高潮總是帶來男人對「身體」的入侵和傷害，但是，男人是帶著Hight來到她的身體之內的，女性的身體離不開這種Hight的書寫——「我」不能沒有高潮中飛翔的身體，在快樂中的身體，正是這個身體改寫和重構了「我」和世界的關聯：後現代消費主義政治中，Hight是身體寫作最核心的命義。

這種解放是把身體從啟蒙、革命等符號系統轉移出來，現在Hight成了身體唯一的符號，如果說，韓東、朱文、葛紅兵、陳染、林白等人的寫作中身體是主體自我沉思的對象，對身體的凝視、撫摸、熱愛、誇張還顯得有些驕矜和炫耀，那麼這裏，身體已經被等同於存在本身，而不是通往存在的橋樑和工具。以Hight為中心的身體話語被建構了起來，這是身體寫作建構出來的新意識形態。

新生代作家的後現代身體書寫，為什麼會如此？趙柏田在〈出生於六十年代〉[2]一文中寫道：

---

[2]　《書屋》，一九九八年第三期。

他們開始有了記憶的時候，時間已經到了七〇年代的中後期，六〇年代那種迷幻的激情不是我們的歷史……我們是「紅色時代的遺民」。

「紅色時代的遺民」這一說法非常好，在他們的成長世界裏，激情、理想、正義……統統成了貶義詞，就像一個也是六〇年代出生的歌星張楚在一首歌裏所唱的那樣：「我成長於理想破碎的年代。」魯羊在他的一部小說也說《佳人想見一千年》中，藉著對主人公的分析，這樣說道：「他的軀體越來越重，……他離開激情，身體的物質性越來越大……他淹沒在激情中斷時。」他們幾乎先天就是反理想、反道德、反精神的，他們先天更親近身體的物質性、慾望性，他們更縱情、隨意，更在乎身體世界那種幽暗、搖曳、迷狂、慌亂、沉醉、升騰。

他們發展出了一種與這種身體的言說相適應的「午後的詩學」：一種有陰影的、個人的、隱秘的、感觸的、黯淡的，一種光線裏含著隔閡、暗冷、曲解、死亡、陰暗的寫作。魯羊《黃金夜色》、朱文的《傍晚光線裏的一百零八個人物》、韓東的《樹杈間的月亮》、陳染《嘴唇裏的陽光》、衛慧《水中的處女》等等，新生代作家喜歡那種陰影的、軟弱的、黯淡的、曖昧的、模糊、分拆、遺跡的事物，喜歡那些處於不定、漂移、晃動的東西。「陽光」在北島那一代作家的寫作中是正義、真理、永恆、光明的同義語，白樺有一首詩就叫〈陽光，誰也不能壟

斷〉，顧城有一首詩「黑夜給了我黑色的眼睛，卻讓我來尋找光明」（〈一代人〉）可以代表他們對光線的理解。那可說是一種「黎明的寫作」。而新生代寫作則不一樣，在陳染的《嘴唇裏的陽光》中，陽光與嘴唇聯繫了起來，帶著性意味，這裏陽光是陰影的（張開的空洞的嘴），這裏陽光是有傷口的（黛二小姐的牙痛，被拔出來的帶血的牙），是「久遠歲月的隱痛」（黛二小姐隱痛的生活），是對身體的入侵和改寫。

他們把身體安置在夜晚的酒吧裏，酒吧也因此成為後現代身體政治的專用符碼。「在一個酒吧裏他找到了熟悉的溫暖而無意義的氣味。」（衛慧：《水中的處女》）「在DD」S人們的眼神空洞而無表情，我在他們的臉上看到自己。工作緊張和手無寸鐵的人都來這裏，他們來這兒幹什麼呢我們一起在尋找，在汗水和音樂中我們找到了答案（棉棉：《美麗的羔羊》）。」朱文的新長篇《什麼是垃圾什麼是愛》從酒吧開始敘述：「小丁坐在窄窄的滿是煙頭的木桌邊……小酒吧裏光線黯淡，幾個臉色發青的服務小姐聚在他的身後不遠的吧台邊」，也在酒吧結束敘述，小丁送走於楊以後覺得沒處可去，只能去酒吧，「小丁坐在窄窄的滿是煙頭的木桌邊……酒吧裏光線黯淡，幾個臉色發青的服務小姐聚在他身後不遠的吧台邊」，酒吧，這個符碼就這樣來到後現代身體寫作之中，後現代身體症候：麻藥、酒精、搖擺、迷狂、散亂、耗散、等在這個文化符碼中得到演出，後現代身體寫作構築了這樣一種空間：昏暗的、頹廢的、感官的、動搖的、無法自持

的空間，在酒吧間昏暗的人工燈光中太陽光下的一切（陽光、理
想、責任、理智、信念……）都顯得不堪一擊——這裏是一個人
工的修飾的地方，炮製的勾引，誇大的誘惑，蓄意的幻像，這裏
回避陽光，信念在這裏找到了它的敵人，這裏是古典理想的敵對
形式。這是一代只有自我而沒有世界的作家，他們的自我的確定
性僅僅限於身體的疆域之內。

三、「下半身」

　　中國傳統文化是一種倫理型文化，而後現代文化則是一種
身體型的文化。它堅持「存在就是身體」的主張，它重視每個個
人的身體性存在，以「我存在」為中心來認識世界，是一種注重
每個個體的生存，注重每個個體的存在的文化。身體型文化並不
非常看重生活的最終的形而上目的而是看重一種生活方式將存在
本身視為目的；身體型文化是一種個人文化，重視個體獨立和自
由；再次身體型文化是一種充分開放的文化，不以民族、國家意
識形態為中心看待世界，它更願意從個體的直接的需要用一種更
為開放的無拘無束的心態來對待新的事物。倫理型文化的存在基
礎是人的身心二分法。沒有身／心二分法就沒有勞心與勞力的社
會分工，沒有身心二分法就沒有用知識給人類劃分等級貴賤的可
能，超級主體（天上的上帝、地上的聖人、領袖等）就是利用身
體和靈魂的二分法證明自己的存在的超越者地位的。自從人類出

現了身體和心靈的二分法，原始的身心統一的人就消失了，人類的肉體就一直是以一種匍匐的姿態在這個世界上為靈魂承擔著這樣那樣的骯髒與罪惡，人類的肉體倒下了，而人類的虛幻的想像的靈魂卻高高在上地站立了起來，被賦予了上帝、道德、良知、正義等面孔，而這些有形和無形的面孔之後的唯一的真實的隱身人也是唯一的得益人就是——超級主體（上帝、聖人、社會大全）。他們殺死了原始的安居於這個世界的靈肉統一不分的身體本真地處於安妥狀態的人，建立了兩個妖怪：靈魂的人、肉體的人，並為這兩個虛想出來的怪物編織了無數的神話。它要求人「愛靈魂不要愛身體，愛上帝不要愛自己」，愛絕對主體：真理、大全、善，而無限地鄙視身體，無限地為身體的罪孽尋求它的寬恕和救贖。愛絕對主體的原則看起來似乎高尚，實際並不如此，因為絕對主體並不顯身於世界，因而他的原則其實最終就是愛他在這個世界的代言人：地上的聖（知識分子），愛地上的神（領袖）以及虛構的「大全」。在這裏人的樸素的身／心二分法透過神秘的神／人二分法轉化進而發展為現世主義的聖／俗二分法、「大全」與個人的二分法，並在結果上落實為現實世界的人在主體地位上的（超越主體與一般主體）絕對等級制度。總之群體文化之下的人是身心割裂的，使以心、理性、靈魂來壓抑身、感性、肉體的。中國歷史的源頭沒有像古希臘的伊壁鳩魯那樣的崇尚身體、感性的反對派倫理學家，又沒有經歷尼采那種非道德主義哲學的衝擊，所以中國的反身體、敵視感性、視肉體為仇寇

的道德主義觀念一直延續了幾千年，中國人在長達幾千年的過程中一直受著這些道德主義影響，以至中華民族看起來似乎是先天就反身體的。

後現代身體寫作所崇尚的身體政治原則在中國並未被普遍接受，但是，文學界卻情況不同，在普遍對後現代持懷疑拒斥態度的中國，文學創作及理論界最先開始了對後現代的傳播和接受，直到如今，熱烈響應希望後現代理論的學者幾乎無一例外都是來自文學界。而新生代作家以身體的名義所進行的一系列還原或者解構活動構成了其波瀾壯闊的運動畫面，這個運動一波勝過一波。

新生代遇到自己隊伍中的反對者是在二〇〇〇年一月。新世紀鐘聲還沒有散去，新生代作家還沒有在自己的地位上坐穩，而它的反對者已經從其內部誕生了。

當尹麗川[3]以一篇〈愛國、性壓抑……與文學——致葛紅兵先生的公開信〉作為處女作殺上文壇的時候，她可能沒有意識到，這是一個多麼嚴重的事件：身體寫作的內部分裂了，有更激進的一群，他們已經不滿足於老一批一九六〇年代出生的新生代作家的猶豫、遮掩以及政治化傾向——當外界的葛紅兵，覺得他在身體的旅行中走得太遠的時候，新生代作家內部也開始了對葛

---

[3] 出生於重慶，畢業於北京大學，以及法國ESEC自由電影學校，1973年出生，「七〇後」的作家.

紅兵的清算，而這清算，是覺得葛紅兵走得還不夠激進，新生代中最新的一群已經羽翼豐滿，他們要和自己的學長決裂了[4]，他們批判聲浪日隆之時，他們試圖用更為激進的姿態，更為決絕的方式，開始自己的身體之旅。[5]尹麗川的出現，這個曾經在法國留學電影專業的年輕女性，透過一篇針對新生代作家葛紅兵的反駁文章走上文壇，她成了新生代運動的反對者，也標誌著後現代身體寫作在中國進入了一個新的階段。她給身體寫作添加了新的面孔，也帶來了新的狀況。她透過對知識分子的蔑視（對知識、真理等大辭彙的消解）以及對身體本能（在她那裏身體還原成了野性和慾望的單純體）的過分強調，而將身體寫作發展成一場徹頭徹尾的破壞運動。

尹麗川說：「是不是我中毒太深？關於男人女人，我首先想到的／就是男女關係。」她說：「失去了愛情（擁有性愛）。你永遠不會老。」

---

[4] 儘管數年前葛紅兵們也曾經發起過「斷裂運動」，他們在「斷裂宣言」中宣稱要和魯迅以來的中國現當代文學傳統決裂、和當代文學創作機制決裂。

[5] 值得注意的是，當初「葛紅兵們」對魯迅的攻擊恰恰成了尹麗川不滿葛紅兵們的理由。在一篇網路上傳播的沒有署名的評論尹麗川《十三不靠》的文章中，該作者非常清醒地看到了尹麗川和魯迅的聯繫，「尹麗川冷調的寫法，……可說是在魯迅之後，後鞭撻群眾種種劣根性的優秀作品，令人哭笑不得的情節裏，蘊藏的是作家對世人的誇言。而尹麗川的〈孫子找爸爸〉，算是中國大陸新世代的另一篇〈阿Q正傳〉，再度寫出群眾的盲從、愚昧及失控的恐怖。尹麗川在網路上刊載的〈愛國、性壓抑……與文學——致葛紅兵先生的公開信〉一文中，提到「我的文體定和魯迅發生了『特殊聯繫』，我倒是不以為恥反以為榮」。」

他們對「身體寫作」這個詞已經不滿，他們宣稱，他們進行的是「下半身寫作」，這種赤裸的對情慾的歌詠，對身體的熱戀，和早期新生代身體寫作比起來，已經發生了相當大的變化，他們完全不相信身體之上的精神性因素了，「愛情」這樣的辭彙在他們的作品中是貶義詞。

他們是五四啟蒙敘事的反對者。馮沅君的《旅行》在五四時代有一定代表性，其中的一段話很能夠說明：我們又覺得很驕傲，我們不客氣地以全車中最尊貴的人自命。他們那些人不盡是舉止粗野，毫不文雅，其中也有很闊氣的，而他們所以僕僕風塵的目的是要完成他們名利的使命，我們的目的卻是要完成愛的使命。這裏男女主人公是靠了愛的神聖感和使命感而把「我們」和「他們」區別開來的，愛使人高貴，使人驕傲，擁有愛就擁有人的一切尊嚴。這部小說中，主人公在外孤男寡女地旅行，但是他們沒有做愛。同樣的情況也發生在丁玲那篇引起了轟動，號稱是五四「性愛」第一小說的《沙菲女士日記》中，該小說中沙菲女士和她所喜歡的漂亮男人除了一個勉強的吻，再沒有其他身體接觸了。這種對於愛──精神和肉體分離的理解，在五四，是有一定代表性的。

他們也是革命敘事的反對者，左翼文學家大多把愛情和革命聯繫起來，但是，尹麗川呢？「愛情是濕的，革命是乾的／一濕你就幹，一幹它就乾。／革呀革呀哥呀坐／坐呀坐呀做呀哥／把酒杯坐穿！把愛情做乾！」

尹麗川在一首詩〈為什麼不再舒服一些〉中這樣寫道：

> 哎　再往上一點再往下一點再往左一點再往右一點／這不
> 是做愛　這是釘釘子／噢　再快一點再慢一點再鬆一點再
> 緊一點／這不是做愛　這是掃黃或繫鞋帶／喔　再深一點
> 再淺一點再輕一點再重一點／這不是做愛　這是按摩、寫
> 詩、洗頭或洗腳／／為什麼不再舒服一些呢　嗯　再舒服
> 一些嘛／再溫柔一點再潑辣一點再知識分子一點再民間一
> 點／／為什麼不再舒服一些

　　〈生活本該如此嚴肅〉[6]中尹麗川對早期新生代作家渴望的
「意義」進行了反諷，對意義的徹底消解，是「下半身」寫作的
一個重要特徵，「身體」不能承載革命敘事中的意識形態功能，
同樣也不能承載早期新生代作家所寄寓的反意識形態功能，身體
是沒有功能和意義的，它無所謂意義，身體應當處於對「意義」
這個規馴物的抵抗狀態之中，身體被認真地還原了。它們否定
政治銘刻，反抗思想符碼，開始了身體的真空之旅。從身體中追
求意義的行為被看成是迂腐和盲目的，任何試圖使用身體而臻達

---

[6] 我隨便看了他一眼／我順便嫁了／我們順便亂來／總沒有生下孩子／我隨便煮些
湯水／我們順便活著／幾個隨便的朋友／時光順便就遛走／我們也順便老去／接
下來病入膏肓／順便還成為榜樣／「好一對恩愛夫妻」／……祥和的生活／我們
簡單地斷了氣／太陽順便照了一眼／空無一人的陽台

某個目標的行為都遭到拒斥。身體,必須克服這種「意義」編碼或者自我編碼的衝動,身體必須在真空地帶重新找到自我。在更激進的尹麗川這裏,棉棉、衛慧對名牌產品的鍾愛,對PUNK生活和姿態的偽熱愛徹底地廢除了,身體的資產階級屬性(包括以反抗資產階級性而表現出來的資產階級性)被徹底拒斥,一切裝潢,包括布料的衣服以及語言的、政治的和文化的衣服,都是多餘的——他們被看成是對身體的(資產階級)規馴而加以拒斥。

早期新生代曾經是中國文壇最激進的先鋒,他們不僅和當代的寫作體制不和,還和近百年中國現代文學傳統,包括魯迅傳統不和(韓東稱魯迅是一塊老石頭,這在一代讀著魯迅書長大的人那裏是非常大逆不道的),和刊物發表體制不和(他們嘲笑《收穫》雜誌,諷刺《小說選刊》等等),他們不僅在一般意義上反抗集體主義道德信條(他們是中國第一批辭職回家做自由撰稿人的人,在集體主義社會中,這種舉動無疑是極端激進的,這甚至意味著自斷生存後路),還整體性地嘲笑社會物質和精神的等級結構。然而,他們的身體寫作還是受到了「尹麗川」的拋棄和否定,尹麗川們需要更前進一步。在「下半身寫作」者心目中,作協體制、刊物發表體制、階級道德等等都不是問題了,他們已經感受不到這些東西的壓迫,魯迅傳統,也是如此,他們反而發現魯迅可以成為後現代主義的精神楷模,魯迅在他們心中就如金斯堡,魯迅在中國的價值再次被發掘了。魯迅是中國的一個奇特現象,從一九三〇年代開始,他就被看作是左翼文學的旗幟,

一九五〇年代之後，他更是成了中國的文學之神，他曾經是紅衛兵運動的精神動力之一，後來在一九八〇年代的啟蒙主義運動中，他又成了啟蒙知識分子的偶像，唯一反抗過魯迅的是早期新生代作家，但是，也正是因此，後期新生代作家尹麗川們，從這裏開始和他們分道揚鑣了。魯迅的什麼東西，吸引了這些後現代主義者呢？

對於那種形式主義的誇誇其談的耀武揚威的站隊表態式的早期新生代的思想謀反，後期新生代作家們已經厭倦了，是分道揚鑣的時候了，從當初棉棉、衛慧對韓東等新生代作家的禮拜，到尹麗川對葛紅兵等新生代作家的不屑一顧（儘管尹麗川之登上文壇和韓東主持《芙蓉》「七〇年代後」專欄有關，但是，似乎尹麗川們並沒有對韓東們表示什麼敬意），時間僅僅是幾年之間，但是，精神上已經發生了巨大的變化。後現代主義在中國從「身體寫作」到「下半身寫作」，他們對自己的精神兄長——早期新生代作家做了一次更大的謀反。不過，在我看來這種謀反是美學上的分歧造成的。早期新生代作家在美學上確立了一種對「壞趣味」、「庸俗藝術」的舒離隔離層，他們反對商業主義、市場原則，用標新立異來不斷刷新人們得審美感覺，他們最大的敵人不僅來自意識形態，還來自普羅大眾，他們要和普羅大眾的庸俗趣味鬥爭。但是，後期新生代顯然不是如此，他們號稱自己是「下半身」，他們和任何高雅的東西無緣，他們追求的是——粗俗，或者是他們最新的身體美學——下半身美學。

讓我們看看他們的自我介紹[7]：

> 沈浩波：一把好乳（打一人名）；答：浩波。座右
> 銘：在通往牛逼的路上一路狂奔。
> 朵漁：天津一病鄉紳：當獅子抖動全身的月光／漫步
> 在黃葉枯草間／……不是感動／而是一種深深的驚恐。
> 尹麗川：喜愛男人，愛上就不放過，江湖版主贈一外
> 號「酷男殺手」。與紅旗並稱「男女雙殺」。
> 李紅旗：清除偽飾的現場寫作，被人喚做下半身的一
> 面紅旗。外號「靚女殺手」。

這些人物介紹的語言風格很能說明「下半身」的美學傾向。
沈浩波的代表作之一〈人老乳不老〉：

她站在那裏
依然儀態萬方
一個聳著漂亮乳房的女人
即使年紀大些
也可以說是風韻猶存

7　http://www.wenxue2000.com/index10.html。

軀體意向。作家直接指向的是一具女性軀體，一個老女人身上的性感意味，這種美不是來自青春、愛情，不是來自和諧的身體之美，也不是來自精神因素，而是來自純粹軀體[8]——甚至僅僅只是軀體的一個部分。這和早期新生代詩人對美女、少女的誇張的歌詠正成對比。中國的後期新生代作家們，完全不顧及什麼是審美之物，什麼不是審美之物，他們在美學上的顛覆性主要表現在拒絕在美學上作出「文學／非文學」、「審美／非審美」的區分，在他們看來這種「文學語言」的專門化、技術化正是早期新生代文學家失敗之處，他們要讓詩歌回到生活口語，讓小說回到日常生活，而且是「下半身」色彩的日常生活。在中國的後期新生代作家們看來，無疑，早期新生代作家以為自己的寫作為身體寫作，但是他們的身體卻是上半身的身體，如果社會是一個有機體的話，那麼他們的寫作也是代表這回有機體的上班身——知識分子的寫作，現在，他們不僅要在美學上高呼下半身的寫作，同時也要在社會層面代表「社會機體」的下半身——最底層的貧民，用平民的態度和語言來寫作。他們的這種寫作觀念和流行於歐洲的PUNK潮流非常接近。他們是否直接從PUNK運動中接受了啟示？不得而知，但是這種美學訴求，卻是真切的顯示了出來。

---

[8]　在「身」的「軀體」、「身體」、「身分」的三個層次中，他們強調「軀體」。

從美學上看，中國的後期新生代作家更具有顛覆性，但是顯然，他們的顛覆色彩沒有受到社會的重視，這一方面可能是因為正統文壇對新生代的把戲已經看得夠了，他們認為這些人只是新生代的餘緒，另一方面也可能是在文學審美的道路上，這些人實在是走得太遠，一個先鋒，他在前面五十步的地方，後面的眾人尚能看到他的背影，而一個一百步遠處的先鋒，對於眾人來說已經不是先鋒了──因為對於大眾有限得視野來說，他根本就不存在。中國的後期新生代作家面臨同樣問題，他們不被大眾看見，他們的反叛性也沒有被大眾看見。他們得到的只有誤解。

　　縱觀當下社會，消費主義富足外觀之下，同時存在著兩種赤貧化，一種物質的赤貧，他們在城市不被人看見的角落流行[9]，另一種就是中國的後期新生代作家們，他們是城市中得了精神赤貧症的遊牧族，在城市的繁華外衣下，是他們猶如細菌一樣赤裸的身體，他們脫光了衣服，在早期新生代的抗爭與呼告之後，赤裸著下身在城市中暗暗遊走。「一無所有」赤裸的他們深深地把自己埋葬在消費主義城市廢墟之中，他們讓自己最大程度地是一個「一般人」，以「一無所有」的空無姿態寫出「下半身」的美學宣言。下半身寫作，在中國，是空無的代名詞，是反抗，同時也是妥協；是先鋒的，同時也是保守的；它創造了一個特殊的美

---

[9]　沈浩波《乞婆》：趴在地上／綣成一團／屁股撅著／腦袋藏到了／脖子下面／只有一攤頭髮／暴露了／她是個母的／真是好玩／這個狗一樣的東西／居然也是人。

學時代：物質極端繁榮之下的精神真空化，無所有，也沉迷於無所有的「身體狂歡」。

第六章
饑餓的文化政治學

> 就是這東西（饑餓）在催逼人的一生，誰也不饒！它讓人
> 人都急急飛跑，跑個精疲力竭，氣喘不迭。饑餓這東西，
> 千變萬化，有的盯準你的肚腹，有的盯準你的腦瓜。哪兒
> 被盯住，哪兒就會感到鑽心的饑餓。你四處奔波，累得皮
> 老骨硬，頭髮脫光，它還在後面催逼你、折騰你，把你身
> 上的熱氣一絲一絲、一點一點地耗光。
>
> ——張煒，《九月寓言》

　　饑餓首先是一種生理現象：嬰兒依據饑餓的感覺而產生尋找
乳頭的衝動，饑餓使嬰兒產生對母親的需要，據此和自己的母親
形成關聯；饑餓同時也是一種文化現象，饑餓的感覺有時不完全
來自生理，也可能來自心理，一個嬰兒可能並不因為胃部空虛而
尋求母親的乳房，他可能出於情感需要而尋求母親的哺乳：他可
能把某種恐懼、孤獨、焦慮感受為饑餓，試圖透過尋求母親的哺
乳緩解這種「饑餓」。現代社會，「饑餓」更是一種文化現象，
因為它是被製造出來的：人們的生活習慣以及嘗試過的、擁有

過的東西培養了這種需要——它是一種effect of the consumption social-life（消費性社會生活的結果）[1]，一個捧著米飯自覺難以下嚥卻渴望麵包和乳酪的人，他針對麵包和乳酪產生的定向饑餓感決不完全是生理的，更多的可能是文化的，一個面對狗肉產生饑餓感的鮮族人和一個面對鴿子產生饑餓感的漢族人，無論如何，我們必須說，他們的饑餓感不是單純生理因素的結果，而是民族食文化的結果——這一點只要我們觀察一下西方人的態度就可以了，很少有西方人會在這兩種食物面前不反胃。

一、饑餓、饑餓感、永恆饑餓

首先，筆者要給出這樣三個定義：「饑餓」是身體的一種匱乏狀態；「饑餓感」是身體對饑餓這種匱乏狀態的體驗；「永恆饑餓」是饑餓感透過身體銘刻長久地駐留於身體之內並主宰身體行為，它是身體在不饑餓狀態下對饑餓的記憶和領受，是饑餓感的持久化。從「饑餓」到「饑餓感」再到「永恆饑餓」，是「饑餓」的「去生理化」過程，也是「饑餓」由單純生理現象而「文化政治化」的過程。現在，讓我們以蕭紅散文〈餓〉為例，具體闡述之。

---

[1]　The Mouth That Begs - Hunger, Cannibalism, and the politics of Eating in Modern China, Gang Yue, Duke University Press, 1999, p.149.

蕭紅散文〈餓〉開篇，一早醒來的主人公「我」注意到：「『列巴圈』掛在過道別人的門上……『列巴圈』已經掛上別人家的門了！有的牛奶瓶也規規矩矩地等在別的房間外。」我們要留意，單純的食物並未激發「我」的饑餓感，饑餓感來自於之後「我」對食物的「食用」想像，「我」面對別人門前的「列巴圈」、「牛奶瓶」產生了怎樣的聯想呢？「（那些房間裏的人）只要一醒來就可以隨便吃喝……（但）只限於別人，是別人的事情。」看起來這是一個與己無關的想像，但是接下來我們會發現，正是「我」的這一想像才激發了「我」自身強烈的「饑餓感」，產生了「佔有」那些食物的衝動。到此為止文中還一直沒有出現「餓」這個詞，「我餓啊！」這句話出現在第四自然段的末尾。蕭紅寫道：

> 去拿吧！正是時候，即使是偷。……輕輕扭動鑰匙，門一點響動也沒有。探頭看了看，「列巴圈」對門就掛著，……立刻想到這是「偷」。兒時的記憶再現出來，偷梨吃的孩子最羞恥。……我抱緊胸膛，把頭也掛到胸口，向我自己說：我餓啊！不是「偷」呀！

如果讀者仔細一些，就會發現「我」是在意識到「偷」的可恥之後，才向自己說「我餓啊！不是『偷』呀！」的。看起來，「我」的「饑餓感」是由偷竊的「羞恥感」引發出來的，它是對

「羞恥感」的代價，不是饑餓激發了偷竊的衝動，而是「我」對偷竊衝動的反思引發了對「饑餓」的體驗，它使生理性的「饑餓」走到了前台成為心理性的「饑餓感」並為偷竊行為提供了心理依據。果然，經過上述心理轉換，「我」又鼓起勇氣，嘗試了一次「偷」——但是「我」再一次地失敗了，「我」沒有實施偷竊行為的決心。事實上，主人公「我」馬上就接受了這個失敗，放棄了偷竊，為什麼饑餓中的「我」能接受這個失敗呢？「饑餓」作為生理現象，對人的行為驅力是潛在的，它並不能從本質上決定一個人的行為，能夠決定一個人行為的是人對饑餓的感受——饑餓感，但是，饑餓感作為行為驅力雖然原初性地根源於「饑餓」，但又不單純地在「饑餓」的生理層面上活動，饑餓感把「饑餓」帶進了身體的文化政治學——一個更高的範疇，饑餓感受到更高的文化政治學規則的調控，有時候會被放大，〈餓〉中「我」對別人家的「列巴圈」和「牛奶瓶」的佔有慾望誇大了「我」的「饑餓感」，之後，「我」對偷竊行為的恥辱意識又壓抑了饑餓感。

蕭紅的散文〈餓〉給我們提供了一個非常好的視角，它說明，饑餓感是一種比較弱的身體驅力，作為一種身體匱乏感，它對人的支配作用是有限的。這也是為什麼中國乃至世界歷史上出現過如此多的大饑荒，但是，因為饑荒而出現普遍道德墮落、文明淪喪或者社會革命的情況卻很少的原因。饑餓並不能直接決定一個人的行為，它並不能驅動人在純粹生理層面上活動；當它轉

化為「饑餓感」具有了身體驅力時，儘管非常難以克服，但是，它卻不能驅動人去做他不願意做的事情，它的驅力只能在文化政治學範疇內起作用——這也是為什麼「普遍的饑荒常常並不能直接構成社會革命的直接動力，革命的身體政治學必須不斷強化人們對饑餓的體驗，放大饑餓感才能鼓動革命」的原因。伯夷、叔齊因互讓君位，逃往首陽山，採薇而食，餓死山中也不受君位；二次世界大戰中，守衛中途島的日軍有數千人寧可餓死在山洞中也不向美軍投降，這種耐餓現象說明，人類對饑餓感的克服能力是多麼卓絕，饑餓感已經從身體性感覺的閾限中被超離出來，它成了一種具有文化政治意味的感覺，受到文化政治的操控。也就是說，饑餓感不僅僅是一種自然生理現象，同時還是一種文化感覺，人類政治很早就發明瞭對饑餓感的控制技術。

饑餓感的文化意味帶來了吃的政治學。《論語》中孔子強烈反對逾越自己的身分等級使用食具的情況，孔子把這種情況看成是大逆不道。孔子深深懂得饑餓的文化政治學效應，他把食品的等級甚至食具的質地、大小、制式與人的政治身分、等級、態度一一對應，賦予吃以政治內涵，把吃納入「禮」的範疇加以管理。這種吃的政治學不僅在統治者是重要的馭民術，在一般民眾那裏也是重要的政治手段，《戰國策·齊策》載，孟嘗君客有馮煖者，彈劍歌曰：「長鋏歸來兮，食無魚。」馮煖真的是因為饑餓而歌嗎？不是，他是因某種吃的政治學而歌，他把吃的等級和政治等級掛鈎，以「魚」隱喻自己的政治身分。《聖經》中基督

讓門徒喝葡萄酒、吃餅，並說酒代表他的血，餅代表他的肉體，基督的聖餐政治學所表達的意蘊非常明確：分享基督血液和肉體的食實際上是表明自己政治立場的儀式，愛基督的透過這種政治意識「血肉相聯」，籍此，他們可以抵擋敵基督者的迫害和誘惑。

　　身體一方面安置自身於世界之中，讓自己成為世界的一部分，另一方面身體又透過吃使世界進入身體的內部，成為身體的一部分。吃使身體和世界的關係複雜化了。而這種關係的實質是佔有。饑餓是一種匱乏的感覺，消滅饑餓的唯一辦法是佔有。身體透過（進食）佔有世界而實現自己為世界內在者，反之世界也透過被進食而成為在者的世界。但是，當在者感覺饑餓時，實際的這種均衡互占被打破了，在者和世界之間處於隔絕和緊張狀態，世界對在者體現為匱乏，在者被世界影現為多餘。由此角度言之，與其說〈餓〉中蕭紅寫的是饑餓感本身，不如說她寫的是如何透過佔有行動克服饑餓感。在者總是試圖透過克服饑餓感、消除饑餓而實現和世界的再度和解，進而安然地居住於世界之內。〈餓〉的結尾寫道：

　　　回來，沒有睡覺之前，我們一面喝著開水，一面說：
　　　「這回又餓不著了，又夠吃些日子。」
　　　閉了燈，又滿足又安適地睡了一夜。

　　〈餓〉寫了一次克服饑餓感的過程，一次在者從與世界處於

爭執狀態——不被世界佔有（屬於世界的）也不佔有世界（屬於人的）的狀態——回復到與世界的和解狀態的過程。這裏，饑餓充當了身體與世界間關係的政治學符號，它闡明瞭世界對身體的義務，也闡明瞭身體對於世界的義務——身體必須時刻處於某種義務性的「為世界」繁忙之中，世界也必須時刻處於某種「為身體」的敞開狀態——而饑餓無疑是這種關係的調節器。

主體透過饑餓感感受自己為世內在者，他透過饑餓體驗了對世界的佔有需要，他意識到世界必須是「他的世界」，他才能在其中安居，從這個意義上，我們說，人不是別的，人就是世內世界（相對於宗教大全而言）本身——人就是他的食物——他透過吃使自身成為一個身體，存在於世界之中，並且透過吃和世界一直保持互相佔有狀態；世界也透過在者的饑餓使自身表現為屬人的世界：它是向著人類敞開的無所不在的大全——它是唯一的施予者，因而它應該是萬全的——「萬全」由此是世界的義務。

我們說「萬全」是世界的義務，並不是說，世界必須主動顯身於在者並向在者敞開，相反我們是說：在者必須不斷地透過扣問，使世界保持「萬全」的屬性。在者並不是自動地就安居於世界的，世界的可安居性不是世界的屬性而是在者的屬性。世界透過「饑餓」不斷地提醒在者：它事實上時刻處於缺席狀態，世界在未受扣問之處，總是缺席的——但是，它又總是潛在的萬全者，它時刻保有著這種萬全的屬性並潛在地對所有扣問者敞開著——我們是在這個意義上說，萬全是世界的義務。

二、饑餓感與政治革命：從「反饑餓」到「反壓迫」

蕭紅〈生死場〉中寫金枝逃離家鄉流落哈爾濱街頭：「滿天星火，但那都疏遠了！那是與金枝絕緣的物體。」這個時候，世界對於金枝來說，像是隱退了，世界「疏遠」了金枝，彷彿成了「與金枝絕緣的物體」，什麼意思呢？世界並未主動展現它萬全者的面目，而是以相反的姿態顯現在人地兩疏的金枝面前：「許多街頭流浪的人，擠在小飯館門前，等候著最後的施捨。金枝腿骨斷了一般酸痛，不敢站起。最後，她擠進要飯的人堆去，等了好久，不見夥計送飯出來，四月裏露天睡宿打著寒顫，別人看她的時候，她覺得這個樣子難看，忍了餓又來在原處。」在金枝的意識中，這裏的一切都是生疏、隔膜、無情感的。通往世界的道路彷彿被阻絕著，但是，世界並未真正隱退，世界依然存在著，它透過饑餓感顯現於金枝的意識之中，或者說，它透過不斷加強的饑餓感在金枝的意識中闡明著自己的存在。

饑餓感對於在者是如此重要，如果沒有饑餓感的存在，我們很難說世界對於在者來說是必需的，金枝完全可以安適地躺在夜空之下，世界不成其為金枝的世界，金枝也不成其為世界的金枝在者。正是饑餓感的左右，金枝時刻保持著在者的警醒——她時刻向著世界發出自己的扣問，第一次她失敗了：「在街樹下，一個縫補的婆子，她遇見對面去問：『我從鄉下來的。』」她試圖

獲得老婆子的幫助，「看她做窘的樣子那個縫婆沒理她，面色在清涼的早晨發著淡白走去。」但是，第二次，她成功了，當金枝再次發出「老嬸娘，我跟你去，取賺幾個錢吧」的呼告時，那個婆子終於領她走，把她帶進了縫婆的隊伍。儘管世界對她依然沒有顯出萬全者的面目，她依然受著饑餓的折磨，但是，和當初躺在街頭時已經不一樣了，小說這樣寫道：

> 襪子補完，肚子空虛的滋味不見終止，假若得法，她要到無論什麼地方去偷一點東西吃。很長時間她停住針，細看那個立在街頭吃餅乾的孩子，一直到孩子把餅乾的碎末一塊送進嘴去，她仍在看。
> 「你快縫，縫完吃午飯。……可是你吃了早飯沒有？」
> 金枝感到過於親熱，好像要哭出來似地，她想說：
> 「從昨夜就沒吃一點東西，連水也沒喝過。」

儘管依舊是饑餓，但是，此刻的饑餓確實不一樣的，它向金枝展現的是「中午吃飯」的可能性，而不再像前天晚上那個饑餓了。

不久，金枝就解決了吃的問題，她甚至有了小小的積蓄。「她在褲腰裏縫了一個小口袋，把兩元錢票子放進去，而後縫住袋口。女工店向她收費用時她同那人說：『晚幾天給不行嗎？我還沒賺到錢。』她無法又說：『晚上給吧！我是新從鄉下來的。』」金枝試圖拖欠或者不給女工店的錢，為什麼呢？饑餓感依然在發揮作

用。唯一的解釋是饑餓感和饑餓並不是同一的，饑餓感無處不在，甚至在一個並不饑餓的人的身上也會存在，它是一種恒久體驗。

在這裏我們可以看到饑餓感是如何在一個並不饑餓的人身上發揮作用的。饑餓已經解除，但是，饑餓感卻牢牢地紮根在金枝的腦海裏，即使是金枝已經不再受到饑餓威脅了，甚至她還有了積蓄，饑餓感依然牢牢控制著金枝的行為——金枝生活在對饑餓反覆體驗和恐懼之中，她時刻都在恐懼著饑餓感的再度侵襲，因此，她冒著危險偷偷掩藏著自己的錢——她變得吝嗇了。她並不是不知道拒絕交錢的結果，她也知道她這樣做是不符合道德的，她必須付出道德的代價，同時它也必須付出現實的代價，懲罰有多麼嚴厲，她是知道的（事實上不久她藏匿鈔票的秘密就被發現了，她的錢被強行奪走了四分之三），但是，她還是拒絕交錢，為什麼呢？「永恆饑餓」支配了她，她覺得只有錢才是可以倚靠的，為此她不惜戰戰兢兢地走到了單身漢們的屋子裏，出賣了自己的身體，為此她願意忍受著天天被催逼的折磨拒不交錢給女工店。

我們要知道，正是饑餓感的這種屬性使饑餓成了政治革命的原動力之一，使「反饑餓，反壓迫」成了二十世紀中國社會一個重要的革命政治口號。饑餓感不能以身體本能的面目參與政治革命，當然它要經過政治理論的轉換，必須武裝以「革命理論」。那麼，讓我們來看看革命理論的「饑餓邏輯」，在革命的政治理論中：饑餓是壓迫的產物，而不是懶惰、愚鈍以及道德欠缺的產物。這個論證非常重要，中國古代，傳統道德認為勤勞使人富有

（勤勞致富）、知識（學而優則仕）使人獲得地位和尊嚴，在這種道德信條的左右下，貧窮和饑餓常常被認為是卑賤的象徵，但是，如果這個邏輯反過來：饑餓是因為被剝削，富人是因為剝削窮人的勞動而免除了饑餓，窮人恰恰是因為他們的勤勞（他們的勤勞成了被剝削的前提，他們越是勤勞就被剝削得越多）而成為挨餓者，他們之所以一無所有，不是因為不勤勞而是因為他們勞動的成果被剝削。富人的富有恰恰是因為他們道德上墮落，壓迫窮人，剝削窮人，窮人之所以挨餓是因為他們的勞動成果被墮落的富人剝奪了。現在，邏輯顛倒了過來：貧窮是道德的象徵，而富有則成了無德的象徵；饑餓是光榮的——人們不應該為饑餓感到羞恥，而應該為饑餓感到光榮；也不應該試圖透過勞動來免除饑餓，相反免除饑餓的唯一正途是「革命」，因為饑餓的根源不是懶惰而是被剝削被壓迫，只有革命才能消滅饑餓的真正根源。這就是二十世紀中國的饑餓政治學。

當饑餓的人意識到這種邏輯的時候，他就開始「覺醒」了——饑餓感從身體感覺上升到了政治覺悟，進而發展成政治革命的動力。蕭紅很深刻地展現了這個過程。〈生死場〉中，蕭紅寫了兩類人，一類是金枝這樣的女人，她們的「永恆饑餓」尚沒有發展成革命的「政治覺悟」，他們只是在個人的層面上使用著身體的本能，用最本能的方式克服著饑餓感的威脅，而第二類人則是像李青山、趙三那樣的男人。他們是懵懂的，受著饑餓的折磨，另一方面他們又憑藉著本能找到了突破的焦點：他們意識到

不可能在勞動中獲得溫飽,「趙三感到牛羊和種地不足(以幫助他免除饑餓),……他漸漸不注意麥子,他夢想著另一椿有望的事業」。趙三首先決定的是抗租,地主試圖提高地租,趙三起來聯絡大家商議抵抗,後來他又意識到,饑餓來自日本人的侵略,他不能一邊做亡國奴一邊吃飽肚子,於是他想組織「革命軍」,然而懵懂的抵抗總是要失敗的,在身體的饑餓感和革命的政治覺悟之間橫亙著萬丈天塹。一個樸素的農民,不可能僅僅憑藉著饑餓的身體感覺而找到真正的革命政治。趙三註定要失敗——事實上蕭紅根本就不相信趙三們有任何成功的可能。

三、饑餓政治學的完型:翻身樂

反抗饑餓與反抗壓迫的政治學,只有在共產主義政治理念輸入並且獲得共產主義政黨有形組織形態的支援之後,才能真正發揮作用並且獲得勝利。這種反饑餓的政治學在農民那裏有一個非常形象的身體比喻:「翻身」。劉再復在分析丁玲《太陽照在桑乾河上》第五十五節《翻身樂》時說道:「所謂『翻身』,就是從前的『身』被地主的『身』壓下去,這樣農民的『身』就存在翻不翻的問題。所以『翻身』就是農民和地主政治權利和社會經濟地位的互換。『翻身』之所以成為農民的快樂,就在於分了地主從前所有的財產。」劉再復又進一步說道:「一種人用暴力剝奪了另一種人的財產和幸福,不論它有多麼充分的社會理論或

者法律條文方面的理由，在人性與人道原則面前總是殘酷的……『翻身樂』要描述的是那種階級較量結束之後的快樂：一種人的快樂建立在另一種人的痛苦和折磨之上的快樂，也是人類諸種快樂裏面比較有欠缺的一種快樂。」[2]

　　劉再復以其人道主義立場反對這種「翻身樂」，卻不知道，一次次對食物的佔有行動可以緩解一個人的「饑餓感」，卻不能解除他的永恆饑餓；類而言之，物質的佔有能夠緩解一個階級的「饑餓感」——對匱乏的體驗，卻不能消滅作為一個階級整體意識的「恒久饑餓」——對於匱乏的恒久記憶。永恆饑餓作為匱乏感已經恒久化在無產階級的階級意識中，只有透過整個階級的「翻身樂」——農民將自己的身分和地主的身分互換，把匱乏感施加在地主階級身上，透過別人的匱乏照見了自己的佔有時，才能緩解。也就是說，以永恆饑餓為動力，以解除匱乏感，擺脫饑餓恐懼為目的的階級行動，它之所以是「革命」的政治行動，其原因就在於它不只是在物質的佔有中自我完成，還要在階級角色的互換中，透過把永恆饑餓轉嫁到別人身上，來消滅自身的永恆饑餓。這是人類饑餓政治的內在要求——只有他人的饑餓能治癒「我的饑餓」。從這一點上說，饑餓政治學是一種相對主義政治學，農民不可能不透過剝奪地主把饑餓感施加於地主身上而「翻身」，爭取到反饑餓政治的勝利。因為饑餓感是相對的，一個吃

---

[2]　劉再復：《放逐諸神》，香港：天地圖書公司，2002年，第162頁。

著麵條的人會在一個吃著燕窩的人面前感到饑餓，相反一個吃著燕窩的人只有在吃著麵條的人面前才會感到自己的饜足。要完全克服自己的饑餓感唯一的途徑是製造別人的饑餓感——透過階級鬥爭，在農民和地主之間進行換位，相對於這一途徑來說，那種試圖透過填飽肚子來消滅饑餓感的人就顯得政治上及其幼稚甚至可以說是不覺悟了。事實是革命的政治一直在鼓勵人們透過前一種途徑解決饑餓感的壓迫（它是二十世紀中國饑餓政治學的主導思想），而不斷地嘲笑著批判著後一種途徑，它被認為是落後農民的永遠也走不通的思路。

　　不過，我們不要忘記，饑餓政治學透過階級理論轉換之後，它在政治目標上的異化，事實是二十世紀中國饑餓政治學的典型形態並不是上文所說的「饑餓轉嫁」，這個邏輯對於階級政治來說還太過簡單，階級政治要的是真正的身體消滅。階級鬥爭的最高形態是身體消滅，幾乎所有革命小說都有這種身體鬥爭崇拜。比如農民對地主、工人對工頭、戰士對敵軍等等。關於農民鬥地主，最血腥也是最能震憾人的場面首推革命作家趙樹理長篇小說《李家莊的變遷》中關於地主李如珍一節的描寫，小說寫道：

> 大家喊：「拖下來！」說著一陣上去把李如珍拖的當院來。縣長和堂上的人見這情形都離了座到拜亭前面來看。只見已把李如珍拖倒，人擠成一團，也看不清怎麼處理。所有的說「拉住那條腿」，有的說「腳蹬胸口」，縣長、

鐵索、冷元都說不好。說著擠到當院裏攔住眾人，看了看地上已經把李如珍一條胳膊連衣服袖子撕下來，把臉扭得朝了脊背後，腿雖沒有撕掉，褲襠已經破了。

這種身體消滅場面的描寫，即使是半個多世紀之後的讀者讀起來也會感到震驚。不過，這種場面在蕭紅著作中尚沒有出現，蕭紅筆下的趙三還沒有這種覺悟，但是革命作家趙樹理筆下的李家莊農民已經不是蕭紅小說〈生死場〉中那些不覺悟的農民了，他們已經不是單純地活在身體饑餓感的層面，而是活在「翻身樂」的層面，他們需要的不僅僅是身體饑餓感的轉嫁，而是更進一步的「翻身樂」——他們要把地主打翻在地，站在地主的身體上對其進行身體「革命」。從這個角度，趙樹理是一個比丁玲更懂得革命政治的作家。具為翻身樂的快感在丁玲《太陽照在桑乾河上》中被描述為，「饑餓」的農民對從來沒有見過的「嶄新立櫃」、「高大花瓶」、「座鐘」、「紅紅綠綠的衣服」的佔有，他們透過佔有緩解了他們的「永恆饑餓」，但是，這是不夠的，在趙樹理的筆下這種翻身樂的快感已經來自《李家莊變遷》中所描述的「身體革命」，只有從身體上消滅對手，感覺自己已經站在了對手的屍體之上，政治上完成了對這些身體的完全操控之後，饑餓革命才算最終取得了成功。[3]

---

[3] 這種饑餓政治學在二十世紀後半期才有了反思。張煒的《古船》、陳忠實的《白

四、饑餓政治學：「饑餓」的控制

梁曉聲《一個紅衛兵的自白》寫的是一九六六年的故事，這差不多是文革開始的時候，現在，讓我們從一個正在上初三的十七歲紅衛兵視角，來看看文革中的饑餓政治。十七歲的我，剛剛經歷了三年自然災害，身體發育不良，還沒長到一米六。吃野菜造成的浮腫雖已消退，對饑餓的印象卻鏤刻在大腦皮層上。但是，饑餓的營養不良的身體的革命熱情卻是空前高漲的，它「扛著一顆自以為成熟了的頭。全中國和全世界裝在裏邊兒。它彷彿隨時會被種種熱忱和種種激情一下子鼓破」。為了讓我們的讀者進一步熟悉當時的社會政治背景，我們有必要多一點引用小說中的細節：

> 越南—中國，山連山，水連水，親愛的同志加兄弟……！
>
> 北京—地拉那，中國—阿爾巴尼亞，英雄的城市英雄的國家……
>
> 拉丁美洲火山爆發了，美帝國主義正在滅亡……
>
> 我是一個黑姑娘，我的家在黑非洲，黑非洲，黑非洲，黑夜沉沉不到頭……

鹿原》同樣描寫了土改鬥爭，但是，在這些描寫中「饑餓革命」的合法性已經不是那麼毋庸置疑的了，「饑餓暴力」也不再毫無心裏壓力地受到同情式描畫。

現在，我們再來看看接下來的一段描寫：「我和我們的共和國一起密切關注著全世界的無產階級革命運動和反帝反修鬥爭的形勢。」因此，我們「一點也不介意我們的共和國每個月只發給我一張買五兩肉的肉票；不介意我們的共和國規定給我的每月二十八斤半的口糧是不夠我吃的；不介意從糧店買回家的苞米楂子和苞米麵常常是生蟲的焐了的；……不介意因為一時買不到麵城而吃又酸又硬的三分之一白麵做的饅頭。」

從中我們可以看到，國家政治與身體饑餓的代償關係，如火如荼的國家政治補償了食品匱乏造成的饑餓感，強大的意識形態緩解或者解除了「饑餓──饑餓感──永恆饑餓」的鏈條，「永恆饑餓」因為國家政治的影響而沒有發生作用，相反饑餓感轉化成了進一步的政治熱情。

「由小學生而中學生，彷彿一下子有永遠也參加不完的運動等待著我去參加，有永遠也學習不完的死了的或活著的英雄人物模範人物先進人物要求我一個接一個不斷去學習。我樂此不疲。認為人生的真正意義全部體現在我身上。」

我們要注意「人生的真正意義」這個詞，我們要知道，它所指的是，只有把身體獻給「集體的」、「國家的」、「人類的」事業，身體才有價值，所以，「身體」不應該貪圖感官的享受，尤其不應該單純地要求「吃」、「穿」、「住」的滿足，相反身體在這個過程中要努力地克服這些本能慾望，「少吃」──保持一定的饑餓感，透過饑餓感淨化自己的靈魂、強化自己的信仰是

這種身體政治的核心內容。這種身體政治——透過維持饑餓感、製造饑餓感強化獻身意識——我們在宗教中常常看到，「齋戒」是許多宗教都有，伊斯蘭教義相信齋戒的效果不單是精神上的而且也是生理上的，經過齋戒，穆斯林的精神境界達到更高的水準，節食可以讓人體驗到心境安寧與平靜，饑餓感有助於穆斯林的精神境界達到更高的水準。

文革時期，這種饑餓政治訓練有個專門術語：「憶苦思甜」，吃「憶苦思甜」飯在文革中是常事，有個階段可能每個星期都要有，尤其是在校的中小學學生，梁曉聲的小說中寫道：

> 「憶苦思甜」在我身上發生很成功的教育效果。有《收租院》大型泥塑展示的苦比著，形象、具體、深刻，補充以其他各類憶苦思甜活動，我簡直沒半點理由對我們的共和國抱怨什麼，對我誕生在紅旗下，成長在新中國的幸福懷疑什麼。

梁曉聲《一個紅衛兵的自白》中展示了一份當時革命的紅衛兵家庭通常的食譜：一碗大楂子，一盆新蒸的窩頭，一盤鹹菜，一碟醬，幾根蔥。在這個食譜中，我們沒有看到動物性食物，這個食譜說明，革命時期的食譜對動物性食物是排斥的，可能的理由是動物性食物、蛋白質和脂肪會妨礙精神的聖潔，也的確佛教徒就主張素食，認為肉類不潔，從上述菜譜，我們應該可以看

到，這種意識也保留於革命的饑餓政治學中。當時革命政治對食品供應採取了嚴格的控制（限制）手段，儘管我們可以在某種程度上承認造成這種控制（限制）的原因是農產品的缺乏，但是，我們也要承認，農產品的缺乏並不是這份精心控制（限制）的食譜的全部原因。也有事實證明，當時革命政治出於輸出革命的需要把大量糧食用於援助他國，向世界輸出革命在政治上高於國內革命群眾的身體需要，事實是中國人民即使勒緊褲腰帶也要援助全世界的無產者，這是中國人民為世界無產階級革命必須要作出的光榮犧牲。換而言之，革命的政治並不是沒有意識到「二十八斤半口糧」是不夠維持一個身體的正常需求的，革命的政治也並不是完全沒有力量放鬆這種控制（限制），增加食品供給，但是，革命的饑餓政治需要這種身體限制，事實是適度的饑餓有助於身體的精神化昇華，有助於加強身體的革命意識和戰鬥意志。透過上述分析，我們在小說中聽到主人公這樣說，就完全不用奇怪了。「姜叔你回去告訴我媽，我梁曉聲七尺男兒生能捨己，千秋雄鬼死不還家！」當姜叔在子彈橫飛的武鬥現場找到十七歲的「我」，要「我」回家的時候，「我」一個在革命政治哺育下成長起來的少年，理所當然地說出了上述革命性話語。《一個紅衛兵的自白》寫的是一場極端殘酷的武鬥，拿作者的話來說就是「真刀、真槍、真炮、真子彈、真手榴彈」的鬥爭，雙方死傷數十人，最後失敗一方面悉數被鎮壓判刑，結局悲慘。這種武鬥的激情，如果沒有饑餓政治前提，恐怕很難被人理解。衣食豐

足，小康時代的人們，到底還有多少激情參加這種以生命為代價的革命遊戲？如果說，饑餓政治學有什麼原理的話，那麼「餓其體膚」、「空泛其身」肯定是應該算在裏面的，具體說來就是：「餓其體膚、空泛其身，行拂亂其所為，所以動心忍性，增益其所不能。」把歐陽修的話翻譯成現代文，意思是：「餓著肚子人才有革命的戰鬥的獻身的激情。」饑餓是政治熱情的催化劑，是革命鬥爭的動力源。革命的激情和身體的飽足大多是成反比的。

反過來，熱衷於飲食——對生理饑餓的過度重視也可能隱含了逃避革命政治之殘酷現實的目的。追求身體的滿足感，使身體不受饑餓感的威脅，或者說把身體的飽足感當作生存的重要目的，可以起到平衡革命激情的作用。王安憶的《長恨歌》在這方面提供了非常好的分析範本。文化大革命時代的王綺瑤，一個過了時、落了伍的舊時代女人，她靠什麼來抵擋時代政治洪流那巨大的吸引把那些男朋友們吸引在身邊呢？飲食。在大時代政治生活的邊緣處，她透過各種西式點心，透過點綴著燭光和音樂的美酒，招喚著那些被革命政治吸引的人，安撫那些被革命政治拋棄了的人，他們透過「吃」結成了一個隱秘「生活聯盟」——這個聯盟把激情獻給了「吃」，因而也沒有受到饑餓政治學的左右，他們在隱秘的吃中找到了樂趣，自然而然地疏離了文化大革命時代的政治主潮，是「吃」，使他們抵擋了革命的誘惑，得以隱秘地居住於文化大革命饑餓政治的邊緣地帶。

透過上述分析，我們會看到，本文試圖把「饑餓」放在身體政治視野中加以研究，首先筆者給出了一個關於「饑餓」的理論模型，之後筆者以中國現當代文學描寫中的「饑餓」為素材，展開具體的分析，該分析的過程及結果都未局限於文學領域，筆者希望它的解釋效力能關照到中國現當代社會文化政治進程中的一些深層問題，幫助我們更深入地理解中國現當代社會的某些側面，現在我們可以給出一個不能算作結論的簡單結束語：「饑餓」透過「饑餓感」成為身體驅力，又透過「永恆饑餓」而上升為階級解放的文化政治驅力，在二十世紀中國革命政治中它是無產階級階級意識的一個重要部分。

第七章

性政治

　　身體政治的核心目標是避免為我論的身體變成為他論的身體，這個目標同樣會表現在人類的性政治中：性快感，如何是為我的，而不僅是為他的；它如何免於被剝奪、被壓抑、被他者利用和主宰？如果我們承認性快感是身體的擁有物，承認身體可以從虛無中製造然後是接近和享用性快感，那麼，我們就會相信，性是身體政治的重要內容：在這裏我們可以研究性快感的製造技術、其中展示的人和人的身體關係的內在本質、性交往所展開的身體面貌等等。

　　性快感對於身體來說是極其特殊的，性是身體快感中極少數不能自我滿足的東西，性快感必須依賴客體，身體不能單獨從內部中產生性快感，而必須依賴他者[1]，也因此，性政治中天然地包含著某種給予和剝奪、佔有和被佔有的風險。換而言之，性快感是一種特殊的快感，它和食物快感很不同：它不能單方面獲得，而必須透過另一個身體的合作和參與來共同獲得。也就是

---

[1]　即使是在手淫這種特殊的自我性滿足方式中，性快感也必須依賴想像的他者。

說，要獲得常態的性快感，一個身體就必須接受並佔用另一個身體，在這個過程中，他首先要讓另一個身體成為他的身體的快感工具。當然，這個過程大多是雙向的，他的身體大多數時候也要成為別人的快感工具，雙向的快感才是真正的快感，不過，顯然後者在性快感中是次要的，前者，佔有另一個身體，使他成為自己的快感源泉，是最重要的。這裏牽涉到兩個身體的合作。兩個合作的身體，可能使快感更有倫理學價值，大多數時候，這種快感會是對等的，如果兩個身體之間是雙向佔有、交互地工具化關係的話。這種具有倫理學效應的性快感常常發生在情人和夫妻之間：他們首先表現自己為一個心甘情願的快感工具，他們把自己的身體降格為工具交給對方，這個時候對方的快感成了自己的目的；當他們這樣做的時候，他們也得到了對方的積極回應，對方也以同樣的態度來對待他們，也就是說，這個時候，他們同樣也獲得了自願成為他們的快感工具的對方的身體。在這種身體合作關係中，快感成為一種相互的贈予行為，他們不是來自對對方的剝奪，相反是來自對方的贈與，這種快感是建立在相互的為他論之上的，相互的為他論和身體政治的為我論並不矛盾，相反它是為我論的高級形態。蘇格蘭放任經濟學亞當‧斯密認為：當人們追逐自己利益的時候，我們可能會無意中受到一隻「看不見的手」的指揮，去自發地推動社會的利益。在性快感關係這種，這種情況同樣是存在的：當一個人追求性快感的時候，他同時也給予了對方快感。

但是，這種性快感方式，卻並不是唯一的，快感可以是單方面的，比如，在買春賣春的關係中，佔有是單方面的，一方佔用另一方的身體，使其成為自己獲得快感的工具，但是，自己反過來並不提供對方同樣的佔用和快感，他對對方的佔用是單方面的，他用錢購買了這種佔用。同樣的情況，也發生在「強姦（性暴力）」中。身體侵害，最嚴重的無過於強姦和殺戮。一般認為，這是人類未開化狀態的反映，蠻荒時代的人類習慣於透過肉體上傷害和消滅對方來解決彼此間的衝突——表現在異性之間，則為搶親和強姦，表現於同性之間則為決鬥和兇殺。但是，這種人類蠻荒時代的習慣在文明時代並未消失，而是以另外的方式存在於人類的生活和想像之中。通常，我們習慣於認為，一般身體傷害，比如毆打，所具有的意義不如強姦，用刀具刺傷女人的手掌和用生殖器強行進入女人的陰道具有不同的意義。何以如此？為什麼男人傾向於高估強姦的意味（主宰、征服等），而女人也同樣地會高估受姦的傷害（一個女人在手掌被刺傷和陰道被進入的時候，所表現出來的受傷害感受完全不一樣的）？

一、男性書寫中的性邏輯

　　賈平凹《廢都》中的人物李洪文有這樣一段話：

莊之蝶在寫作上是個天才，在對待婦人上十足的呆子。景雪蔭能這麼鬧，可能是兩人沒什麼瓜葛，或者是景雪蔭那時想讓莊之蝶強暴了她，莊之蝶卻沒有，這一恨十數年窩在肚裏，現又白落個名兒，就一股腦兒發氣了？

苟大海說：「強暴這詞兒好，怎麼不強暴她就發恨？」

李洪文說：「你沒有結過婚你不懂。」

苟大海說：「我談過的戀愛不比你少的。」

李洪文說：「你談一個吹一個，你也不總結怎麼總是吹？戀愛中你不強暴她，她就不認為你是男子漢，懂了沒？」

苟大海說：「周敏，你有經驗，你說。」

李洪文說：「莊之蝶要是當年強暴了景雪蔭，就是後來不結婚，你看她現在鬧不鬧？」

　　在男人的意識裏，對女人要「強暴」，強行的性佔有是男人征服女人的重要方式，同時，在男人看來，女人實際上是渴望這種佔有的，女人對「不被佔有」的恐懼遠遠勝過「被佔有」的恐懼，女人在男人對她們不感興趣時對男人的「怨恨」遠遠地勝過了男人因對他們感興趣而強暴她們後產生的「痛恨」。

　　我們看到：「性強暴＝征服」的性政治邏輯。

　　張賢亮在《唯物論者啟示錄》中這樣寫道：

啊，我是個「廢人」！我不過是個「廢人」！是頭騙馬！……

　　她拍打著我的臉頰。「喲！你看你，臉還冰涼……來，把臉帖在我胸口上！」

　　她兩手捏著襯衣兩片下襟，往兩邊一分，胸前一排按扣撲撲撲地全扯開了。那不是按扣迸綻的聲音，而是一種撕裂開皮膚的聲音；她拽開的也不是她的襯衣，而是她的胸脯。在我面前，兩大團雪白的蓮花似的乳房一下子裸露無遺，蓮花中間是彤紅的花蕊，花朵還在一池清水中蕩漾。花朵和花蕊，都比我記憶中的更大、更鮮明、更具有神韻。

　　石破天驚！我遽然產生了一種我從未有過的衝動。這就是愛情？我一伸手摟住了她……

　　「你好了！」她的聲音從很深很深的水底浮上來。

　　「是的……我也不知道……」我笑了。一種悲切的和狂喜的笑，一種痙攣的笑。笑聲越來越大，笑得全身顫抖，笑得流出了眼淚。

　　「我」並沒有徵求女主人公的同意，他猛地撲了上去，並且把自己這種「惡狠狠」的行為理解成「愛情」。「石破天驚！我遽然產生了一種我從未有過的衝動。這就是愛情？我一伸手摟住了她……」其實，這是一場強暴，女主人給予男主人公的是「生活層面的同情和關心」，但是，男主人公卻單方面理解成了「愛

情」，並且「惡狠狠」地行動了，為什麼張賢亮能讓這種單方面的惡狠狠的行動以「愛情」的名義發生呢？這個道理賈平凹《廢都》中李洪文的說辭已經解釋得很清楚了：

> 「是的……我也不知道……」我笑了。一種悲切的和狂喜的笑，一種痙攣的笑。笑聲越來越大，笑得全身顫抖，笑得流出了眼淚。

而從這一段，我們可以看出，男主人公是多麼地以自己恢復了性功能而驕傲──實施性暴力的能力被他看成是自信的源泉，是男人生命力的象徵。

男主人公有某種隱含的優越感，他透過「強暴」來感謝、報答女主人公給予的「生活關照」、「精神憐憫」。他認為男人施予女人以「性」具有某種封建帝王那種「臨幸」的色彩，男人的「性強暴」具有某種感激對方「能力」，這是一種「性強暴＝施恩」的邏輯。主人公先前正在自怨自艾：「啊，我是個『廢人』！我不過是個『廢人』！是頭騙馬！……一切努力都是白費勁、是無聊！」但是，當他感覺到「性」具有上述作用的時候，他突然雄起了，他為自己的能量找到了「道德的理由」，當他只是想到自己的時候，他感到自己是個「廢人」，他有陽痿和陽痿自卑症，但是，當他面對女主人公，他突然發現，他的「性」不是自身的「慾望」，而是「感激」另一個人、「報答」另一個

人、「示愛」另一個人的時候，他找回了「性能力」。它讓我們看到：男人需要透過某種轉換，把自己的性慾望轉換成「女人（對象）」的性慾望，把「性」看成是「施恩」，這個時候，他的「性能力」才會從潛能轉變成現實的能量。

強暴就在這個時候發生：男人認為「性」是對女人的「施恩」，是女人的「慾望」，他們只是「恩典」的執行者以及女人的「慾望」的滿足者，他們有理由強制執行這種「恩典」。張弦的小說《被愛情遺忘的角落》中描寫了一場由強姦而來的愛情。小豹子和存妮的第一次，是因為小豹子的「強姦」。小說寫道「就像出澗的野豹一樣，小豹子猛撲上去。他完全失去了理智，不顧一切地緊緊摟住了她。姑娘大吃一驚，舉起胳膊來阻擋。可是，當那灼熱的、顫抖著的嘴唇一下子貼在自己濕潤的唇上時，她感到一陣神秘的眩暈，眼睛一閉，伸出的胳膊癱軟了。一切反抗的企圖在這一瞬間煙消雲散。一種原始的本能，烈火般地燃燒著這一對物質貧乏、精神荒蕪，而體魄卻十分強健的青年男女的血液。傳統的禮教。理性的尊嚴、違法的危險以及少女的羞恥心，一切的一切，此刻全都燒成了灰燼。」男性是主動的，故然不錯。但是，女性在這裏顯然被描述成了半推半就者，她們表面上抗拒強暴，理性上拒絕強姦，但是，內心的、本能的慾望卻讓她們實際上處於渴望被強暴的位置。

本來，小豹子和存妮之間的「暴力」事件，可能沒有什麼故事可說了，因為此後，存妮顯然每次都是自願地接受這種「強

暴」的，這似乎應證了上述邏輯。但是，偏偏，他們處在一個對婚外「性」絕對不能容忍的時代裏，終於，他們的「強暴」和「被強暴」的遊戲被民兵發現了，存妮被全家人、全隊人譴責：「不要臉！丟了全家的人！……不要臉，丟了全隊的人！人……不要臉！不要臉！！……」存妮只好一死了之。小說這樣分析存妮的死：「朝霞映在存妮的濕漉漉的臉上，使她慘白的臉色恢復了紅潤。她的神情非常安詳，非常坦然，沒有一點痛苦、抗議、抱怨和不平。她為自己盲目的衝動付出了最高昂的代價，現在她已經洗淨了自己的恥辱和罪惡。固然，她的死是太沒有價值了。但是生活對她來說又有什麼價值呢？在縱身於希望的深淵前，她還來得及想到的事，就是把身上那件葵綠色的破毛衣脫下來，掛在樹上。她把這個人間賜予她的唯一的財富留給了妹妹，帶著她的體溫和青春的芳馨。……」

顯然，作者是把存妮的死看成是值得同情的事情的，但是，我們也看到，這場由小豹子「強暴」而開始的「性事件」，在這個分析中，已經轉換成了「存妮」的「盲目衝動」、「恥辱」、「罪惡」，也就是說，作者在潛意識中認為「小豹子」是有理由透過「強暴」來開始一場「男女關係」的，小豹子的行為在自然關係中是有合法性的，甚至是正當的。小說中並沒有交代小豹子的合法性的來源，但是，我們可以推論這個來源：它來自於存妮在第一次被強暴之後，默認且繼續接受小豹子的「性」，也因此，作者認為存妮的死無論如何值得同情，都和小豹子第一次的

強暴無關。小豹子不應該為此負責。

事情接著發展。公安人員不請自來，認定小豹子是「強姦致死人命犯」。顯然作者不同意公安的這個定論。存妮的父母沒有告小豹子，不過存妮的妹妹荒妹卻覺得公安是對的，她堅信「小豹子是自作自受」，而且她還堅信這是「人們共同的看法」。但是，作者讓荒妹長大成人，面臨生活的考驗的時候，改變了這個想法。作者透過荒妹的改變，批判了「將小豹子送上法庭」的蒙昧社會以及與之相連的封建道德。

作者認為透過「強暴」可以開始一場真正的愛情。作者批判了社會對這種「愛情」的敵視。作者也承認這種強暴而來的「愛」有其根本性欠缺：非理性、盲目等等，還不是真正意義上的愛情。雖然在當時的現實政治中，這種強暴依然要由男性來承擔主要責任（小豹子被判刑），但是，在張弦的男性書寫中，男性的「強暴」被寬宥了。

二、徵用、奴役

莫言小說《紅高粱》中「我爺爺」和「我奶奶」是透過爺爺的「強姦」完成愛情宣言的，在莫言的筆下，這種「性暴力」恰恰成了「生命力」的象徵。莫言反覆地描寫高密地區的「紅高粱」，讓紅高粱變成了生命力、野性的象徵，而這個野性的核心呢？是在高粱地裏發生的「性強暴」。男人透過性強暴表現自己

為「生命強力」，表現自己為「主宰者」，「他」似乎有天賦的權柄徵用女性的身體，讓女性的身體成為「屬他的」。

在蘇童的小說《米》，五龍的生命力常常透過他超常的性能力——徵用女性身體的能力——表現出來，而且五龍的徵用是透過暴力實現的。

　　織雲閃爍的眸子倏地黯淡下去，她覺得什麼東西在內心深處訇然碎裂了。那是最後的一縷遮羞布被五龍無情地撕開了。織雲突然感到羞恥難耐，她的喉嚨裏吐出一聲含糊的呻吟，渾身癱軟地跌坐在米垛上。她的臉緊貼著米垛，一隻手茫然地張開著，去抓五龍的衣角。五龍，別這樣，對我好一點，你別把我當成壞女人。織雲幾乎是哀求著說，她覺得整個身心化成一頁薄紙，在倉房裏悲傷地飄浮。
　　……
　　五龍強勁的雙手迅速扒光了織雲的所有衣裳，他低聲吼道，住嘴，閉上你的眼睛，你要是敢睜眼，我就這樣把你扔到大街上去。
　　織雲說著順從地閉上眼睛。這是她新的難以理喻的習慣，她開始順從五龍。她感覺到五龍粗糙冰涼的手由上而下，像水一樣流過，在某些敏感的地方，那隻手裏起來狂亂地戳擊著，織雲厭惡這個動作，她覺得五龍的某些性習慣是病態而瘋狂的。

五龍把透過徵用織雲的身體，透過使織雲成為他的快感的工具，使織雲的身體工具化，而達到，報復織雲的父親馮老闆的手段，他透過性徵用來控制織雲，這樣，在五龍的觀念裏，性就帶上了天然的暴力色彩，他和愛無緣，而只是仇恨和壓迫的代名詞。本來這種身體徵用（性暴力、性奴役）是非常醜惡的，代表了人性的惡，但是，蘇童顯然並沒有對此作出應有的批判，相反，蘇童對五龍的這種強力，還表現出了某種頗有意味的欣賞──蘇童似乎更願意把五龍的性暴力看成是「男人強力」的象徵。蘇童此後又讓五龍霸佔了織雲的妹妹綺雲，讓五龍進一步展現他的徵用權，彷彿這是他身為男人的天賦權利。

　　織雲的父親馮老闆彌留之際，用指甲捅壞了五龍的眼睛，但是五龍「低吼著撲過去，他的雙手痙攣地搖撼著那張紅木大床，你再來，再來一下，我還有一隻眼睛，我還有雞巴，你把它們都搯碎吧。」為什麼五龍要獨獨提到「雞巴」呢？在五龍的眼裏，「雞巴」是最重要的男人器官，只要保留了「雞巴」，他就無所畏懼了，米店，米店的兩個女人，織雲和綺雲，都是他的所有物，他將擁有一切──「性徵用」讓他擁有帝王般的權力。

　　在上述分析中，我們可以看到，性強暴的邏輯不僅是由生理性因素支配，而且更多的是由性政治因素支配的。在性強暴中存在一種奴役和被奴役的關係。強暴者把對象的身體當成了獲取快感的工具，性對象不是愛的對象，而是奴役的對象。性成了奴役的儀式：他／她透過這個儀式完成了對對象的馴服，此後，他

就永遠地獲得了對這個對象身體的徵用、奴役權。反之，那個承受者也接受了這個現實：不是出於平等的愛的慾望，而是出於被奴役的渴求。他或者她，自動地將自己降格為一個「工具化」的「它」，他或者她不再是一個人格，而表現為一個「物」，一個可以任意支配和佔用的物，「它」被低賤化了。

換而言之，五龍在徹底的（透過性）征服了織雲、綺雲姐妹之後，為什麼要把自己的牙齒全部拔光，換成滿口金牙，又他為什麼對綺雲的性還不滿足，要去妓院。五龍是一個精於身體政治的專家。在五龍的身邊發生的是一場真正的身體政治的革命：他透過身體征服了織雲、綺雲，完成了身體在身分層面的革命，他在織雲和綺雲姐妹身上實際享受的是革命後「翻身」的快感，類似丁玲筆下的「翻身樂」，這個時候，他體驗的性快感（更多的是征服的快樂）是有限的。因此，在性上五龍必須得到另外的滿足和補償──從這個角度我們看五龍對妓院（性交易）的熱衷，他支付金錢購買性快感，透過身體征服而得到的主宰感、主人感要透過金錢表現出來，五龍要讓周邊的人知道他是一個真正的征服者，由此，他選擇了「金牙」，選擇妓院。

金牙是用金子對身體進行改造。在五龍的意識裏，作為主宰者、主人的身體必須具有高貴的品性，而這種品性無疑必須透過金子來表現。裝一口金牙對五龍來說，一方面是對自我身體的犒賞，另一方面則是對身體的政治性裝潢，他需要這種裝潢來論證和展示他的主人身分，因此，這不單單是他的原始生命力的要

求，更是他的身體政治意識的需要，他要透過金子完成對自我的身體政治改造。文革的時候，大多數人相信，到下鄉勞動——透過勞動鍛煉，改造知識分子的身體——可以改造知識分子階級屬性，而五龍則相信，金牙可以改造他的貧賤出身，讓他從流氓無產者上升到富有階級征服者。

但是，為什麼這個過程沒有受到應有的抵抗呢？答案是：也正是在這種低賤化中，在這種由他／她而為「它」的過程中，它也實現了自己的快感。五龍和織雲、綺雲姐妹的關係中，本來五龍是織雲、綺雲姐妹家的僕傭，他的身分及其低賤，他只是織雲、綺雲姐妹的父親馮老闆撿回來的一條狗，這是五龍和織雲、綺雲姐妹社會身分的等級。但是，在性關係中，透過性強暴，五龍把這種社會關係的等級顛倒了過來。五龍成了主宰者——主人，而織雲、綺雲姐妹則成了被主宰者，她們姐妹成了標準的（性）奴隸。奴隸渴求主人的垂愛，主人對奴隸的性暴力這個時候便轉化成了努力的性快感。

在五龍和織雲、綺雲姐妹的性虐關係中，我們還可以看出，這樣一種關係：受虐和施虐的性暴力關係中，包含了主人和奴隸的社會政治關係成分。或者說性暴力關係實際是政治等級的一種原始形態，性暴力為社會等級制關係提供了內在邏輯——身體暴力是社會等級關係的基礎同時又是它的極端形態。在性虐戀的關係中，常常一方會扮演性奴隸的教色，而另一方面會扮演主人的角色，何以這種奴隸和奴隸主的關係會在性虐戀中表現出來？進

一步地觀察性虐待，我們會發現不僅僅是施虐會帶來快感，實際上受虐也會帶來快感，受虐作為快感的源泉在身體效應上可能和施虐不相上下。性書寫中「強暴」被納入「寬宥」邏輯，根本上可能和這種「受虐快感」傾向有關。在某些想像文本中，人是有受虐傾向的。在中國古代最著名的性小說《肉蒲團》中，作者描寫了這樣一個情節，男主人公與幾個女子群姦，在這個情節中，要求做肛交的不是男主人公，反而倒是女人，作者透過其中一個女人的口，提出了肛交的建議，在作者的描寫中，女人們更願意看到同類被施以性虐待，她們喝酒行令，以觀賞同類受虐為樂，作者詳細描寫了女人們觀看自己的同類被施以肛交而疼痛難忍時所表現出來的快樂。

中國現當代文學作品中，描寫性虐待的不多。但是，我們也可以找到一個例證，來證明這種身體的性虐戀和社會的奴役關係之間微妙的互文性。老舍的《駱駝祥子》就是這樣一個文本。駱駝祥子和虎妞的關係非常像五龍和織雲姐妹的關係，祥子是虎妞的父親劉四爺手下的車夫，虎妞自然在社會身分上高於祥子，她主動搭訕祥子是低就，為了補償這種低就，她採取了性虐的方式，軀體虐待是對身分低就的補償。那天，祥子和主家鬧翻，從包月的那家人家回到劉四爺的車行，老舍這樣開始描寫那天晚上發生的一切：

> 心中原本苦惱，又在極強的燈光下遇見這新異的活東西，
> 他沒有了主意。自己既不肯動，他道是希望虎姑娘快快進

屋去,或是命令他幹點什麼,簡直受不了這樣的折磨,一種什麼也不像而非常難過的折磨。

待到虎妞呼祥子進屋,作者這樣寫祥子:「平日幫她辦慣了事,他只好服從。」到了屋裏,虎妞要祥子喝酒。祥子不會喝,虎妞道:「不喝就滾出去;好心好意,不領情是怎麼著?……你喝!要不我揪你耳朵灌你。」「祥子一肚子怨氣,無處發洩;遇到這種戲弄,真想和她瞪眼。」祥子和虎妞之間首先存在著社會關係上的主/僕意味,這種意味引發出性關係上的施虐和受虐。虎妞把祥子從社會身分的「僕從」發展成身體狀態上的「僕從」,在祥子的眼裏「虎妞是那麼老醜」,娶虎妞這樣的女人他是絕對不願意的,但是,最終祥子還是妥協了。

三、授受政治

丁玲《太陽照在桑乾河上》中的地主,最毒辣的計謀是美人計。錢文貴不僅背負著歷史罪惡,而且現實中還是破壞土改的罪人,他把兒子送去參加八路軍是為了獲得軍屬之名,而他最重要的舉措,是他把女兒嫁給村治安員是為了俘虜和腐蝕新生政權的重要分子,這就是美人計;他不僅僅用他自己的女兒施美人計,他還透過鼓勵侄女黑妮和農會主任程仁來強化他的美人計效應。一個是地主侄女,一個是農會主席,這場戀愛便有了革命敘事中

經常需要的革命和反革命主題，在這個主題中：身體充當了工具。它是反革命一方的反革命工具，是革命一方的革命工具，為此革命的一方必須提高警惕，據載，建國後曾發生這樣的案件，地主的女兒欲與中農的兒子結婚，農會拒絕發給結婚證，法院的意見是：「土地改革期間，為了純潔農民內部，防止地主鑽空子破壞起見，得由農會動員雇中農成分的男子暫不和地主家庭的女兒結婚。」[2]革命需要借用並控制男女之間的身體授、受。

可以為此舉證的文學本文有鐵凝的《棉花垛》。鐵凝的棉花垛寫了一個主人公小臭子，她是一個懵懂的農家少女，因為和鄰居秋貴（日偽保安隊的頭目）有男女關係，而為抗日革命隊伍所用，抗日的革命力量依靠她這種男女關係，透過她刺探鬼子的情報（這是一個反過來的美人計──革命勢力針對反革命勢力的美人計），但是好景不長，不久她的身分就暴露了，鬼子又利用秋貴爭取小臭子，這次小臭子又懵懵懂懂地成了鬼子的情報員。

這個時候「國」這個革命幹部出場了，他要做的事情是逮捕和提審小臭子，那天他到了小臭子家，要小臭子跟她走，這個時候小臭子還蒙在鼓裏，她不知道國的秘密使命，她是喜歡國的，國說去哪裡，她幾乎沒有任何懷疑地就跟著走了，她內心甚至是有些高興的，因為她知道國也是喜歡她的。但是，結局呢？國的確是喜歡小臭子的，半路上國在莊稼地裏情不自禁地半帶強姦地

---

[2]　《婚姻法問題解答彙編》，文化供應社，1951年。

擁有了小臭子，之後，國命令小臭子把衣服穿好，他對小臭子說：本來是要提審的，但是，現在，他改變主意了，他準備以小臭子試圖逃跑為理由，打死小臭子。

國為什麼這個時候，不是試圖感化小臭子（把她教育過來）、解救小臭子（讓她逃跑），而是要殺死小臭子呢？唯一的理由是「滅口」。國是一個革命幹部，他不能讓自己經受不住女色的誘惑和一個女叛徒、女奸細發生肉體關係的事情傳出去：他選擇消滅這具他剛剛佔有過的身體，透過這種消滅，這具身體的革命性被消解了，相反它的反革命性卻被做實了。國的內心可能相信：消滅這具被革命隊伍用來使美人計的身體，也就消滅這具曾經被反革命隊伍用來使反美人計的身體，最終就消滅了這具身體帶來的一切麻煩。

在這裏革命和性愛幾乎是誓不兩立的，為了保住革命的名節，國選擇了殺人滅口。對此他並沒有什麼心理負擔，他殺死的不過是一個叛徒，而保住的卻是自己對革命堅貞不二的名節，在國這樣的革命者眼中，小臭子不過是一個「爛貨」，革命者可以利用她的身體去勾引敵人，偵探敵人的動向，但是，一旦這種意義失去了，小臭子的身體也就什麼價值也沒有了，要是她再反過來被敵人勾引，出賣革命同志，那就更加不可饒恕，槍斃她是合情合理的。

革命時代常常高估性的危險性，性在革命時代也因此變得非常危險。甚至即使沒有什麼真實內容，只是「涉嫌」也會害了一

個人的一生。李佩甫《羊的門》中，主人公呼家堡的書記呼天成面對著玉體橫呈的秀丫巋然不動，展讀《人民日報》的細節非常耐人尋味。

就在那天夜裏，當秀丫在村裏尋了半夜，最後終於在隊部裏找到呼天成的時候，呼天成隻說了一個字，他說：「脫。」沒有二話，秀丫就又把身上的衣服脫了。

可是，呼天成並沒有走過來，呼天成在土壘的泥桌前坐著，手裏拿的是一張報紙，那時候，呼家堡就有了一份報紙，那是一張《人民日報》。呼天成拿著這張報紙，背對著秀丫，默默地坐著，他在看報。油燈下，報紙上的黑字一片一片的，一會兒像螞蟻，一會兒像蝌蚪，一會兒又像是在油鍋裏亂蹦的黑豆。

呼天成一直在等著那個人。

他知道那個人是誰，也知道他想幹什麼。

幾個月來，呼天成給自己樹立了一個敵人。他發現，像他這樣的人，是需要敵人的。這個敵人不是別人，就是他自己。

這裏，《人民日報》象徵革命政治的吸引力，革命政治戰勝了妖豔的女性身體。不過，女性的身體對革命的反作用力是非常大的，革命政治知道性對自己意味著什麼。呼天成第一次看到秀

丫的裸體時，竟然迷失了自我，向它撲去，現在，呼天成終於戰勝了它，它反過來倒是成了呼天成自我教育、自我訓導的革命政治教育教材。[3]

　　革命因何如此恐懼女性的身體？因何和「性」誓不兩立？革命常常害怕「性」的騷擾，「性」會使人妥協，會使人失去革命意志。洪秀全領導太平天國運動時，把男人和女人徹底分開，設立男營和女營，其動機就是不讓人們有私情，不讓兒女私情影響了革命公情感。柏拉圖在《理想國》中也有過同樣的思想，不過，他倒是不認為單純的性愛會蹉跎戰士為城邦效忠的意志，他認為家庭，特別是子女和私有財產會有損戰士的意志，他主張在城邦中消滅私有財產和私人性愛，消滅家庭，子女和性都是公有的，這樣私心沒有了，戰士的意志就堅定了。無產階級革命是一場秋風掃落葉式的革命，它首先是暴力的，其次是絕決的，它要求革命者不能有任何的兒女私情、個人雜念，革命隊伍必須非常純潔──革命者的外在身分必須純潔，同時革命者的內在精神質

---

[3]　作者這樣描寫道：「當他的手剛要觸到那胴體時，驀地就有了觸電的感覺，那麻就一下子到了胳膊上！那是涼麼，那是滑麼，那是熱麼，那是軟麼，那是……呀！指頭挨到肉時，那顫動的感應就麻到心裏去了。那粉白的肉哇，不是一處在顫，那簡直就是『叫叫肉』！你動到哪裏，它顫到哪裏；你摸到哪裏，哪裏就會出現一片驚悸的麻跳。那麻，那涼，那抖，那冷然的抽搐，那閃電般的痙攣，就像是遊刀山爬火海一般！你覺得它涼，它卻是熱的；你覺得它軟，它卻有鋼的跳動；你覺得它濕，它卻有烙鐵般的燒灼；你覺得它燙，它卻有蛇一樣的寒氣。那真是一片浪海呀！它會說，會叫，會跳，會咬；它一會『嗦嗦』，一會『沙沙』，一會『呀呀』，一會『呢呢』。」

素也必須純潔。梁曉聲的小說中說到主人公的命運,「僅僅由於一次兩廂情願的『男女問題』被開除公職」,今天的讀者聽起來可能覺得不可思議,但是,對革命隊伍的純潔性來說,卻是絕對必要的。

與此可以一比的是《刑場上的婚禮》這部著名的革命小說,講述的是周文雍(1905-1928)和陳鐵軍(女1901-1928)兩位革命者的真實故事。一九二七年,女共產黨員陳鐵軍毅然拒絕胞兄為她作的出國安排,受命給廣州起義工人赤衛隊總指揮周文雍當助手。以假夫妻的身分開始建立秘密聯絡機關。陳對周由尊敬到愛戴,漸漸萌發了真摯的愛情。悲壯的廣州起義失敗後,周文雍與陳鐵軍雙雙入獄,被判死刑。在陰森的刑場上,面對著敵人的槍口,這對默默相愛的戰友,莊嚴地宣告舉行婚禮。這個故事發生約七十年之後,一位讀者這樣寫道:

這是一個真實的故事,因其真實,所以在數十年後,我們再回望這段革命時期的「浪漫」愛情,依然會為宋曉英和李啟民所演繹的那對情侶在結尾的那句「讓刑場作為我們結婚的禮堂,讓反動派的槍聲作為我們結婚的禮炮吧!」而感動痛哭。[4]

顯然這位讀者沒有仔細研究這裏的愛情邏輯。周和陳的愛之所以值得革命者歌詠,進入革命敘事,進而成為革命敘事的經典,是因為它發生在刑場上,如果這場愛不是發生在刑場上,而

---

[4] http://gd.sohu.com/yule/topic06301.html。

是發生在革命的過程中，那麼它的經典性就要大打折扣了。革命的目標第一，愛和婚姻必須為革命目的服務。刑場上的婚禮和一般婚禮的不同，它是一場宣示，是針對反動派的「革命的」戰鬥行為，它超越了生活層面的愛情和婚姻──實際上對於馬上就要被槍決的人來說，結婚沒有任何現實意義，周和陳之所以宣佈結婚僅僅是為了表現革命氣節。這是一場以宣示革命氣節為目的的活動──愛和婚姻只是這個活動的形式。

梁曉聲小說中主人公的命運和周、陳的命運不同，但是，他們在生活中必須遵循的邏輯是一樣的：革命時代的愛和性必須為革命服務，在這個管道之外，任何形式的愛和性都將被視為是對革命的破壞。儘管梁曉聲筆下的主人公盧在朝鮮打過仗，為革命做出過貢獻，但是，進入和平時期，他依然必須遵循革命的律法，他不能逾越革命邏輯和另一個人搞一場婚外戀。周、陳因假婚姻的身分為革命服務，最後在刑場上真結婚，為革命所稱道，成為革命英雄，是因為婚姻（無論真假）都在為革命服務，盧因一場莫須有的婚外戀而為革命邏輯所不允，被清理出革命隊伍，是因為他的愛和性干擾了革命工作。

婚姻這種形式，使得個人成為對家庭的義務體，而無法全身心投入國家或者革命政治中，所以，國家及革命政治必須對婚姻進行適度的幹預，而這個幹預的成功與否決定於：個人透過婚姻這種形式放棄的自由是否能轉化成國家或者革命政治干涉個人的政治意志自由，也因此，政治才會出現在婚姻關係的週邊。在這

樣的認知模型下，換個視角，我們就會發現婚姻也可以作為國家和革命政治對個人實施身體控制的媒介來看待。

國家和革命政治常常會充當婚姻關係監督、調控者，事實是在婚姻關係中，無論是男方還是女方，沒有人能夠有足夠的自信堅稱他的配偶會在沒有監督和懲罰的情形下信守婚姻的義務，這為政治幹預提供了缺口，結果國家和革命政治作為總裁者和守護者，不僅被婚姻關係中的弱勢一方需要，也被婚姻關係中的強勢一方需要。人們試圖「透過婚姻、家庭的形式，實現對愛人的佔有權」，仔細分析人類的想法，我們會發現其實這種佔有是非常殘酷的，它的殘酷性不僅表現在「獨佔」和「排他」上（其他任何人不能染指），也表現在「佔有的徹底性」上（從身體出發，一個人的一切都在被佔有的範圍之內），也因此，那個佔有者對被占者充滿了恐懼，他／她時刻害怕那個被佔有者起來反抗，他只有借助外在強力，才能免於這種恐懼。這種恐懼和一個房主對他的房產可能被別人霸佔的而產生的恐懼要厲害得多，房產自己不會走路，離開房主，但是，配偶卻非常可能突然變心，翻臉走開。這個時候，國家政治意志以法律的面目出現，適逢其時。

一部分人試圖多占。他們總是想佔有更多的配偶，這一部分人會打破男女佔有的均勢，導致紛爭：一部分人佔有很多的配偶，另一部分人沒有配偶，這個時候社會爭端就發生了。事實上，這樣的爭端總是存在，上帝造人的時候，男女比例就不均等，現代科技證明，自然狀態下嬰兒出生的男女比例是108：

100。男人多於女人。上帝讓男人為爭奪配偶互相廝殺。這個時候，人類非常需要國家政治這個外在強力維護已婚者的佔有現實。更重要的是：國家調控，可以防止男人為爭奪女人而真的相互殘殺起來——這個廝殺對於現代社會來說，代價太大。這是現代國家多數傾向於均占式婚姻的理由。男女之間的絕對均占（一夫一妻），是保證社會安定的最佳模式，這個模式下，不滿的人可能最少——因為沒有配偶的人最少。換角度眼之，現代國家政治透過維護均占的婚姻制度而獲得多數人的擁護。國家透過婚姻實現對人的身體的操控。由此可見一般。當然，這個身體並非絕對地不自由。人，在這個過程中，變成了福柯在《性史》中使用的「人口的生命政治學」一詞中的「身體」——被權力抽離之後的由器官、潛能、慾望、力、本能組合起來的「對象客體」。它受到國家政治的規訓，常常成為國家政治最堅定的支持者。事實上，許多人把身體自覺地納入國家政治的一整套邏輯之中，對於他們來說，他們的身體如果得不到國家政治的滋養、撫育、規訓以及認可，他們的生命就似乎沒有意義。——大多數時候，身體的自我感覺來自於政治而不是身體自身，婚姻也是這樣一個實現國家意志的政治場域。

一九三一年毛澤東領導的江西瑞金中華蘇維埃共和國頒佈了《中華蘇維埃共和國婚姻條例》，一九三四年又頒佈了《婚姻法》。革命政治用婚姻法的形式把女性從舊的婚姻關係中解放出來，換來了廣大婦女對革命政治的支持，事實是許多獲得解放

的婦女嫁給了孤苦貧農，她們成了這些貧苦農民參加革命獲得了最重要成果。《中華蘇維埃共和國婚姻條例》規定，廢除一切封建的包辦、強迫和買賣的婚姻制度（第一條），實行一夫一妻，禁止一夫多妻（第二條），男女一方堅決要求離婚的，即行離婚（第九條）。從強迫婚姻、多妻制婚姻中解放出來的婦女，投入了剛剛獲得天地的貧雇農們懷抱，她們的身體在場驗證了革命的身體政治對於貧雇農們的意義：他們不僅將在經濟上獲得平權，而且也將在身體授、受上獲得平權。結果也正如革命政治所料，毛澤東在《興國調查》中寫道：「中農貧農從前無老婆的，多數有了老婆，沒有的很少了。」[5]總之，貧雇農鬧革命的，多數鬧到了老婆，換而言之，革命的政治不僅重新分配了土地，還重新分配了婦女的身體，從中我們也可以領會一九三一年「婚姻條例」的身體政治訴求[6]。

革命政治解放了女性的身體，從剪髮到放足到婚姻自由、一夫一妻，反過來女性的身體也必須配合革命的政治要求，從新婚姻法對女性婚姻分配的改變，到延安的鼓勵生育，革命的女性身體政治學目的是為了讓婦女的身體和革命力量結盟，為革命力

---

[5] 轉引自何友良《中國蘇維埃區域社會變動史》第195頁，當代中國出版社，1996年。

[6] 參見朱曉東〈通過婚姻的治理——1930年——1950年共產黨的婚姻和婦女解放法令中的策略與身體〉一文，http://www.usc.cuhk.edu.hk/wk_wzdetails.asp?id=821。

量的壯大和最終勝利做出貢獻。但是，革命的身體政治並不是一蹴而就，它需要不斷調整。事實是一九三二年，也就是《婚姻條例》頒佈的第二年，蘇區就出現了關於《婚姻條例》的爭論，時任永定縣委書記的向榮，他向中央執委副主席項英提出了關於離婚問題的三點異議：

第一，假使一個男子或女子，沒有一點正當理由提出了離婚，究竟可否准其離婚？「離婚絕對自由」引發的朝秦暮楚現象如何解決？

第二，《條例》規定「男女同居所負的公共債務，歸男子負責清償」，假使男女同居時，因負債太多，女子堅決要求離婚，於是這債務完全由男子負責償還了。這對於男子是否負擔過重？

第三，《條例》規定「離婚後，女子如未再行結婚，男子須繼續其生活，或代耕田地，直至再行結婚為止。」如果女子在沒有理由情況下，堅決要求離婚。男子要不願意離婚，離婚後又還要負擔女子的生活費，不是雪上加霜嗎？

向榮所代表的是傳統農民、從農民中發展起來的幹部、因工作關係而與農民日趨同化的黨員幹部的意見，他們害怕婚姻自由給他們帶來的財產和女人又因為婚姻自由而被女人們帶走。因《條例》而自由了的女性身體從階級壓迫（擁有三妻四妾、童養媳以及超經濟剝削、僕傭——初夜權的地主富農）中甦醒過來，她們要更多的身體政治自由，這回她們不是向壓迫階級要求，而是向革命力量要離婚自由——她們要從革命婚姻中收回自己的

身體的權利。然而，此時婦女的身體已經不是舊時代那個自然主義的身體，而是革命時代的革命政治的身體，黨必須對之進行必要的規馴和控制，不能令其處於無政府狀態。在這個背景下，婦女講習班辦了起來，它用來教育婦女和無產階級革命政治結成結盟的重要性，革命政治也開始修改《婚姻條例》，收緊婦女的離婚自由，以前鞏固前期身體政治革命的正面成果。閩西第一次工農兵代表大會透過的《婚姻法》規定十一條離婚條件，《晉冀魯豫邊區婚姻暫行條例》規定了九條離婚條件，鄂豫皖工農兵第一次代表大會《婚姻問題決議案》規定，男女主謀提出離婚不得過三次，在湘贛省《婚姻條例》中規定：（工）中農及中農以下的老婆，實行離婚之後，在未結婚之前，其間的生活，男子概不負責，離婚時只能帶本人的土地及衣物。蘇區或解放區軍事危機趨重的緣故，貧農的參軍是黨的政權得以生存的有效保證，而限制革命初期的大規模婦女離婚便是迫不得已的了，Ａ・Ｌ・斯特朗這樣記述道：

> 在農民中推廣新思想的阻力是很大的。最後共產黨只得採取一種新的方法。婦女運動的領袖蔡暢對我說：「我們在農村地區的口號不再是『婚姻自由』和『婦女平等』，而是『拯救嬰兒』和『家庭和睦』了。我們犯了一個錯誤，把女權強調到不適當的程度，結果引起了農民的反感。男女之間的矛盾削弱了反對日寇和地主的共同鬥爭。此外，

用這種方法也達不到婦女和婚姻自由的目的。」[7]

　　這時候，離婚自由更多地被當作剝奪階級敵人婚姻權的政治
措施。閩西蘇區《婚姻法》規定的離婚條件中有一條是，「反動
豪紳妻妾要求離婚者」，即行離婚；《晉察冀婚姻條例》中第十
條離婚條件的第一款是，有充當漢奸或有危害抗戰行為者，另一
方得訴請離婚。項英在答覆向榮的對一九三一年《婚姻條例》的
責難時則明確說「男女因政治意見不和或階級地位不同的，准予
離婚。」因解放而具有了革命覺悟的女性政治身體是不能和個保
守落後的富農生活在一起的，革命的身體政治應當確保婚姻與政
治清白相連接。

　　婚姻的一個本質是「性」，也因此，革命政治透過婚姻來調
整「性」就顯得合情合理。一九三一年《婚姻條例》頒佈以後，
蘇區出現部分青年男女過分浪漫的性氾濫現象，蘇區少數地方甚
至出現了性病，正是因此，國民黨控制的媒體才污蔑紅色區域實
行的是「共產共妻」制度。革命的婚姻政治被一些民眾理解或實
踐成了「性自由」。對此，革命的婚姻政治做出了適當的調整，
不久蘇區在《婚姻問題決議案》中明確提出反對蘇維埃政府工作
人員過浪漫的戀愛生活來妨礙革命工作的傾向，必須堅決反對對
紅軍家屬的勾引行為，還有「離婚後經兩個月始可再次登記結

---

[7] 同上註。

婚」。革命政治意識到必須對性進行必要的規劃以使其真正符合革命的需要。在此列。一九四〇年代相對與一九三〇年代，革命對性規劃不斷嚴格起來，《晉察冀邊區婚姻條例》第九條規定：「因奸判決離婚，或受刑之宣告者，不得與相姦者結婚。」同法還把通姦、強姦、淫亂作為犯罪行為規定以罰則。革命的政治強調「對農民，應強調淫亂生活會毀壞身體，妨礙生產鬥爭，對抗屬應加強教育，對於她們應強調守貞操是革命的是光榮的。」一種針對抗屬的革命貞操觀念被革命政治建立了起來，並漸漸擴展為一場「嚴肅男女關係」的政治鬥爭。革命開始站在維護未婚和生育的角度，對性採取了嚴厲的管制，以防止「造成花柳病盛行，生殖率降低」，革命形式要求解放區提高生育率，而性被認為是妨礙了生育。革命政治開始剝奪「不能人道者」的結婚權利，以便將其可能的「對象」用到有助於人口生育的地方，嚴禁、懲治通姦、性亂、誘姦，除了建設革命的社會秩序的考慮之外，還有一個原因是，通姦、性亂、誘姦易導致性病蔓延，導致女方不能生育，或生育品質差（如嬰兒死亡率高和帶有先天性疾病），允許不能人道的軍人的家屬離婚，支持寡婦帶產改嫁等婚姻法令都帶有鼓勵生育的目的。[8]

---

[8]　本節部分材料和觀點參引了朱曉東〈通過婚姻的治理—1930年—1950年共產黨的婚姻和婦女解放法令中的策略與身體〉一文，http://www.usc.cuhk.edu.hk/wk_wzdetails.asp?id=821。

四、婚姻：性政治的人類學圖譜

　　婚姻是迄今為止人類性政治的最基本形式。如何定義婚姻：一、男女之間實現相互佔有的一種形式，這種佔有從身體開始（性監護與性忠誠），到物質財富（互相佔有對方物產）、政治身分（透過聯姻獲得或者輸出政治身分），但是這些佔有的基本前提是身體佔有；二、與身體佔有緊密聯繫的是身體支配，男女雙方的勞作、生育等等分工體現了身體支配的內涵；三、婚姻的支配關係中，除了男女當時人之間個人的角力，還有國家和社會的介入，婚姻是國家政治和個人力量合力的結果。

　　基督教思想中，女性是由著男性而創造的。《聖經・創世紀》中說：「起初，男人不是由女人而產，女人乃是由男人而出。並且男人不是為女人造的，女人乃是為男人造的。」亞當說：「這是我骨中的骨，肉中的肉，可以稱她為女人，因為她是從男人身上取出來的。」亞當和夏娃因為被判而離開伊甸園，神對男人的話：「地必為你的緣故受詛咒。你必終身勞苦，才能從地裏得吃的。」神對女人的話：「我多多增加你懷胎的苦楚，你生產兒女必多受苦楚。你必戀慕你丈夫，你丈夫必管轄你。」從中我們可以看出，婚姻是一種身體懲罰，對於女性來說是生育，對於男性來說是勞作，而且女性的身體當透過婚姻這種形式而被男性佔有和管轄。

關於女性的身體來源於男性身體的說法，可能是男性對女性進行馴服的一個政治謀略。需要指出的是這樣的文本或者口頭傳說，並非偶然，安達曼群島上的島民們也有類似的關於女人起源的傳說，其結構幾乎如出一轍，只是在安達曼島民從傳說中男人的名字叫做「賈特波」，而那個被造的女人的名字叫做「科特」。這出於男性馴服女性的需要，還是男性已經馴服了女性之後，對女性馴服於男性狀況的圖解呢？或者這個作用可能是雙向的？情況可能是這樣的。在人類由父系氏族社會取代母系氏族社會的過程中，產生了男性馴服女性的需要。舊石器時代，女性因為採集水果、堅果、穀物、挖掘塊根植物和昆蟲，較之於男性捕獵小型動物、魚類來說，作用大致相當，但是，因為當時社會整體生產力的低下，並不能出現一個女子養活多個男子，從而可以佔有多個男子的情況，因而女子地位並不高於男子。到了父系氏族時代，因為狩獵工具以及狩獵組織形式的改進，男子可以狩獵大型動物，而婦女依然停留在居住地附近從事採集、燒煮，這才大大提高了男性作為事物提供者的地位，甚至出現了一個男子憑藉勇敢好鬥、狩獵本領高強佔有多個女子的情況。當女性由平等者而降格為附屬者的時候，人類便產生了說服女性、馴服女性的需要。當然，關於人類學角度來看，這種過程並不是單向的，一方面是男性馴服女性的過程，另一方面也存在著女性馴服男性的過程。例如：中國傳說中的女媧、西天瑤母等等，這裏女性被塑造成人類的拯救者和管理者，這種傳說和男性的戀母情結結合，對人類

社會的影響一直波及現今，例如，現代詩人們所堅持的把大地比作母親，把祖國比作母親的比喻，就是很好的人類學證據。

在近一千年的古典時代中，邊緣蠻族對數大中心文明的侵犯和掠奪始終考驗著這些文明的生存能力。中國也不例外。在北方蠻族對漢文化區的掠奪中，「女人」始終被看成是最重要的目標，原因是什麼呢？人類具有天然地維護自己的遺傳基因，讓自己的遺傳基因得到展布、擴散的動機，因此北方蠻族對漢文化區的侵略不僅僅是一場經濟的掠奪，是遊牧群落對農業群落的經濟洗劫，同時也是種族之戰。而後者便激烈地表現在女性爭奪上。例如努爾哈赤在位期間，其滿清部落對明王朝的大規模人口掠奪便有數次，總數有數十萬人。動物世界中，一隻年老體衰的虎王被年輕的虎王篡位放逐之後，它留下的幼仔將無一例外地被新虎王吃掉，因為新虎王不能允許前人虎王的基因在他的種群中發展。但是，顯然發生在人類社會中的這種跨種族的女性掠奪，一方面對於女性來說是災難性的，但是，另一方面，它也推進了人類不同種群之間的基因交流，促進了人類整體在身體、智力上的進化。

但是，顯然這種基因遺傳和擴張自身的盲目衝動，也會給人類帶來危險，無論是從軀體的角度（多交帶來性病）還是從身分（多交帶來階級、國家、民族身分混淆）的角度，基因擴張衝動帶來的「性」都需要政治規馴，尤其是女性，因為女性是基因遺傳的載體，承擔著確保基因純正的要求，《聖經》正是在這個意義上說：「妻子沒有權柄主張自己的身子，乃在丈夫」。

顯然男人對此是有焦慮的，《聖經》中，有「女性服在墮落的詛咒下」一說；中國傳說中也有「素女」教人淫樂的說法。在中國民間傳說和文人創作中，大多把女性寫成淫亂和禍害之源。例如，楊貴妃的故事，在《金瓶梅》中，淫亂的女性潘金蓮構成了小說的主角，而在《水滸傳》中潘金蓮更是因為淫亂、不守婦道而慘死於其叔子武松之手，但在男權主導的社會中，潘金蓮的命運卻沒有得到任何形式的同情。極端的文學文本來自《封神榜》，妲妃作為皇帝紂的妃子，因為紂的荒淫無恥而背上了教唆者的罵名，最終妲妃被詛咒為非人類的獸妖——狐狸精。這種把女人比作狐狸精的做法，不僅出於文人的筆下，也出於民間，或者說它具有廣泛的民間基礎。武夷山裏，至今流傳著中國古代儒家學者朱熹和他的女弟子在山裏同居的故事，該傳說並沒有譴責朱熹的意思，但是，卻對其女弟子頗有微詞，如果你到那裏遊覽，那裏的船工會指點著山上的一個洞穴，告訴你那是朱熹女弟子的葬身之處，而他們無一例外地把該女弟子的葬身處叫做白狐狸洞。男人對女人，不僅是對身體的獨佔，而且還有靈魂的獨佔。靈魂的獨佔表現在要求女性服從男性，不能違逆男性上。在中國傳說中，嫦娥因為其不守婦道——不能順從於他的丈夫而受到孤獨一生的懲罰。嫦娥是獵手大羿的妻子，然而雖然羿俊偉善射，為了養活嫦娥每天早出晚歸，卻依然不能使嫦娥滿意，最經她瞞著羿偷吃了羿的禁藥，被迫升空，孤苦伶仃地被遺棄在寒冷的廣寒宮裏，永遠不得與羿會合，享受人間的天倫之樂。

對於人類來說，基因本能帶來的「性」是要求多占的，如果沒有對身體的政治規馴，絕大多數人可能傾向於性的多占。本來人類當然是可以多占一些的，比如群婚制時代，每個人在性上相比較於一夫一妻制時代是多占的，但是，這多占都是相對的，群婚時代人類的「性」佔有相對於一夫一妻制時代的人類雖然是多占，但對他們自己，還是平均的，因為他們的多占並不要求獨佔，而是共用，舊石器時代，共產共妻就是保障這種相對均占的身體政治形式，它的本質是相對均占，「性」作為資源人人均等共用，可能某些人因為體力原因，性活動頻繁一些，一些人相對少一些，但是由於不是獨佔的，所以這種多和少並不影響當時在性政治方面相對均占（共用）的本質。相對均占的本質是男女平等，相互共用，而不是強勢方佔有弱勢方。

但是，隨著人類私有制的產生，私有觀念使人類不再滿足於相對均占，人類開始追求絕對多占，多妻制、多夫制就是在這種情況下發展起來的保障絕對多占的婚姻形式，這種情形下，保障絕對多占就成了身體政治的核心，在多妻制社會，多個女性被一個男性佔有，可能導致女性的不滿，這樣防止女性婚外性行為就成了多妻制社會身體政治的首要目標，處女崇拜、殉葬制度、守寡制等等都是絕對多占制的身體政治手段：都是為了保證男人對女人的絕對多占，不讓已經成為妻子的女人被丈夫以外的其他男人分享。

歷史證明，上述絕對多占並不是人類在婚姻愛情方面最好的解決方案，因為它導致不平等。一些男人的絕對多占就意味著

另外一些男人的絕對少占，同時男人對女人的絕對多占就意味著女人對男人的絕對少占，而且，從數學角度說，絕對多占者總是少數，少占者總是多數。從歷史上看，身體政治的價值標準更容易受到多數人的左右，而傾向於維護多數人的利益，既然在絕對多占的身體政治體制中，總是多數人被迫絕對少占，那麼這個體制就不會維持到底，歷史的確證明瞭這一點。現代社會，身體政治傾向於維護多數人。一夫一妻制婚姻構架就是這樣一種體制，它限制了絕對多占，也反對不占，它力圖將性納入平均主義架構中，透過家庭來加以管理，生育得到保護和美化，而這種生育是平均主義的，它使各種各樣的人平均主義地獲得了性，也獲得了繁育後代的機會：儘管他們的智商、體力、體形有巨大的高下等級差別，當平均主義的身體政治被賦予了繁殖的類功能，性被美化，同時也被「義務」化了，性從個人要求變成了類要求，進而被類要求規範，由此我們可以看到身體情欲的個人主義動機是怎樣被類政治義務收編，進而更可以看到「情慾──獨佔──平均主義分配──義務」的多項互作用。一夫一妻制身體政治構架在本質上追求的是性的絕對均占，它反對的是絕對多占，在當前的一夫一妻制構架下，只要你符合絕對均占的要求，而沒有產生絕對多占的情形，你才會被認為是道德的。

需要指出的是，一夫一妻制身體政治追求的是男女之間的絕對均占，而非原始社會的相對均占。這也是為什麼人們在設計婚姻法規時，沒有規定結婚者必須終身維持婚姻，離婚是合法的，

但重婚卻是重罪的原因，這是一項政治原則：法律允許一個人再婚（一個結過五次婚的人，一生佔有過的異性數目多於只結過一次婚的人，但他佔有五個異性的總時間卻並不比只結過一次婚的人多，而是相等——這就保證了時間上的絕對均占），但是反對一個人同時多妻或多夫（這種情況會造成絕對多占）。

身體一方面受到性別政治的左右，一方面又受社會政治的規劃，性別政治和社會政治構成了身體的兩種驅力，這使得它常常搖擺於「軀體」和「身分」之間，在性別政治的驅力下，它更多地是在軀體意義上活動，它是性慾望、虐感、快感等軀體政治的虛踐和實踐者，在社會政治層面，它又更多地是在「身分」意義上的活動，它是國家、民族、階級等身分政治驅力規劃、培育、訓誡的結果。在前一種背景中，身體透過征服、佔用、奴役而自我完成，它本能地趨向於使他者工具化；在後一種背景中，身體透過歸化於更大的民族體、國家體、階級體而獲得「意義」，身體也被這些「意義」捕獲，成為這些意義的實踐者。

身體何以會服從上述身體政治的規馴和誘導？它離不開身體快感的導向作用。人類的性快感內涵和方式收到性政治的左右。人類的性快感和動物的快感比較，有了巨大的飛躍和發展，例如，接吻。動物是不會接吻的，這種嘴唇和嘴唇撫擦，舌頭和舌頭接觸，進而交換唾液的快感在動物那裏尚未發展出來，在動物，嘴唇的作用還只是限於輔助進食，例如，長頸鹿的嘴唇主要是擼草，舌頭只要用處是攪拌事物，而唾液更是沒有快感功

能，但是，在人這裏，嘴唇不僅具有幫助進食的功能，還有豐富的觸覺能力，它不僅能體驗接觸到事物時的快感，而且還能體驗超越了進食的感覺——能夠體驗接觸另外的異性的嘴唇的樂趣，人的舌頭也是如此，舌頭上的感覺能力，使人已經超越了單純的攪拌事物的需要，還將舌頭發展為一種性交往方式。人類的性快感能力要超越動物很多，主要是因為人類的感覺器官已經進化，這些器官從單純的實用器官發展為實用和快感結合的複合器官，具有多種功能。又比如，面對面地做愛。這種做愛方式在動物是極少，甚至是沒有的。但是，在人卻是極為正常的。原因就在於，人不僅僅在性器官的接觸中體驗快感，而且在眼睛的視覺，手的撫摸，語言的烘托中體驗快感，也就是說，人的性快感包含了比性器官的直接接觸更豐富的相互觸覺、視覺、聽覺內涵。因而，動物起眼性快感不需要面對面，只要性器官的直接接觸就行了，而人卻需要面對面，需要情話、凝視、撫摸。再比如，躺著做愛。這在動物是難以想像的，但是在人，卻是標準的做愛方式。很顯然，躺著做愛比站著做愛，在體驗快感方面具有巨大的優勢，站著做愛是一種匆忙的、機械的做愛方式，因為要分心保持身體的站立平衡，所以做愛雙方不可能全身心地投入到對性愛快感的感受中去，但是，躺著做愛卻恰恰相反，它讓人排除一切外在的干擾，不必擔憂什麼，而將整個感覺系統全盤地投入到對性愛快感的感覺中去。這種情形下的快感當然比較動物而言是進化的。人類快感器官的複合化、快感感受的複雜化為性政治規馴提供了可能。

第八章

病中的身體

　　疾病本來僅僅是一種身體狀態，甚至不能說是非常態，正如中國諺語所說，人吃五穀雜糧，焉能無病？既然疾病是身體必然會有的狀態，就不能說是不正常狀態.這就如同每個人都會死，我們就不能說死是人的非正常結局（儘管我們都不願意看到死），如果我們正視人的生命，就應當把死包含在生存論常態之中，疾病也是如此，健康和疾病是身體的兩種必然狀態，由此疾病就不能說是存在的非常態，它應被看作是在世常態。我們只有把疾病包含在在世常態中（就像我們把死包含在生存論中），才能真正認識身體的在世處境。

　　但是，人類進入文明史以來，我們漸漸地習慣了把疾病同罪惡、死亡等聯繫起來。疾病受到疾病政治的左右，不再僅僅是身體問題。愛滋病被看作是道德淪喪的隱喻，一個人得了愛滋病，他不僅僅會被看作是一個病著的身體，還被看作是一個犯過的罪人，社會將他視作威脅，古巴就因此而曾經施行過愛滋病人隔離政策；癌症被認為是死亡的隱喻，一個人得了癌症，便失去了被看成是一個常態生存著的人的權利，他在病而未死之際已經被宣

判為死者了。上述疾病的政治學使人類在相當長的時間裏，認為對待疾病，隔離、懲罰、拋棄、拘禁等身體政治手段要比醫學治療好。

一、醫學專制與罪惡隱喻

當然，現代以降，與此同時發展的是醫學的專制，今天醫生的專制能力遠遠地高於政治家的專制，醫學專制已經成為比政治專制更為嚴重的專制——幾乎沒有人有能力反抗這種專制，當醫生宣佈一個人病入膏肓，為不治之症，進而拒絕治療時，這一宣佈要比一個法官宣判一個人死刑還要有效力。醫生的死刑判決來自醫學專制，它阻止、反對、隔絕了任何非現代醫學手段對疾病的救助可能，因此這種專制具有專斷、獨裁的特性，任何不為其承認的治病治療術，統統會他們被說成是反科學的，而受到鎮壓。「身體被納入了一個生物學的框架內進行描述，即是說，關於健康問題的日常話語被生物學術語和科學知識的解釋幾乎徹底摧毀。」[1]醫學滲入現代生活的每一個方面，不僅僅是在醫院裏的門診治療和住院治療之中，它還在人們四處求助的健康建議之中，在事故鑒定、殘疾裁定、求職表健康報告之中，它一方面製

---

[1] 彼得‧曼寧和霍拉西奧‧法布里加在其對現代非人格化醫學和人格化民俗系統所作的對比研究中作了這一闡發，參見：約翰‧奧尼爾：《身體形態——現代社會的五種身體》，張旭春譯，春風文藝出版社，1999年，第126頁。

造所謂醫學健康身體，以使其更加適合現代大工業生產的需要，另一方面又透過各種檢查和篩選，製造所謂「不合格」身體，把他們排斥在現在工業社會主流大門之外。它製造了醫學健康人和醫學病人的醫學政治二分法（就如同階級二分法一樣），乙肝患者、愛滋病人與乙肝病毒、愛滋病毒，與傳染和危險劃上了等號，他們成了醫學政治二分法的犧牲品。從這些情況看，醫學已經遠遠地僭越了自己的領域，它正超越生理身體的範疇，對身體的政治屬性做出評判，它成了現代身體政治的一個決定方面。但是，現代社會內部從來沒有誕生一種反對力量，沒有一種話語可以和醫學話語抗衡。農業時代關於健康的傳統人格化民俗系統受到了徹底的摧毀。

薛燕平小說《21克愛情》[2]中女主人公孟小萁被確診為卵巢癌之後，拒絕住院時，醫生張同道：「為什麼不住院？你應當積極配合醫生治療。」

張同作為醫生對作為病人的主人公為什麼那麼自信？他的話語權來自哪裡？他的霸權主義的話語方式為什麼顯得那麼合法？我們必須注意「應當積極配合醫生治療」中的「應當」，張同沒有想過，他的話會被質疑，在他的腦海裏，他的話就是定論，就是權威。因此，當女主人公表示拒絕住院的時候，他根本沒有感覺到自己受質疑，而是覺得這個病人有問題。他讓病人坐在椅子

---

[2] 春風文藝出版社，2004年。

上等他，繼續接待別的病人，「張同整理著桌子，眼睛不看我，只偶爾用餘光瞥我一下。」女主人公的反抗是脆弱的，她「故意不順著他的思維走」，「我知道與一個成功男人的思維悖逆會有怎樣的結果，我說看病是我的自由，治病也是我的自由，大夫應當尊重病人的意願。」但是，在現在醫學專職制度之下，病人在醫生面前哪裡有什麼話語權呢？

事實是，不僅僅是張同作為醫生在行使這種對疾病的專制權力，整個社會對這種醫學專制的認同也在助長著這種權力，它使現代醫學的專制無處不在，一個病人想游離在現代醫學體系之外，簡直是異想天開。一旦生病，病人面對的就不僅僅是醫生構成的醫院專制，而是這個社會共同作用構成的無處不在的整體性醫學專制。

《21克愛情》這樣寫道：

> 我說到底治不治還沒考慮好，或者我會實現一些人的患病理想：到一個山清水秀的地方了此殘生。要不就像電影裏演的，拒絕所有親朋好友的關懷，冷面最後的人生，直至死亡來臨。我聽到不少人跟我說過他們如果得病以後的理想，就像一個還沒來得及走上社會的年輕人談他們未知的人生道路，臉上一樣顯露出神往。可那真的只是一種理想而已，就像五八年的國人幻想虛無的共產主義，雖然美好，變為現實卻是不可能的。其實，一個生活在城市裏、

社會上的人，幾乎沒有按自己意志辦事的可能性，在後來我生病以及治療的短短一年零八個月的時間裏，除了我對於張同那複雜而可憐的愛情以外，我的一切的一切，包括我吃飯喝水上廁所，都漸漸的喪失了完全的支配能力，都要聽從醫生護士以及家人的吩咐和接受他們的有償或無償的幫助。

現代政治正因為充分意識到醫學的這種統攝力量，才把醫療保健納入自己的版圖，完成了政治和醫學的聯姻。今天，一個現代國家，其政治合法性一定和全民醫療保健政策結合在一起的，醫療已經成了政治不可缺少的內容，沒有一個現代政黨能夠沒有一套完整的全民醫療保健計畫，而能長久執政。

一方面是為了適應快節奏現代工業生產對人的身體素質的高要求，一方面是出於現代人追求個體生命品質、壽命延長的需要，現代人越來越沉迷於對醫學專制的臣服之中，離開了現代醫學的護佑，他們幾乎無法正常生存，甚至也無法死亡，正如薛燕平的小說《21克愛情》所顯示的，沒有人能「死」在現在醫學管轄的範圍之外，沒有醫學的參與，現代「身體」甚至不能獨自「死亡」。

基於這一背景，現代醫學成為政治對生物身體進行布控的一種行政策略，和政治抗爭的生物身體將冒著失去醫學照料的危險──被排斥在醫學照料之外，意味著這個身體在政治上已經

死亡；反過來，沒有醫學專制的輔助，現代政治就會顯得脆弱許多。醫學專制為什麼會成為政治競選口號：現代政治正是透過醫學專制把生物身體轉化成政治身體加以政治規劃，進而徹底納入自己的版圖。政治權力無處不在，它介入了疾病的治療、傳染的控制、人類的繁殖、生育、死亡、健康狀況的養護等等，這些成了政治權力爭奪的目標，也成了政治權力施展影響的領域。

事實是，不僅僅是身體作為對象本身被納入到政治權力視野和調控之中，針對身體的醫療制度也已經成為一種政治話語策略，它構築了療治型國家的政治景觀及其機理——它鼓勵技術專制，事實上，醫生對病人的專制已經不僅僅是一種技術權力，還是一種政治權力，醫生透過其醫學身分，把醫生和病人的這種等級關係擴大化，醫生把自己的權力擴展到病人生活的方方面面。《21克愛情》中，女主人公對醫生張同的崇拜和信賴，很快發展成對張同莫名其妙的愛。這種醫學話語策略恰恰是現代政治所需要而又不能明目張膽地實施的。現在，透過對這一策略的嫁接，醫學話語轉型成了現代政治話語的一個隱含形態——它成了政治話語的一種策略。

在這種策略中，疾病常常被看成是罪的隱喻，病人和醫生的關係以類罪人、低等人、非正常人和裁判者、上等人、正常人的關係來處理。人們常常使用罪感話語來言說病人，瘟疫、傳染等疾病話語被罪感化了，美國學者蘇姍・桑塔格認為疾病本身一直被當作死亡、人類的軟弱和脆弱的一個隱喻。疾病不僅僅是身體

的敗壞狀態，還被賦予了政治和道德的含義：它是罪惡的，必須加以診療、遏制、管制甚至消滅。《21克愛情》中，馨平得了愛滋病，便自覺是罪人，她躲在家裏不敢出門，被動地等待死亡的來臨，馨平的這種罪感來自哪裡呢？小說中，自身也病入膏肓的孟小其憑藉疾病給她的悟性接納了馨平，她赦免了馨平的「疾病之罪」，願意和馨平一起吃飯聊天，竟然得到了馨平無限感激。這是正常的麼？

二、疼痛中的身體

《21克愛情》描寫了一個癌症病人發現病情、住院醫治到惡化病歿的過程，它一部和疾病同路同到底的疾病之書──它給「疾病」這種人類最重要的生理現象完成了一次文化儀式，除了關心其中的醫學專制問題，我還關心該小說對「疼痛」的現象學描述。

身體對我們的意義不僅僅是慾望的滿足以及慾望滿足帶來的快感，還意味著疼痛。疼痛是生存論的，疼痛和快感對於生存的意義，從質地上說是一致的，有的時候，疼痛甚至比快感更為重要，也因此宗教修煉者才會故意製造疼痛，在他們的眼裏疼痛比快感更能鍛造身體，鑄造存在價值。而疾病中的疼痛無疑是疼痛中最為疼痛的一種，這是一種本質性的疼痛，和死亡相親近的疼痛。

在一般人的意識中，身體的問題是從「不舒服」開始的，而「不舒服＝疼痛」，《21克愛情》主人公孟小萁到醫院尋診，張同醫生問她有什麼症狀時她答道：「不舒服，或者疼痛。」「疼痛」是疾病的身體話語，疾病從「疼痛」的言說開始。或者，應該反過來，疼痛佔領了身體，身體成了它的發聲器官。當疼痛真正來臨，孟小萁終於狂喊起來：

> 而這工夫我卻由於麻藥勁兒徹底過去了，身體由剛才的隱隱作痛變為疼痛難忍，就像有一把刀子在我身體的各個部位上猛繫亂砍，讓我防不勝防，只能一通的「嗷嗷」狂喊。

疾病是透過疼痛抵達身體，它透過疼痛顯身於身體，透過疼痛對身體的尊嚴、完整、價值、意味進行拆解，進而完成對身體的征服。身體俯身於疾病，拆解了自身的文化構成，還原自己為純粹的生物感覺，這些都是疼痛的功勞。

關鍵的問題是，疼痛的這種身體針對性，是及其隱秘的，沒有任何一種疼痛是相似的、普遍的、共通的，也因此病人遭遇的疼痛常常無法獲得他者的理解，每一個疼痛都是針對某個個人的特殊的疼痛，無法描述、無法定性，難以被它者感同身受式地理解。《21克愛情》分析道：

在我狂喊了四、五聲之後，王麗走進來，她將兩隻手揣在白大褂兒的兜裏，站在我的床前笑吟吟地望著我，似乎她看到的只是劇院裏上演的一齣活報劇而已，我那種撕心裂肺的呼喊只是一種對於痛苦的摹仿，她笑則是在讚賞我的演技高超。

病人唯一的辦法是透過「演技」將之傳達給他者，「演技」意味著什麼呢？為什麼需要「表演」疼痛呢？病人無法將那個秘密地折磨著他的疼痛的原始狀況原原本本地展現出來，他只能表現那個經過自己身體過濾，經過感覺的洗刷，變成了「形式」——比如「呼」、「喊」——的疼痛，而不能直接呈現那個折磨著他的「疼痛本身」，質而言之，病人只能把捉和呈現疼痛的形式，只能「模仿」疼痛的形式，卻不能呈現和把捉疼痛的內容，儘管疼痛是那樣真切地左右著他的身體、擺佈著他的身體、摧毀著他的身體。

我在自己那一聲接一聲的嚎叫中艱難地打發著時間，在疼痛的間歇裏品味著疼痛的尖銳，以及它那摧枯拉朽的氣勢。疼痛是人世間所有感覺裏最強烈、最激動人心、最能讓人忘乎所以的一種，也就最難以忍受，最令人失魂落魄、尋死覓活。所以，即便梁雨忠貞不二的愛情，對於我的疼痛也無濟於事。

......

　　又一陣疼痛衝擊波似的掠過我的五臟六腑,超越了我的思維和意志,讓我在它面前喪失了一個文明人應有的行為準則,我用一種更加瘋狂的嚎叫與疼痛抗衡。

　　但是,另一方面,疼痛又有還原的效應——它使身體還原為身體,文化強加給身體的種種屬性,在那人世間「最強烈、最激動人心、最能讓人忘乎所以的」,「也就最難以忍受,最令人失魂落魄、尋死覓活」的感覺裏,是沒有棲身之地的,疼痛,它排斥所有的附加給身體的東西,以其摧枯拉朽的力量把身體還原為身體本身。

　　《21克愛情》這樣描寫道:

　　　　我知道,用世俗的眼光看,迫於疼痛的壓力而大呼小叫是一件很不光彩的事情,百分之六十的中國人認為忍耐是一種美德……在醫院裏就要忍受疼痛,你因為疼痛而嚎叫,至少說明你不夠堅強和勇敢,而堅強勇敢的反面則是軟弱、膽怯,這樣,無論從哪個角度說你都已經喪失了某種美德。

　　　　這些思考都是疼痛過後的反思,而此刻我已被疼痛折磨得幾乎可以說人事不知,腦子裏除去對於疼痛的恐懼外什麼都沒有,像一片收割過的莊稼地,過去的一切統統不留痕跡。

疼痛具有哲學效應：它讓我們知道我們是實在論軀體，知道我們的疆域和未來，知道我們的能力所及和不及，知道我們的本根，它讓身體從各種遮蔽中復原，身體在疼痛中獲得本源性地揭示──它讓我們知道我們在本質上是當下性的肉體存在，一切歷史和文化之物，都不過是附加在身體上的遮蔽而已，它讓我們重新記起那個被遺忘了的身體，在歷史的起點處（誕生就是身體性到來）使動，卻在歷史的過程中被遺忘被痛恨被遮蔽被詛咒的身體。從這個角度說，「我已被疼痛折磨得幾乎可以說人事不知，腦子裏除去對於疼痛的恐懼外什麼都沒有，像一片收割過的莊稼地，過去的一切統統不留痕跡。」這種狀態，未必是身體的非真理狀態，相反倒是身體的真理狀態！是疼痛，讓我們回到了身體，儘管此時它正被疾病左右，但是，誰又能說，健康狀態的身體就是最本真的身體呢？健康的身體，那被使用著的身體，被用來享受快感的身體，那工作著的身體，那行善或者作惡的身體，就是本真的身體麼？

三、死亡隱喻

《21克愛情》中，作者把生命理解成是對死亡的準備，這讓我想起蘇格拉底，這位熱愛死亡的哲學家，他的內心有著怎樣的對於人的熱愛呢：他認為只有在死中才能為人找到永恆。薛燕平和蘇格拉底某個方面是一樣的，儘管是寫疾病，是疾病之書，

但是，讀完小說，我感到的不是悲觀，而是新生，一次洗禮之後的新生，但是，薛燕平和蘇格拉底又不同，蘇格拉底相信靈魂不死，渴慕肉體消失之後靈魂的永恆才讚美死亡。

薛燕平是在無神論的北京背景中寫不治之症，寫死亡的，薛燕平在小說中借主人公之口這樣說道：死亡就像一件平常的事情一樣，是隨時隨地都可能發生的，只不過我們為死亡準備的過程有些繁瑣而已。這部作品中作者點出了一個非常重要的海德格爾式問題：人是向死而生的。人是首先意識到死亡，並且把這種死亡作為虛在包含於生存，才能投入到生存設計、實化和反思之中的。從這個角度來說，死亡在生存論結構中具有奠基意義。海德格爾因此把死亡看成是人的原初立場方式之一。海德格爾認定，作為「向其死亡的存在者」，「此在」實際上死著，並且只要它沒有達到亡故之際就始終死著。海德格爾把死亡看成是此在「最本己的」、「超不過」的可能性，而此在「總是向其最本己的可能性先行於自身」，所以「此在」是向其死亡存在的存在者。在有神論背景中，西方人對死亡的領受是同原罪、審判、新生、永生等潛意識地聯繫著的，它透過懺悔固化在此在的生存結構中，死亡不是人的發明，而是人的本己生存結構，與生俱來。

但是，薛燕平不是這樣看的，在薛燕平看來，死亡不屬於「我」的生存，「我」無法實在地面對它，「我」無法先行為死者，「我」不能向著一個完全不是我的可能性而籌畫自身，因為死亡在本質上是「一切意義之毀滅」，這是一種孔子式的「未

知生，焉知死」的態度，在中國思想中，生者並沒有必要面對死亡、渴求死亡，相反應該回避死亡，死亡恐懼是中國式生存應有的題中之義，因為中國思想把死看成是意義的終結，這和有神論背景中對死（意義的開始、再生、永生、復活、審判、天堂等）的理解完全不同。

　　在「疾病」這個主人公的文學儀式中，薛燕平寫出了這種中國式的「死亡」觀念：疾病勾帶出對「死亡的恐懼」。薛燕平承認人是向死而生的，生是死亡的準備，但是，她同時也認定人是懼怕死亡的，死亡並未被包含在生存論中，所以中國式的生存必然和畏死聯繫在一起，而疾病正是勾帶出這種畏死的生存論的最好土壤。

　　從某個方面說，死亡之恐懼是《21克愛情》的第一主題。但是，薛燕平不是在一般地描寫恐懼，而是在生存論上描寫畏死，薛燕平是把畏死上升到一種本體論的在世狀態來加以詮釋的。死亡被看成是身體的毀滅，是身體的存在性的消失，同時也是身體的可能性的消失。身體消滅被認為是一勞永逸地解決矛盾的手段，作為一項實用法則，它曾經收到人類推崇，至今絕大多數現代國家也依然保留了這種信仰：國家機器相信死刑，相信宣判犯人死刑可以使絕大多數好人獲得安全感，又使絕大多數壞人獲得恐懼感。這種身體消滅的信仰源於何處？死亡崇拜，希望被看成是解決問題的終極手段。死亡是疼痛的解決，也是生存論畏死的解決，由此，人類或可讚美死亡、依賴死亡。

但是，這些似乎都不是《21克愛情》最終要講的東西。

　　《21克愛情》最終要講的是什麼呢？它試圖回答的是：什麼才能讓我們擺脫畏死和疼痛？在無神論背景中，薛燕平找到的是「愛」，薛燕平把「愛」上升到生命的高度，小說題記中說：「無論如何，愛是已經產生了，再也不能沒有了。因為我不能承受它離去的痛苦，所以，我不要它消失。」小說的主人公也說道：「我怎麼能厭倦愛呢？……即便我死了，我的愛也會留下來，留在我愛過的人以及愛我的人的靈魂裏。」薛燕平為無神論背景中的主人公找到的救贖途徑是「愛」，愛具有雙重效應：「如果沒有了感情我寧願去死」；如果有了愛，即便我死了，愛也會流傳下來。愛是生的理由，同時也是死的理由。

　　愛是盼望：病入膏肓的主人公對醫生張同的愛就是一種渴念、一種盼望，她知道這種愛是不真實的、不能在實踐中完成的，但是，她依然堅持了這種愛的虛踐，她對愛的盼望始終沒有停止；愛是信念：主人公對梁雨的愛來自信念，她相信梁雨，因而對梁雨和小淩的關係可以不管不問，她堅信這種愛的存在，因而能對梁雨報以寬容；愛是恒久的憐憫和善意：梁雨本來已經離開了女主人公，但是，當他知道女主人公病入膏肓的時候，他毅然地回到了女主人公的身邊，他的憐憫和善意讓他陪伴著女主人公走完了人生最後的旅程。愛是超越，它超越「情」和「性」，它比男女之間的「情」和「慾」更有力量，小說中梁雨對病入膏肓的女主人公之愛就是這種超越之愛，它超越生存和死亡，女主

人公對張同的感情，是不受生死門檻的制約的，超越現世生活中優先的恩和仇，女主人公和小淩之間的諒解，和馨平之間的和解就是如此。它讓我想起在北村對愛的理解，儘管北村是在宗教的意義上認識愛的，而薛燕平卻完全是在無神論中國思想中接近「愛」的，但是，他們對於愛的理解最終卻是如此的接近——愛是救贖、是真理。

薛燕平為我們展示了一幅愛的哲學圖景：愛是精神虛踐，同時也是身體實踐，它是對死亡的抵抗，是對生命的救贖，是對價值的肯定，愛為存在奠基，此在不再被規定為必死者：「真正的愛是不會死的。」主人公安慰自己和安慰了愛滋病的馨平用的都是這個邏輯。小說寫了這樣一種「死亡之愛」——愛在死亡中昇華、恒久，死亡在愛中獲得解脫、超越。據說，人的生命的重力是「21克」，若果如此，「21克愛情」的含義應該是「用生命的全部重量去愛」的意思吧，從這個意義上說，《21克愛情》是在竭力為「畏死」的病體尋找一個出口，一個讓身體和永恆對應，離開疼痛、畏死而得永恆救贖的可能。

第九章

身的在世狀態：
論窮愁、悔恨、陶醉、孤獨

一、窮愁

愁的最基本形態是窮愁，在此基礎上綻放著的是病愁、離愁……。存在本身只存而不在，存在之「在」成了中心問題，存在為「在」而忙碌，但是「在」依然不能給存在者以安泰。存在將存在本身當成了問題：如何才能在下去？這是存在的生存論問題，然而，此一問題的提出在「窮愁」中實際上意味著恰恰它是不能解決的。與之相應的是「窮困」，在窮困中，存在並未覺得問題不能解決，雖然他碰到了「生存論」問題，但是「窮困者」是將這一問題當作存在必然要逾越的屏障，它是存在的難題也是存在的可能性。「窮愁」則意味著「窮」並未被當成是存在的可能性，相反，存在在此面前束手無策，陷入無力的局面。

中國現代作家王魯彥在小說《黃金》中細緻入微地刻劃了如史伯伯在窮愁中越陷越深的生活處境：

悔不該把這些重擔完全交給了伊明，把自己的職務辭去，
現在⋯⋯他想，」現在不到二年便難以維持，便要動搖，
便要撐持不原先的門面了⋯⋯悔不該──但這有什麼法子
想呢？我自己已是這樣地老，這樣地衰，講了話馬上就要
忘記，算算帳常常算錯，走路踉踉蹌蹌，誰喜歡我去作帳
房，誰喜歡我去做跑街，誰喜歡我⋯⋯誰喜歡我呢？

　　如史伯伯這個人物遇到的不是窮困，而是窮愁，在如史伯
伯的意識中，他所面臨的問題已經不是自己所能解決的了，他
唯一能依靠的就是他的兒子，但是，就是這個他幻想中的依靠也
是靠不住的。年老力衰的如史伯伯，無力再支撐這個家原先的門
面了，在這種情景中，他唯一能做的就是發愁，王魯彥在這一描
寫上是非常真實而深刻的，他寫道：「悲哀佔據了他的心。」的
確，窮愁所面對的與其說是「窮」不如說是「愁」，主體陷入深
深的不能自拔的憂愁之中。但是，這種憂愁不同於一般的面臨一
個具體的難以解決的事情或者某個情感問題的時候的憂愁，窮愁
是一種持之以久的「存在狀態」，它所面對的是存在的處境本
身，而不是其他，因而這窮愁深深地攫住了存在，成為存在本身
的時候，這愁是向著存在的深處墜落的，它墜落到哪裡呢？
　　恥辱。窮愁被當作恥辱深深地刻寫在了存在的表面上：如史
伯伯的憂愁中，包含了恥辱感，他不能把這種窮愁向別人展示，
甚至不能向自己的妻子展示，因為他深深地為這種窮愁感到恥

辱。當他的妻子如史伯母問他為什麼這樣不快樂的時候，王魯彥這樣描寫：

> 「我沒有什麼不滿意，」如史伯伯假裝出笑容，說，「也沒有什麼不快樂，只是在外面做事慣了，有吃有笑看，住在家裏冷清清的，沒有趣味……」

如史伯伯為什麼要向他的妻子隱瞞他的窮愁呢？實際上，他已經很久沒有收到兒子的寄來的錢了，他的帳上只有十二元另幾角了，「『後天是他們遠祖的死忌，必須做兩桌羹飯；供過後，給親房的人吃，這裏就必須花六元錢。離開小年，十二月二十四日，只有十幾天，在這十幾天內，店鋪都要來收帳，』……現在，現在怎麼辦呢？……他幾乎也急得流淚了。」他急切地需要錢，他自己已經陷於窮愁中，幾乎要流淚了，但是，因為對窮愁的恥辱意識，他不能把自己的窮愁宣揚出去，對鄰居自然是不能宣揚，即使是對自己的妻子他也不願意宣揚。

除了恥辱感以外，窮愁還夾帶著恐懼感。小說中這樣分析道：

> 一塊極其沉重的石頭壓在如史伯伯夫妻的心頭上似的，他們都幾乎透不過氣來了。真的窮了嗎？當然不窮，屋子比人家精緻，田比人家多，器用什物比人家齊備，誰說窮了呢？但是，但是，這一切不能拿去當賣！四周的人都睜眼看著你，

如果你給他們知道，那麼你真的窮了，比討飯的還要窮了！討飯的，人家不敢欺侮的；但是你，一家中等人家，如果給了他們一點點，只要一點點窮的預兆，那麼什麼人都要欺侮你了，比對於討飯的，對於狗，還利害。……

同時，窮愁還附帶著怨恨。因為窮愁，所以自卑，進而是產生強烈的恥辱體驗，與這種恥辱體驗連帶而來的是怨恨。巨大的怨恨在窮愁中逐漸地積累著，但是，這怨恨是積而不發的，如果這怨恨能夠發洩，例如用偷竊、搶劫的方式發洩，用反抗社會的極端方式宣洩出來，那麼窮愁就得到了消解，但是，在窮愁中，這怨恨是越積越深而不得發洩的。《黃金》中，如史伯伯家的狗來法到屠坊拾骨頭吃，被屠夫阿灰砍了一刀，捅破了肚子，腸子都流出來了，這來法是如史伯伯一家非常喜愛的，但是，來法就這樣流著血躺在大門口，死去了，如史伯伯一家卻什麼也沒有為它幹。小說寫道：

「必須為來法報仇！叫阿灰一樣的死法！」伊雲哭著，詛咒說。

這是如史伯伯的二女兒在詛咒，但是如史伯伯呢？

「咳！不要作聲，伊雲，他是一個惡棍，沒有辦法的。受

他欺侮的人多著呢！說來說去，又是我們窮了，不然他怎敢做這樣的事情！……」說著，如史伯母也哭了起來。

因為窮，如史伯伯一家感到分外的外界的人對他們也不如以前那麼尊敬了，他們產生了被鄉鄰欺辱的恐懼感，又因為這種恐懼感，他們變得越來越謹小慎微，甘願受著別人的欺辱，也不敢出頭抗擊。

經過恥辱感的淘洗，又經過恐懼感的強化，現在，窮愁作為一種體驗已經越來越細緻地固化到了窮愁者的心中，它在窮愁者的心中像癌症細胞一樣地發散著，直到把窮愁者變成屈辱地卑微地苟活著的人。

窮愁讓存在進入屈辱、卑微、無助之中，小說中如史伯伯在窮愁的折磨之中終於支援不住了：

如史伯伯歎了一口氣，躺倒在躺椅上，昏過去了。

如史伯伯的命運是窮愁者必然的命運，在窮愁中受盡了煎熬的存在，失去了繼續存在把存在當成了恐怖電影，這個時候，他用自己的昏厥，在存在面前喪失自己的清醒意識，透過回避了存在而終於超脫了窮愁。

窮愁追隨著存在，它無處不在地填滿著存在，它是存在在生存論上最重大、最核心的命題，它漫無邊際，存在在任何處所都

會碰到它，或可說它本就是存在的棲居之處，存在望著它，看著它，像是守護著它，存在深深地切入到它的內部，和它結合成一體，竟然存在就無法將自己從中抽離出來，存在無以為家地飄泊著，最終只能落腳在窮愁之中。被窮愁牢牢地俘獲了，不是窮愁成為存在的屬性，而是存在作為生存論問題成了窮愁的屬性，存在本質地就窮愁著，這窮愁的存在孤獨地行走在無始無終的窮愁路上。

存在的生存論問題在結構上除了「窮愁」、「窮困」，還有更根本的，即「死亡」。死亡是存在在生存論問題上碰到的最終命題，也是生存論的極限。但是在一般的存在中，「死亡」常常並不被當作死亡來領會，相反，「死亡」是以「不死亡」的「病愁」來領會的。「病愁」常常糾結著窮愁，拖帶出生存論的根本命題——這裏我要說的是，存在是存在者的刑罰。

「事物生於何處，則必按照必然性毀於何處，因為它們必遵循時間的秩序支付罰金，為其非公義性而受審判。」（阿那克西曼德）「我們首先用生命，其次用死亡為我們的出生贖罪」（叔本華）「病愁」中的存在被拖帶著同時進入了「窮愁」，而窮愁則常常使病愁一下子遇到了「死」，「死」的意思是說「罰金終於交完了」。

在「窮愁」中生存論面臨的是「存」的問題：存在只是放棄了它的美學面目，尚未脫去它所有的偽裝，從外觀上看，存在依然值得追求，許多人窮愁一生，但也借著窮愁生存了一生，它用窮愁消費了自己的生存。原因是，在窮愁中「生存」並未碰到根

本的挑戰，反而生存倒是藉著窮愁被擱置了，窮愁有一種力量，借用一句成語，可以說它能使存在處於「『存』而不論」的狀態之中。從這個角度，我們說，「病愁」更為接近生存論本源，在「病愁」中，生存論面臨的是「生」的問題，如果說窮愁還只是讓存在面對「存在的形式」問題，那麼「病愁」則是讓存在面對「存在的內質」，一句話，病愁讓存在直接和「死」相逢了。

任何死亡都是同一的，也正是這種同一性使死亡具有存在論上的本源地位，它用自己的同一整合了病愁、窮愁作為愁的非同一性，它是愁的終結，也是生存論的終結；同時，正因為它是終結，所以它在生存論的源頭處就已經規劃著生存了，作為結果它早就存在於生存論的開端，整個生存就籠罩在它的規劃之中。

現在，讓我說，生存論是死亡的準備狀態，死亡前狀態的非同一性是為了死亡這——萬全的同一性而來的，個體人生的窮愁、病愁這種非同一性的猙獰面目，只有在那最終的同一性中得到緩解。常人沉溺在這種非同一性中，不知道只有那同一性才是真正的力量泉源，才是真正的決定者，它勾畫了所有的非同一性，貧與富，貴與賤，強與弱，高與低，等等，都是由死亡的同一性規劃出來的，這非同一性，也最終要被死亡所消解，它們只是讓那同一性實現了自身而已。

所以古希臘的蘇格拉底說，哲學就是讓人學會死亡。他說得非常對，生在本質上是對死的準備，就如同非同一性是對同一性的準備，也正是因為生存存在於這樣一個目的論的過程之中，我

們才說生存找到了意義。如果沒有死對窮愁的規劃，窮愁變得遙遙無期，如果沒有死對病愁的規劃，病愁變得漫無目的，窮愁和病愁中的生如何將自己堅持下去？這窮愁還有什麼意義？這病愁還有什麼價值？只有當這病愁顯象得是有終結的，只有這窮愁顯象得是有目的的，它們才有意義：死終結了窮愁和病愁，中止了對存在的刑罰，它是萬能的解救者。窮愁和病愁在死中找到自己的意義了：它們準備了自己的死，完成了死這一偉大的生存論壯舉。

因此，幾乎是所有的宗教都把死看成是解救，是生存論的解救：真正的「生」在死之後，相對於那個「生」，此在的「生」只是死前狀態，是死的準備，是死「要來未來時」「等待著死」的生必然要支付的罰金，它徹頭徹尾地就是一個「等待」。在「死」中生存論完成了自己的正反合題，萬物中止了，「生」也消失了自己的，但是意義之門恰恰是這個時候才剛剛打開。

世界上，所有的短暫者，所有的必死者，都必須在死中完成自己。

「死亡」在生存論中更為根本，它是生存論問題的一個源頭，同時也是生存論問題的終結。「死亡」的出場結束了「生存」。「死亡」也是生存論問題得到最終消解的一個方法，這在常人那裏是絕沒有錯的，常人依靠常識領會了以取消「存」的方法，來結束「如何在」的難題的方案，而哲學家則看到了：取消存在是解決存在之生存論問題的終極手段，它透過取消問題而解決了問題，這並非懦弱之舉。

窮愁在生存中提煉出了死，但是，窮愁本身並沒有把生存交割給死。窮愁在本質上恰恰向著「不死」，「使生得以維持」而去的，但是，窮愁為這生準備了死，這一點也是確著無疑的，這死在窮愁的盡頭等待著窮愁的結束，或者它就在那裏主動地召喚著窮愁的走到它那裏去。不管是被動的還是主動的，窮愁都要收到死的誘惑。

　　前文我們已經分析過了，窮愁勾帶著屈辱、恐懼、怨恨，現在，我們要來仔細地看一看這怨恨了。怨恨首先是指著別人而去的，就如同《黃金》中的如史伯伯一家，他們的怨恨在開始的時候是有對象的，比如屠夫阿灰，但是，這種怨恨在他們是無處發洩，無法排遣的，也就是說怨恨只是在積累，卻不見消滅。因為作為怨恨，在人生論上本質地意味著，它不可能轉化為報復[1]，不可能在現實生活中獲得實際的宣洩，因此它只能越積越多。事實也是如此，在《黃金》中，我們緊接著便看到了，怨恨的情緒在持續地高漲，不僅僅阿灰成了怨恨的對象，而且，所有的他人都變成了怨恨的對象，他們的存在變成了對如史伯伯一家的壓迫、指責、欺辱，他們的存在受到如史伯伯一家的畏懼和怨恨。

---

[1]　怨恨產生的條件在於（報復感、妒忌、陰毒、幸災樂禍、惡意）等情緒既在內心猛烈翻騰，又感到無法發洩出來，只好「咬牙強行隱忍」──這或是出於體力虛弱和精神懦弱，或是出於自己害怕和畏懼自己的情緒所針對的對象。（舍勒：〈道德建構中的怨恨〉，《舍勒選集》上卷，上海：三聯書店，1996年，404頁。）

現在，這種針對所有人的怨恨已經深深地主宰了如史伯伯，最後怨恨的對象也擴展到了如史伯伯自己，對自己年老力衰的自怨自艾。當怨恨發展到這一步的時候，窮愁就已經在潛意識中勾帶出了「死」的主題。「死」從怨恨中獻身，來到了窮愁的面前，窮愁彷彿一下子看到了自己的本質，就如同傳說中那個不能見到自己面容的仙女，她不能看到自己的面容，現在，窮愁也是如此，窮愁者不能看到自己在窮愁中的真正面目，一旦看清了自己的真正面目，它便離「死」很近了。窮愁中綻放著死亡的花朵，它勾引著窮愁者，一旦窮愁者看見了這花朵，他便無處掩藏自己窮愁的面目了。

　　當窮愁在死中看到自己的真面目時，主體會一下墜入自暴自棄之中，他放棄了對窮愁的抵抗，這個時候窮愁變得可以接受了，就如同你有剛剛開始擁有一面破碎的鏡子時，會想像著進一步得到一面完好的鏡子，但是當你經過無窮無盡的對完好鏡子的想像，以及努力得到一面好鏡子的努力一次次失敗之後，你放棄了對好鏡子的追求，這個時候原來那面破鏡子被你接受了，你發現這鏡子也是可以用的。

　　這個時候你欣享了窮愁，在窮愁中安居了下來，窮愁不再逼迫著你，而是支撐著你。

二、悔恨

悔恨是一種模棱兩可的處世傾向，它介於羞愧和懺悔之間。

羞愧是輕度的處世症候，在者對先前的言和行感到懊悔，認為自己言行失當或者失誤，但是這失當或者失誤並不嚴重，對在者心理並未造成嚴重後果，在者只是輕微地感覺到自己的不適、不安，但是，他並不渴望彌補自己的失當或者失誤，而是希望這言和行已經過去，他遠遠地逃開了，他不願意再次見到那個讓他失當或者失誤的情景。

而懺悔則是嚴重的處世症候，在者為自己的言和行感到極端地愧疚，他認為自己犯下了不可饒恕的罪過，為此在者承受了重大的煎熬，他希望有機會彌補自己的過錯，為了擺脫這種處世狀態，他不僅嘗試在身體實踐層面改善自己的言行，以便和過錯劃清界限，同時他也試圖透過身體實踐，對自己進行清洗，以使自己得到更生——在懺悔者看來，實踐層面的過錯是因為虛踐層面的骯髒和污穢，而要洗卻物質層面的過錯，他就得在虛踐上完成一次更生，成為身體虛踐上的聖潔、清潔者，因此虛踐對他來說非常重要，在上者對著身言說，那身領略了在上者的言語，感到了自己的卑污，他成了一個良知者：懺悔就是在這種情形下發生的——它是身重要在虛踐狀態和行為。

但是，悔恨就不同了。如果說，羞愧和懺悔都有虛踐更生和甦醒的成份在的話，那麼悔恨可能完全是出於事功的目的。一個剛剛惡毒地咒罵了妻子的丈夫；如果他對此感到羞愧，他可能會有好一會兒不好意思面對他的妻子，他可能在一段事件內盡可能地回避和妻子的見面，之後，他會在心裏暗暗地發誓，以後再也不這樣對待妻子了；如果他為此而懺悔，那麼他一定是深刻地認識到了在此一事件上他的過錯的嚴重性，他會為此深受不安的折磨，他不僅會嚴正地告誡自己：以後不得再犯，而且會直接面對自己的妻子，乞求他的原諒。但是，如果這個丈夫僅僅是感到悔恨的話，那麼，我們就要小心對待了，這悔恨可能從兩個方向上發生，一是這個丈夫可能會覺得他剛剛的咒罵還不夠，他為剛才沒有更嚴厲地詛咒自己的妻子而後悔，二是這個丈夫認識到自己剛剛的詛咒是不對的，他為自己對妻子的冷酷無情而悔愧。因此，我們說，悔恨是模棱兩可的感情，在取向上它具有雙重性。

　　羞愧是直覺層面的懊悔。懺悔是理性層面的懊悔。悔恨則是感性層面的懊悔。

　　羞愧是出於直覺，這個時候虛踐尚未發生作用，但是在者已經透過直覺感受到自己的失當，他為此產生了不自覺的懊惱、害羞等感覺，它是人的軀體直覺、感覺本能作用的結果；懺悔則是在者在身體虛踐層面上達到的一種認識，是一種明確的贖罪意識、乞求寬恕的意識，它是出於在者的理性思考，是自覺的承擔

自己的言和行的後果，並對此後果感到痛心的在者在理性思考和情感洗煉後產生的虛踐，它是良知作用的結果；而悔恨則不是，他是依然停留在感覺層面的對自己的言和行感到懊悔、懊惱、憤恨。

悔恨不涉及價值判斷，一個殺人魔王感到的悔恨可能是殺的人還不夠多，至於殺人是否對，是否在良心上是被許可的，這不在悔恨視角所考慮的範圍之內。項羽自刎烏江之際，感到的既不是羞愧，也不是懺悔，而是悔恨，他之「無顏見江東父老」，不是出於對江東父老的羞愧，項羽怎麼會害羞呢？成千上萬的江東子弟戰死疆場，對項羽來說並沒有什麼值得他愧疚的，只要他的霸業是成功的，他不會因為江東子弟的死亡而害羞；他無顏見江東父老，不是對那些亡魂的羞愧，而是出於自己成了喪家之犬，他為自己的命運感到悔恨，具體來說，他是悔恨自己當初沒有殺了劉邦，為此他憾恨難平。

因此，羞愧和懺悔都是指向自我提升的，在者經過上述兩種狀態在身體實踐和虛踐都會得到洗煉，而在悔恨中，在者是向下墜落的，在者並未在這種處世狀態中得到提升，相反，在者沉淪在對失敗的反覆體驗中，並把這種體驗絕對化。他把過失歸之於自己，這一點，悔恨者和羞愧者、懺悔者是一致的，但是，後者是理性反思以及良心發現，在後者，在者透過自我的善良直覺以及智識理念，經過負疚感的洗煉，而讓自己在感覺和理智上，找到了那個失誤的自我，對那個自我發出了發自肺腑的勸戒和警告，在上述過程中，負疚感發展為積極的預防。而在悔恨者那

裏，悔恨的來源不在理性反思、良心發現等主觀因素，而是在者作為主觀在客觀事態面前的慘敗，客觀事態教訓了他，雖然他把失敗歸咎於自己，但是他並不認為這失敗是源於自己的根本性欠缺，比如精神境界的欠缺、道德境界的欠缺等等，相反，他認為這失敗只是因為他的偶然失誤，不僅不涉及他作為在者的根本性問題，而且可能還是別人欠缺的結果。

從表面上看，悔恨者都有自我歸咎的傾向，但是，在這自我歸咎的傾向之下掩藏著的，常常是歸咎於他人，遷怒於他人的衝動。這種情形在懊悔和懺悔中極為少見，尤其是在懺悔中，在者絕對不會遷怒於他人，相反他把所有的責任都歸咎於自己。因此悔恨者有透過表面的歸咎於自我，而實際上遷怒於他人的傾向。就此，悔恨之不可能把人導向提升，就可以想而知了。[2]

悔恨者是這樣一些人，他們艱難地奮鬥著，有的時候這奮鬥甚至是血肉橫飛的搏鬥，他們向著目標挺進，但是現在他們發現自己目標已經在追求的過程中和她們失之交臂，本來這目標已經唾手可得，但因為他們的大意或者小小的過失，他們讓目標從身邊錯過了，就如同一個旅人，他奮力地想著目的地飛奔，但是當

---

[2]　在中國思想背景中，懺悔是極少的，那種以赤裸裸的靈魂直面超越者、在上者，在超越者和在上者的俯視中感覺自己的卑微與渺小，把自己靈魂深處的小榨出來，拷問靈魂深處的卑污，進而又拷問出靈魂深處的潔白的人，在中國沒有宗教背景的文化氛圍中，是極為少見的。在中國的非宗教的世俗背景中，比之於宗教背景下人們普遍感受到的懺悔，中國人取而代之以悔恨。

人精疲力竭不得不停下來休息的時候，向路邊的人一打聽，突然發現，那目的地原來不是在前方，而在他身後很遠的地方，他已經遠遠地越過了目的地，多跑了無數的冤枉路。現在的問題是，他是否還有力氣沿著來路返回去，如果他還有力氣返回去，那麼他可能僅僅是感到一些懊悔，如果他的確已經精疲力竭，再也無力返回，甚至他只能死於這窮途，倒於這荒路了，他可能會感到深深地悔恨——在懊悔上加上了無以復加的痛心。

痛是因為他失去了目標，悔是因為那他得著目標的機會再也不會有了，兩者相加產生了對自己的恨，這就是悔恨的了。

悔恨與仇恨、怨恨不一樣，仇恨的對象是指向他人的，仇恨可以導致復仇，恨者透過打擊或消滅被仇恨的對象來減除自己的仇恨，消解自己的痛苦；怨恨針對的也是他人，在者可以透過腹誹、詛咒等進行心理宣洩，怨恨的對象不像仇恨的對象，怨恨的對象一般不是仇敵，相反大多數是親人一類，何以如此怨恨情緒的產生，往往同在者過高的期望有關，對提對親近的人產生了較高的要求，但是這要求卻沒有受到重視，更沒有被滿足，這時在者產生了強烈的失落情緒。問題的核心是在於在者認為自己在對象身上投入得已經很多了，而對象的彙報卻是極端的不對稱，這時怨恨便產生了，一般說來，怨恨之情不大會導致復仇行動，大多數情況下在者會進一步積極地投入，試圖用不斷地追加投入來獲取對象對他的重視與回報，這樣當對象猛然醒悟過來，對在者給予回報的時候，怨恨也就消失了。

但是悔恨則不同，悔恨的對象是自我，自我把自我當成敵人來恨，自我分裂成了「兩個人」，一個是「被恨的」，一個是「施恨的」的，在者因此而承受著自我分裂的痛苦。

因此，悔恨的痛苦是非常可怕的：「施恨的」自我是痛苦的，含恨的痛苦已經刻骨銘心了，「被恨的」自我也是痛苦的，他被恨著，體驗著被痛恨，被鄙視的苦楚。「施恨的」自我的苦痛是無處發洩的，因為他無法復仇，那被恨的就是他自己；「被恨的」自我的痛苦也是無法消除的，因為他無法逃離這恨，因為這恨者就是他自己。這無法宣洩的含恨之情，這無法逃避的被恨的痛苦在在者的內心衝撞著，無處鬆懈，它越積越厚，直到最終爆發。

這爆發常常和自瘧聯繫在一起。我們已經看到，悔恨是一件可怕的事件，而且它從偶然性（失誤，原本可以避免的行為開始），但卻最終走向了必然性，它恒定在了在者的心中，被固化了，成了在者自我認識的圖式。

三、陶醉

陶醉是一種身體虛踐狀態，在者堅持於對自己的滿意體驗，並把該滿意體驗發展為持恒狀態。陶醉是一種無法克制的喜悅，一種自我擁吻。首先，陶醉虛踐是針對自我的，是身體反諸於自身的一種虛踐，它是自我對自我的「處世」，它的實質是自我接

受和認可、高估；二是對上述自我接受和認可、高估等虛踐的反覆咀嚼，因而陶醉是一種被反覆咀嚼之後，經過強化的自我領受，它是又是上述虛踐之再虛踐；三是自我誘導，陶醉伴隨著消極和積極兩種意向，從積極的方面說，陶醉完成了自我循環，它是對外界評價的漠視和抵抗，從消極方面說，陶醉使自我內斂，自我內斂的結果是自我更加封閉，變得越來越傾向於退守於虛踐。

近代關於陶醉的研究堪稱寥寥。原因是陶醉作為一種身體虛踐常常被我們看作是消極的，「謙虛使人進步，驕傲使人落後」，中國人總是傾向於自我低估，而對自我高估者的評價非常低。也因此，中國人幾乎少有多少陶醉體驗的。

陶醉是一種沒有明確前因後果的身體虛踐，但它是主動的虛踐驗。它的出發點：在者自覺高人一籌；但是，也可能這種出發點是虛無的，因為在者很可能僅僅只是出於自我高估，他看到的是那個虛假的自我，並非真實的自我，他可能是被那個虛假的自我蒙蔽了。他看到的只是那個自我的令人眩惑的外表，或者壓根兒就只是一個幻覺，但是，某種自我感覺卻立即建立了起來，它牢牢地捕獲了那些基礎，並且立即用剛剛建立起來的自我感覺夯實了那個基礎。

因此，陶醉作為一種自我陶醉——指向自身的虛踐，它具有某種循環的力量。陶醉虛踐在其發生之際可能並不那麼踏實，它的基礎可能是虛幻的，在者自我造境的結果，但是，經過陶醉的沖洗，那種基礎立即變得硬實了，在陶醉後的在者意識中，它們

變得確鑿無疑，一種自我暈醉的狀態令陶醉成了陶醉的基礎。或者說，陶醉為自己準備了基礎。因此，我們會看到，陶醉和身體實踐意義上的成功完全不是一回事，有的時候，那些真正的成功人士反而沒有陶醉感，而那些並不怎麼有成就的凡人，卻往往生活在自我陶醉之中。

原因是，陶醉除了自我陶醉以外，幾乎沒有什麼固然的基礎。陶醉不是某種誘因、某種事件的必然結果，可能它發生在某個事件之後，但是作為心理狀態，它和那個事件的結果，比如「成功」，不是一回事，成功並不必然地導致「陶醉」，「成功」在許多時候也可能導致「失落」，一個父親成功地把兒子撫養成人，兒子大學畢業走上社會的那一天，「父親」在撫養兒子這件事情上可能成功了，但是，兒子的獨立，作為一個成功事件給父親帶來的可能並不是陶醉，而是「失落」。

陶醉的最主要的出發點是自我認同。自我認同自我的標準，並用這個標準來衡量自我，把自我感受為某種成就，進而將自我和成就等同起來。一方面是把成就歸結為自我的努力，另一方面是用自我來衡量成就，認同自我為成就，在這個雙向的過程中，陶醉漸漸地來臨，並且變得越來越強烈，它把自我完全建在了這種虛踐之上——它給了自我一個基礎，自我作為心理事實得到了鞏固，變得堅強了。這樣，自我不再容易受到外界評價的襲擾，自我變得越來越傾向於接受自我作為評價尺度——自我肯定占了上風。

因此，陶醉總是某種自我主義的結果。重要的是這種自我主

義，不是建立在外界的基礎上的，而是建立在它本身之上。自我就此完成了自我奠基、自我造就。也就是說，陶醉的自我主義是建立在對他人的視而不見之上的，自我只是把自己和自己的和解關係作為虛踐的基礎，把自我封閉在身體的疆域之內，而不是把這種基礎建立在自我與他人的比較之上，因此，自我不會把自己投射在社會中，也不會把自我投射在他人中，而是把自我有效地圈定在自我——身體的有限空間之內，陶醉是建立自我的有限空間之內的。

　　陶醉的王國有它必然的疆域：身體之內。這不僅僅是就陶醉是一種身體虛踐而說的，還是就陶醉的本質而說的。陶醉發生在自我的「身體」之內，身體構成了陶醉的疆域，它保護了陶醉，使陶醉在不受干擾的情況下在身體內悠然自得，陶醉充盈了身體，把這個身體變成了陶醉著的身體，同時身體也構成了陶醉的屏障，它使陶醉得以安享陶醉的樂趣——陶醉只有在安享著「陶醉」的時候，才是陶醉。

　　從上述分析，我們會看到，陶醉和狂歡不一樣，狂歡具有外向的功能，在者投射是向著身體之外的，狂歡透過身體把自我作為某種喜悅傳達給世界，而且這種傳達是主動的，而陶醉則相反，它是向內的，它向著身體之內而去，並且把自己限制在身體之內，它不需要他者的旁觀和見證，它不是某種傳達，相反它僅僅只是某種自我虛踐，在者醉心於自我深處，在自我深處把自己安置為自我欣賞者：他處於某種自己看自己的狀態之中。

由於有上述特點，陶醉和某種身體反應緊密地結合著，它是身體性的。首先是放鬆，陶醉把緊張不安的身體從外部的因果世界中拉了回來，身體擺脫了工具狀態，漫無目的的身體陷於臃散之中，從繁忙、勞碌中脫離出來的身體無所事事地閒置著，此刻只有陶醉能夠佔用它；其次是自閉，身體閉上了外在的眼睛，除了安享著陶醉以外，一無所見，這個時候，身體不僅僅是無所為的身體，同時也是無所見的身體，身體在自我的視野中成了一個孤立的事實；最後，這個孤立的事實，已經不再是一個物質體，而是一個心理體，此刻的身體就僅僅是一個體驗，或者說它徹底地虛踐化了。

　　現在，我們可以結論性地說：陶醉不是一種應激反應，而是一種本然的自我狀態；二陶醉是一種身體狀態，只有作為身體狀態的陶醉（臃散、自閉、孤立、心理化）才是真正的陶醉，沒有佔用身體的陶醉不是陶醉。陶醉是陶醉著的身體的處世狀態以及方式。

　　這樣，我們就必須把陶醉和滿足聯繫起來，因為匱乏中的身體不可能停止應激反應，如饑餓的身體，覓食的衝動使身體保持了一種對食物的應激狀態，它不可能本然地來到那個「自我」中，身體不是「自我著的」身體，而是「為他的」的身體，饑餓著的身體只能把自我作為覓食的工具投入到對食物匱乏的克服過程中去；第二，作為身體，它也僅僅是一個饑餓著的身體，它不可能心理化，某種饑餓的感覺時刻提醒著它，要它緊張起來，

它的眼睛將用於搜尋食物，它的手將用於採集果實，這時候身體是作為物理事實被感知的，它被看成是某種可上手性；第三，匱乏，哪怕是輕度的缺乏、缺少都會導致緊張感，而陶醉則絕對不可能是緊張的，它必須是鬆弛的，心滿意足的，匱乏不可能給陶醉以必要的虛踐基礎。

從「滿足」出發，經過心理上的「適意」、「自滿」到「陶醉」。

「滿足著」的我，墮入無所事事之中，無所事事的我，身體被「適意」充滿了，這個時候，某個小小的成功、某個輕微的誇獎，或者乾脆，僅僅是自我對自我正處於其中的「適意」的反覆咀嚼，便構成了陶醉。

陶醉基於無所欲求、無所事事，必然伴隨著身體上的適意感，這種身體上的適意感進一步發展，發展成對自我的完全肯定，自我毫無反對地接受了自我的現狀，對自我的處境感到滿足，這個時候自滿便產生了，這個自滿不僅來自身體對物質世界的欲求感的減滅，而且更表現為自我對當下處境的完全肯定。

物質上滿足著的自我，透過身體的「適意」，進入了「自滿」的階段，這種自滿被反覆咀嚼和把捉，最後發展成「陶醉」——陶醉是自我對身體的適意和精神的自滿進行反覆體驗，進而將之凝固為自我之持久處世狀態的結果。

物質豐足可以導致身體上的適意，當這種身體上的適意是沒有方向的，比如不是因為剛剛吃過的美味，也不是因為剛剛曬過

的太陽，而是全身的無處不在的適意的時候，常常這種身體的適意便會轉化為愜意虛踐，長久的愜意加上反覆的對自身愜意感的領受，是陶醉的必要前提。

但是，正如前文我們已經說過的，「陶醉」是陶醉著「陶醉」自身的，因而，身體的愜意感以及對愜意感的領受，是陶醉的前提，但是並不是陶醉本身，陶醉的到來本然地包含著存在對自身可以安適於世界的本體性領悟。存在把捉到了存在與世界之間的同一關係，存在把自己安適與世界之中，並且欣享了這種安適。因此，陶醉是存在在世界內的安妥狀態——黑色陶醉。

因此，從本質上說，陶醉是在者的存在安適於世界內，「無所作為」的狀態。如果在者又一次投入到對某個目標的追求之中，為了那個目標而奮鬥，那麼，陶醉也就結束了。關於這種無所作為的陶醉，米蘭‧昆得拉在寫到湯瑪斯面對「編輯」、「兒子」要他為政治犯們簽名，呼籲釋放政治犯的時候，這樣寫道：

> 為什麼竟然去想什麼簽還是不簽？他的一切決定都只有一個準則：就是不能做任何傷害她的事。湯瑪斯救不了政治犯，但能使特麗莎幸福。他甚至並不能真正做到那一點。但如果他在請願書上簽名，可以確信，密探們會更多去光顧她，她的手就會顫抖得更加厲害。
>
> 「把一隻半死的烏鴉從地裏挖出來，比交給主席的請願書重要得多。」他說。

他知道，他的話是不能被理解的，但能使他玩味無窮。他感到一種突如起來、毫無預料的陶醉之感向他襲來。當年他嚴肅地向妻子宣佈再不希望見到她和兒子時，就有這種相同的黑色陶醉。他送掉那封意味著斷送自己醫學事業的文章時，就有這種相同的黑色陶醉。他不能肯定自己是否做對了，但能肯定他做了自己願意做的事。

「對不起，」他說，「我不簽名。」

這種「黑色陶醉」和拒絕對當下的情況作出積極的攻擊性的選擇有關，在者退入退守、回避、保全之中，在者不是因為成功、適意、滿足而獲得陶醉體驗，而是相反，在者因為擺脫（了揪人的苦惱）、去除（了兩難的選擇）、回避（以不作為代替作為）等等而陶醉，在者回避了選擇的煩惱、追求的辛勞、承擔的苦痛，在者在不追求、不選擇、不承擔中體驗到一種自我迷醉。

四、孤獨

退場的基本命題是「孤獨」；退場的反面是出場，出場的基本命題是「交往」。

出場的涵義是，個體將自己投入群體之中，成為類中的一分子，進而作為這類中的一分子而存在；因而出場的過程同時也是

一個不斷消磨自己的個體性，獲得群體性的過程；個體的個性需求讓位給群體的類需求，個體的自我規約讓位給群體的群體性規約，群體生存的目的受到尊重，而個體生存的常常下降為手段。

個體在這個過程中由自由自主的自律在者下降為受外在規約控制的他律在者，由自為的目的論在者下降為為他的義務論客體。它被類徵用為手段，而不再是目的本身：類的存在不可能將自身內部的每一個分子都視為目的，這將導致類的分裂，類只能將類的自我存在視為惟一目的，在這個過程中它徵用了它內部各分子的目的性，將它們綜合為一個統一的目的性──類的存在和繁衍。個體在這樣的處境中被看成是一個佔有了軀體的「身分」──身分表明個體在群體中的位置。

而退場，則是這樣一種行為，它讓個體自我從類的目的性中脫離出來，成為一個自在者，它自己充當自己的目的，自己充當自己的手段，個體的手段性和目的性就這樣統一了起來。在這種情形下，我們可以看到，一個單獨的軀體──其內部是如何地既統一了目的，又統一了手段，成為一個具有意志的身體──「身體」表明個體作為孤獨者所具有的為我論的本質，它崇尚身體的自我保全本能，立足於身體的快感結構，它是感覺也是意志，但這些都是指向自我的。這種退場的境界，我們可以用一個詞──孤獨──來表明。

就對孤獨之境界的理解而言，人類歷史上恐怕沒有誰能超越梭羅，這個孤獨的偉大實踐者和研究者，他說：

我從不覺得寂寞，也一點兒不受寂寞之感的壓迫，只有一次，在我進了森林數星期後，我懷疑了一個小時，不知寧靜而健康的生活是否應當有些近鄰，獨處似乎不很愉快。同時，我卻覺得我的情緒有些失常了，但，我似乎也預知我會恢復到正常的。當這些思想佔據我的時候，溫和的雨絲飄灑下來，我突然感到能跟大自然做伴是如此甜蜜如此受惠，就在這滴答滴答的雨聲中，我屋子周圍的每一個聲音和景象都有著無窮無盡無邊際的友愛，一下子這個支持我的氣氛把我想像中的有鄰居方便一點的思潮壓下去了。從此之後，我就沒有再想到過鄰居這回事。

常人總是受不了獨處的寂寞，以為與他人結伴會少一些恐懼，會方便一點，但是，梭羅卻不這麼認為，他知道：

到國外去廁身於人群中，大概會比獨處室內，格外寂寞。一個在思想著在工作著的人總是單獨的，讓他愛在哪兒就在哪兒吧，寂寞不能以一個人離開他的同伴的裏數來計算。真正勤學的學生，在劍橋學院最擁擠的蜂房內，寂寞得像沙漠上的一個托缽僧一樣。

梭羅說：「我愛孤獨，沒有碰到比寂寞更好的同伴了。」他說：「上帝是孤獨的，——可是魔鬼就絕不孤獨；他看到許多火

爆；他是要結成幫的。我並不比一張豆葉，一枝酢醬草，或一隻麻蠅，一隻大黃蜂更孤獨。」為什麼梭羅能忍受這孤獨呢？因為他找到了「人」在這個世界上居住的最好的伴侶——自然，「我在我的房屋中有許多伴侶……讓我來舉幾個比喻，或能傳達出我的某些狀況。我並不比湖中高聲大笑的潛水鳥更孤獨，我並不比瓦爾登湖更寂寞。我倒要問問這孤獨的湖有誰作伴」？

梭羅的語言給了我們一個另外的關於孤獨的啟示：孤獨有助於我們親近自然。人本是自然之子，但是在文明的發展過程中，人卻忘記了自己所從何來，他孤立地高居於大自然之上，不屑與大自然為親，而孤獨則讓我們重新親近大自然，感受到大自然的恩惠。「大自然的不可描繪的純潔和恩惠，他們永遠提供這麼多的康健，這麼多的歡樂！對我們人類這樣地同情……難道我不該與土地息息相通嗎？我自己不也是一部分綠葉與青菜的泥土嗎？」

這個時候，個體是孤獨的，它用它的「個性」反對「類」，一切剝奪它的個性的舉動都會被它視為敵對行為，它的惟一的目的是保全自己的身體——身體的存在及其個性。這個體的保全不僅僅意味著將軀體的活動性延續下去，還意味著將身體的個體性保全下去，它是不同的、單獨的。它甚至是孤立的，但是，這不要緊，因為它有一個更響亮的名字——個性。它保全它自己的時候，是將自己作為一個獨特的世界看待的；它認識到外在於它的世界是異己的，它完完全全地學會了將自己和那異己的世界分割

開來，它感到了和異己世界的格格不入。[3]

這就是它最大的孤獨，存在被安置於沒有他者的地方，它自我放逐了，它將自己從人群中放逐出來，從類的懷抱中它自我脫離了，它自己守護自己。

它將自己的關在了「自我」裏，它找到了存在的家園──「自我」，然後它將這家的門扉關上了，它就這樣自己做了自己的主人，但是這家裏除了「自我」其實什麼都沒有。這也是個體在這個世界存在的最根本的景象──「自我」是存在的惟一的財產。為保有這財產，它必須時刻警惕，時刻提防著門外的「非我」對「自我」的可能入侵。

也正是從這個方面，我們說，孤獨做為一種存在論上的境界本體地擁有抵抗的意味。別爾嘉耶夫在他的精神自傳《認識自我》[4]中說：「正是在社會中，在與人們的交往中我感到了最大的孤獨……所有的社會結構都是與『我』（『自我』）異己的和疏遠的。」「我經常為『我』與『非我之間的不協調感到苦惱，我自己根本的不和諧性苦惱……孤獨是與不願意接受世界現實相聯繫的。這種不願意接受，這種矛盾大概是『我』來到世上時的第一聲形而上學的叫喊。」仔細揣摩別爾嘉耶夫的這段話，我

---

[3] 關於孤獨可能沒有誰的論述比梭羅更好了。他在《瓦爾登湖》中寫道：「我已經發現了，無論兩條腿怎樣努力也不能使兩顆心更形接近。」見《瓦爾登湖》之〈寂寞〉章，上海譯文出版社，1997年。

[4] 別爾嘉耶夫：《認識自我》，廣西師範大學出版社，2001年，第37、51頁。

們會覺得他的論述具有非常深刻的意味。[5]孤獨的這種抵抗的意味，在更深的層面上還表明孤獨是一場捍衛自由的戰鬥，別爾嘉耶夫也意識到了這一點，他說：「我對所有的家族生活，所有與家庭自發力量相聯繫的東西都是厭惡的，這可以用我對自由的非理性的愛和對個性原則的愛來解釋，這是形而上學上最大的『我的』。對我來說，『族』一直是自由的敵人和反對者，『族』是必然性結構，而不是自由。因此，為自由而鬥爭就是反對『族』凌駕於人之上的權力的鬥爭。」

當然，別爾嘉耶夫沒有對自由作出認真的區分，作為沉默和退場之「孤獨」只能保證人的內部自由——也即運用自己的理智不受外界干擾獨立作出判斷的精神自由，而不能保證外部自由——也即不受強力左右按照自己的意志行動的自由。

《生命不能承受之輕》中寫了湯瑪斯的另一次退場和沉默。當「編輯」拿著呼籲當局釋放政治犯的聯名信，要求湯瑪斯簽字

---

[5] 事實上，別爾嘉耶夫還有更為精彩的議論。他說：「我在這個世界上一直沒感到自己是完全屬於誰，或屬於什麼。我雖然參與這個世界，但就像是一個遠方來客或一個局外人一樣，和什麼也不能融合，任何時候我也感受不到融合所產生的高興和狂喜，……但我卻多次體驗斷裂和造反所造成的狂喜。……我完全不知道和集體打成一片，不是存在而是自由使我進入狂喜狀態。……任何東西也不能克服我的孤獨，這種孤獨有時令我很痛苦，有時另我高興，好像從異己的世界回到了親切的世界似的。這個親切的世界不是我自己，我是在我之中的世界，作出這樣的黎明是不輕鬆的，要知道我對自己也是異己的，令人厭惡的、可憎的，但是，比我自身更接近於我的東西還是在我之中。這是生命最奧秘的方面。對此，奧古斯都、巴斯卡爾有所觸及。」（《認識自我》，第39頁）

的時候，湯瑪斯面臨簽字還是不簽的選擇。

　　萬馬齊喑的時代大聲疾呼是對的嗎？是的。從另一方面講，為什麼報紙提供這麼多篇幅對請願書大做文章呢？新聞界（全部由國家操縱）畢竟可以保持沉默，沒有比這更明智的了。他們把請願書大肆張揚，請願書隨即被統治者玩於股掌之中！真是天賜神物，為一場新的迫害提供了極好的開端和辯解詞。

　　那麼他該怎麼辦？簽還是不簽？

　　用另一種方式提出問題就是：是大叫大喊以加速滅亡呢，還是保持沉默以延緩死期呢？哪個更好？

　　這些問題還有其他答案嗎？

　　他又一次回到了我們已經知道的思索：人類生命只有一次，我們不能測定我們的決策孰好孰壞，原因就是在一個給定點情景中，我們只能做一個決定。我們沒有被賜予第二次、第三次或第四次生命來比較各種各樣的決斷。

　　……

　　……歷史和個人生命一樣，輕得不能承受，輕若鴻毛，輕如塵埃，捲入了太空，它是明天不復存在的任何東西。

　　生命只有一次，只有在生命保全的情形下，才談得上生命的意義。我的意思是說「生命存在，是生命意義的前提」。如果以

生命為代價尋求出場的意義，那麼顯然這一次性的「出場」就將
生命用完了，這種「用完」是極為殘酷的，甚至你都沒有機會後
悔，你不能說「不！這不算！我要重新來一次」，因為生命的可
能就在這一次中用完了，不會再有第二次了。

　　「身體是義務的義務」。理由非常簡單，「身體是義務得以
成為義務的前提，因而也是最根本的義務。」從這個角度，湯瑪
斯在生和死面前，用退場和沉默，他選擇了「生」。這其實沒有
什麼可以厚非的。當然，這樣的選擇也是有代價的，此後，「編
輯」拒絕和湯瑪斯講話，同時對他敬而遠之，他不得不一而再，
再而三地選擇退場和沉默，一直退到深深的「孤獨」的「自我」
或者「自我的孤獨」中去，事實是不久，他就和特麗莎離開布拉
格，他們去了鄉下，完全陷入了隔絕之中。

　　對於這次「沉默」和「退場」，實際上湯瑪斯更為本質的
理由是對「非如此不可」的抵抗。當「兒子」勸說湯瑪斯，要他
簽名的時候，湯瑪斯感到了一種在「非如此不可」面前的巨大的
恐懼，他本能地選擇了對這種「非如此不可」的抵抗，他認為在
「編輯」和「兒子」面前的「非如此不可」與在秘密員警面前的
「非如此不可」實際上是一回事，都是自由的喪失，而他正是不
能忍受這一點。

　　所以，他選擇了不簽名，他要用他的「沉默」、「退場」來
表明他對「非如此不可」的反抗，他要自由。然而，「沉默」、
「退場」之作為自由是有限度的，它所作用的只是人的內部自

由。事實是湯瑪斯的「沉默」、「退場」只是表明他可以形式地擁有「依據用自己的獨立判斷來行事」的自由。的確，處於深深的外部禁錮之中的湯瑪斯，這個時候對自由的進一步喪失非常敏感；他知道在秘密員警的監視之下，在告密、監控、逮捕的陰影之下，他已經喪失了外部自由。這個時候，他惟一留下的是「沉默」和「退場」的自由，員警可以剝奪他「說」的自由、「做」的自由，但是不能剝奪他「不說」、「不做」的自由。然而，「編輯」和「兒子」要求他簽字，讓他覺得「非如此不可」的時候，恰恰是要試圖剝奪他的這一自由，這在他是絕對不能忍受的，即使這種自由的喪失是為了「自由」的目的。

然而，從外部來看，湯瑪斯對這種自由的堅持，是放棄了為自由而戰的責任，因而是反自由的，但是，從內部來看，湯瑪斯正是透過這種「放棄」而保有了內部自由，儘管這種保有是形式上的。──我們也可以責怪湯瑪斯為了這形式上的自由，而放棄了內容的自由，也許我們說為了外部自由而失去內部自由在一定的場合下比為了內部自由而放棄外部自由更勇敢、更可貴。但是，在湯瑪斯，他選擇了「自我」，他認為這種「內部自由」是最重要的，比外部自由更重要，他選擇出國，出國後又回國，回國後又去鄉下，都是出於這個目的，他所有的行動都是出於守護心靈深處的那個自由的「自我」，不讓它被外部的「非我」的、「非人」的世界剝奪。他知道他的自由的「自我」和「非我」的世界是不協和的，他不能用「自我」去適應「非我」，而是相

反，他不斷地從「非我」的世界中退出來，不斷地回到「自我」之中。

第十章

身體倫理學：
倫理奠基於身體之上是否可能？

一、未來的倫理學

　　身體倫理學是理想的概念的，並不要求直接的現實性，它和規範倫理學關注的問題是不一樣的，身體倫理學關注終極合理性，規範倫理學關注技術性也即現實的操作性，因而是具體合目的性關注方式，一個行為是否合乎規範倫理，是有條件的，身體倫理學是沒有前提的，它以自己為前提條件，身體倫理學不直接涉及事實存在（Sosein）的問題，不直接引出實在判斷，它是存在論（Sein）的。當然身體倫理學也建立判斷，但是身體倫理學的判斷是基於終極的身觀念，而不是基於具體的善的觀念，因為不從具體的善的方面把握對象，人作為絕對善的體現而不是作為具體的善的體現，這樣人就不能放在任何具體的為他的意志中加以判斷，不能為一個具體的合目的性所左右。例如，孝道的觀念就是這樣一個具體的合目的性，指向的是「父母」具體的合用，身體倫理學的範圍要求在這方面是和規範倫理學是對立的，它反

對將人降格為具體合目的的形式，對任何形式的外在於個體自身的目的都是反對的。

在實踐倫理學的方面：「善與惡本質上只屬於自我而不屬於世界」；「我是幸福的，或是不幸的，如此而已。我們可以說善惡並不存在。」[1]，尼采也說過同樣的話，「真的，我必須告訴你們永恆的善與惡是不存在的。」[2]這裏存在的是人們對於規範的理解和解釋，因而規範倫理學的判斷是相對的，沒有絕對論的基礎。規範倫理學歸根結底就是對「我」（「我們」）有利（有害）的判斷，從這個角度講，規範倫理學就是經濟學，基於一種利益比較。身體倫理學正是在這樣的方面構成了對於規範倫理學的分置。身體倫理學是對於具體的「我」（利益個體）和具體的「我們」（利益集團）的消解，消解人類內部在利益分置方面的考量。有史以來人類的「我們」（它有各種各樣的變體，如種族、國家、階級……）都是作為利益概念出現的，之所以有「我們」就是因為在「我們」之外有一個「他們」（「它們」），「我們」和「他們」（「它們」）的關係構成了利益衝突：人類與大自然，國家與國家之間，階級與階級之間，一個「集體」和另一個「集體」之間……，人類中的「我」的析出也基於此，「我」是一個調整「集體」（「我們」）和「我」的關係的概

---

[1] L. Wittgenstein: Notesbooks, 1914-1916, ed. by G. E. M.Anscombe, Basil Blackwell, Oxford, 1961.

[2] 《查拉圖斯特拉如是說》。

念，在多數情形之中又總是表現為「我們」對於「我」的壓制。而身體倫理學就是要消解這樣的「我們」、「我」。人類生產力極端低下，人們無法從自然獲得足夠的生活資料，這時人類才作為一個「類」的「我們」（「集團」）出現在大自然的面前，這樣的「我們」體現了人類和自然為敵的基本關係，人和自然無法達成真正的合作，人以壓迫自然的方式面對自然，人是作為和自然對立的利益集團而存在的；同時因為生活資料的缺乏，人類內部處於嚴重的利益衝突之中，因而人類內部也分解為不同的「我們」以固定利益分配模式；「我」的產生也是基於同樣的道理，大多數時候是體現整體存在對個體存在（「我們」對「我」）的限制性的概念。這就產生了規範倫理學對於「我」、「我們」的定位。隨著生產力的提高，人類有可能做到不是與自然為敵而是與自然和諧共處（人類的利益和「自然的利益」一致），人類內部在利益方面也不再依賴利益集團的分置而維持社會的有機體的生存（事實上利益集團的作用在現代成熟自由市場經濟條件下已經削弱了，這是一個預兆）。身體倫理學對規範倫理學的上述「我」、「我們」概念是擱置的。因為這樣的概念導致的是對相對善的認識，而身體倫理學的中心問題是為絕對善立基。

身體倫理學要求的是一種對所有存在者而言都有效的善，而不是對部分存在者而言有效的善，而且這種善永遠是為我論意義上的善，例如，仇殺，殺者的善就是殺，這對於被殺者則是非善，同樣死刑也是這樣一種相對的善。戰爭：對侵略國是善（有

利），對被侵略國則是非善，反侵略戰爭則認為對被侵略國是善，對侵略國是非善。這種同一戰爭，在參與者對方同時具有兩種對立的倫理學屬性的事實，證明實踐倫理學的善是無法在絕對類主體性上得到解釋的。身體倫理學正是在這裏作工作。就此，身體倫理學又是一種未來的理想倫理學，而相對講，規範倫理學則是一種現實的倫理學。

身體倫理學取消了類的自我中心，集團的自我中心，而取一種「萬事萬物的自體中心」，一種貴身論的自中心的善——這個概念是反人的「類中心」（貴人——以人為貴）以及人的社會學的「集群中心」（貴群——以集團為貴）、生命的中心主義（貴生——以有生命之物為貴）的，它包含了對自然「物」的自體中心的承認（貴物——所有自然存在的尊重）。從人類的方面考量，身體倫理學奠基於對人的身體性存在的認識——貴身論思想。古往今來，幾乎一切規範倫理學都包含了一個對人的身心二分法，都在終極的方面可以歸結為靈魂中心主義——依靠靈魂的力量來維持倫理的意義：靈魂管理肉體，人的身心割裂在這裏不可避免。而理論倫理學則不能奠基與此，相反它是對這一劃分的取消，它將自己奠立於原始的身心一體的（身體性根據的）人的基礎之上。

二、身的倫理學意義

　　身體倫理學由個體的根據於身體性的人出發也在終點上回到這個身體性的個人。存在就是身體，離開了身體人就無所謂存在；只有人的身體性存在才是獨一無二的，身體的「此時」和一個「在這裏」緊密地結合著，這個「此時」的「在這裏」意味著相對於他的其他「此時」都只能是「在那裏」，也即一個「在這裏」只能為一個具體的身體性的存在所充實，換言之，一個身體性存在就是一個唯一的「在這裏」，它區別了其他的一切，使其成為「在那裏」，這就是他的獨一無二性。而這一論證是無法放到靈魂概念上去的。「身」不僅僅是一個廣延物，身還是對其自身以及所有廣延物的領受，我們不能用對物的態度來對待身：

（一）身為一個物，廣延實體——它——我將之定義為「軀體」。

（二）身是對自身之廣延的領受——「我」，同時也是對其他一切廣延的領受，這個「一切廣延」也包括其他「身體性廣延」——意識到其他的身體性廣延對其自身也有領受——將那個身體性廣延領受為一個「他」而不僅僅是「它」——我將之定義為「包含了虛踐的身」——身體。

（三）身是統一了「它」、「我」、「他」等豐富內涵的範
　　　疇，將自我置身於社會場域，從而獲得的一種關係性
　　　的身——我將之定義為身分——但是，筆者並不認
　　　為，身分具有為倫理學奠基的意義，也不認為身分是
　　　「身」的某個本根，相反它是純粹的社會派生物，對
　　　身本身來說並不具有本源性意義。

　　從上面三個角度我們來概括「身」的意義為「意識到自己
存在的存在」。身是意義價值的源泉，是世界存在的依據，是超
越的物理對象，因為「身」是因果和歷史本身得以實現的依據，
「身」透過來到世界使世界成為世界，一切「世界」只有在身的
參與中才成其為世界，身賦予世界以意義，就此，我們說「身」
是世界上唯一的「自體」——它是自我建立、自我敞開、自我奠
基、自我賦予的。

　　在這樣的意義上我們說身體具有為世界奠基的價值論基礎，
構成身體倫理學的邏輯起點。身構成身體倫理學的起點。「身」
是一個特殊物，是軀體，但是同時任何一個人都有「身分」，因
而「身」又包含普遍性，身的這種普遍性來源於身對於他者身的
相等地位的體驗，這種體驗基於身的自我體驗，身設定他者的身
正如自己的身一樣。這就產生了身的相互關係——身分關係——
的最基本模式。「身體」則是「軀體和身分的媒介」，它守護著
軀體，檢視著身分，在以下幾個層面上構成了身體倫理學的直接
基礎。

第一，純粹的自我——無規定性的「身體之物」，無論對於「自我的領受」還是「他者的領受」，「身體」在「他的」以及「我的」視界之中首先是一個「物理現象」——軀體，因而，無論從「自我對於『我』的身體的意識」的主觀方面還是從「他者意識」對「我」的身體的意識的客觀方面，「軀體」的樸素性構成了身體倫理學的原始基礎；身體倫理學的主體方面「我」，只有透過軀體來到世界而實現「我」，而一個實現了的「我」才是倫理學的，這就是軀體的身體倫理學含義。質而言之，所謂的「心靈」首先是以同一於軀體的方式出現在倫理學中的。在這樣的奠基中身體倫理學中就沒有「動機」——獨立的心靈的地位；在這個階段絕對的善就是對於軀體的自我保全，一切有利於軀體的自我更新與存在的都是善的，在這裏單個軀體的生理的感覺（快樂作為軀體運作正常的信號；痛苦作為軀體受阻的信號）構成了絕對善的第一個絕對領域。在身體倫理學中軀體本身享有一個絕對的實在：（在身體倫理學思想中）與「偶然」世界的斷定相對立的是關於我的純粹自我和自我的生命的斷定，後者是必然的無可懷疑的，因而在這裏「軀體」的唯我論也是絕對的。

　　第二，「軀體」作為身體倫理學主體意味著就單個主體而言的自為有效性。這裏必然引申出來的問題是：身體作為身體倫理學本體如何能使另一個身體的身體倫理學本體地位也成立？另一個「身」如何對「我」這個「身」也有效，「我」如何將對方不看成是客體——規範倫理學中的超級體（價值的終極評估

者，上帝、聖人、領袖……）或者低級體（被評估者，群眾、大眾……）而看成是另一個與「我」的地位等一的另一個「我」？否則身體倫理學就會像規範倫理學一樣需要依賴一個主體地位的等級制來解決相對善的「善相對於什麼？」的問題。身體倫理學在奠基處必須解決這個問題，也即如何處理「我」（Ego）與「非我」（Alter）之間的關係──「非我」如何獲得「我」的地位。身體倫理學[3]需要「非我」（他）作為「我」來奠基就像需要本原的「我」一樣。其實前文對此已經涉及，「身體」的結構中前提性地包含了「非我」（他者）這樣的結構，自我創造了世界，也創造了自己的對立面「非我」，自我需要一個對立物推動自己的發展，沒有對立面就沒有發展，對倫理的直接體驗需要「非我」的在場和充實。這就使「軀體」上升到「身體」──意識到自己是一個軀體的軀體；這時身體之「我」不僅看到單個身體自身軀體的唯我論，還看到了外在於它的另外的軀體的同樣的唯我論：「我」不僅將之感受為一個異己的軀體（它）同時還將之感受為一個異己的但卻與我等一的「我」──在彼處的那個「它」（軀體）中有一個同樣的「我」籠罩著，這個「我」使那個「它」在我的意識中提升到「他」（從軀體上升到身體）的地位。因而「身體」是作為「我」和「非我」的關係的產物而來到

---

[3] 我的觀點是：倫理學應該奠基在「身體」之上，而不是在「軀體」和「身分」之上。過往的倫理學幾乎都是從「身分」的意義上講的。

世界的，它的為身體倫理學的奠基作用克服了純粹軀體奠基的絕對唯我論，這時產生了一種和絕對唯我論對立的為他論。進而言之：「我」經驗「他人」，他人一方面作為軀體被經驗到，另一方面也作為在他們各自具有的意識中的「我」被經驗到，那些「我」與軀體交織在一起作為心理－物理的客體存在於這個世界之中。換言之，他們同時又作為對這個世界而言的本體性存在被經驗到，這些身體在經驗著這個世界，經驗著我所經驗的同一個世界，並且同時也在經驗著「我」，就像「我」在經驗著他們一樣。「我」意識到我始終處於一種在「他」（作為對象的意識體）之中即在彼處的那個意識中的境地；換言之，彼處存在一個「我思」，「他」是作為「一個意識」出現在「我」之中的，因而「我」是一切「他」、「它」存在的前提，同時「它」和「他」的統一物作為他者的意識體──一個不僅是物的「非我」還是意識體的有意識的「非我」也是「我」存在的前提。質而言之就是，「我」意識到在「非我」的意識中的那個「我」。現在我們可以結論性地說「身體」為身體倫理學的奠基實際正是「在『非我』的意識中的那個『我』」的奠基。「我」對在「非我」的意識中的那個「我」的堅守構成了身體倫理學絕對為他論的基礎。

這個「在『非我』的意識中的那個『我』」儘管以「『我』的意識」為前提，應充分體現「我」的身體倫理學可能性，但是在規範倫理學中它卻常常是非我的並不為「我」所控制，相反它總是為「公共信念」（種族群集公共信念、國家群集公共信念、

融合集團公共信念、誓願集團公共信念）所左右，它讓「我」純粹地活在「身分」的層面上，而不能活在軀體和身體的層面上——本應是「我」的意識變成了「非我」（上帝、聖人、領袖、精英）的意識，並進而導致了一種倫理學強迫症行為——為他論的強迫症，個人在公共信念面前經歷了一種被排斥的恐懼，為了克服這種恐懼只有向「公共信念」臣服，以求歸化到公共生活中，公共信念左右之下——個人的行為並不是無條件地奠基於個人性的選擇之上的，而是在一種無思的習慣模式的左右之下的。這樣公共信念就製造了千篇一律的共同主體。規範倫理學的看法：

1、把個體和個體的關係理解為身分因果關係，只有這樣「我」才能在採取某種架式，滿足他們對我的要求並可能期待某種回報，「滿足他們」成了「我」的先驗前提。

2、把個體和個體的關係理解為身分秩序。只有這樣才能有一個個體在這個社會中的定位——每個人都有一個固定的位置以及這個位置帶來的相關意識，一切合宜的觀點都和這個位置的意識有關，規範倫理學上的合宜是對這個位置的合宜，應而也是不逾越他人對「我」的預期的合宜。

3、靈魂間性，在人的身心二分法的基礎上人與人之間的關係被理解成某種靈魂關係，意識體的接觸只是靈魂驅使的結果，是靈魂關係的產物，意識體必須在靈魂的統攝之下才具有倫理學價值，他人透過（公共信念）對我的靈魂的作用進而表現為對我的意識體的控制。這樣透過

對各種人與人之間的規範性關係的強調實際上取消了個體的存在，進而我們說規範倫理學其實是透過放棄身體倫理學「身」本體地位而將之代換以「共同主體」。

然而身體倫理學是對共同主體的克服，因而身體倫理學是使個人脫離共同主體而成為個人的倫理學。

三、是以身體倫理學在軀體的唯我論之外需要身體的為他論基礎。詹姆士說：我們流淚，所以悲哀，不是悲哀才流淚，情緒是身體的有目的的動作趨向[4]。在這方面漢語言是最富於哲學意味的。所謂的精神上的恐懼只是生理上的「毛骨悚然」的替代性說法，同樣的道理，「怒髮衝冠」與「憤怒」，「熱血沸騰」與「激動」……說明所謂的純心理現象只是生理現象的轉化說法，不存在沒有軀體的靈魂和心理現象，一切都是生理的結果，因而善必須是一種基於軀體的作用，快樂（笑顏逐開）或痛苦（芒刺在背）是一種軀體判斷，也是軀體道德行為的驅力。這是「身體」概念中「軀體」的身體倫理學含義。同時「我在我的肉體中，並且作為我的肉體發現我處在一個交互主體地共有的世界之中。」[5]也就是說身體中心的倫理學也堅持「在『非我』的意識中的那個『我』」對於倫理學的有效性，但是這是一種真正的堅持，它堅持這個概念的「從我原生」性，將這個概念從公共信

---

[4] 詹姆士：《心理學》第二卷，紐約，1890，第442頁。
[5] 哈貝馬斯：《後形而上學思維》英文版，第92頁。

念中剝離出來，否定了它受到公共信念寄生時的諸種性質（如以人的群集性、集團性否定人的個體性，以人的靈魂性否定人的身體性……），恢復了它的身體意味。總而言之，身體倫理學堅持絕對善必須源出於「身體」，或者說「身體便是絕對善」，進而堅持兩個觀點：其一是個體論的觀點，如果說「社會過程的基本實體是個人」[6]那麼倫理學的基本實體也是個人，其二是反身心二分法的原始地安居於世的身心一體的人的觀點──身體倫理學相信身體內在地包含了對「非我」的領受，包含了這種容受「非我」的倫理學潛能。

長期以來，人類的倫理學史就是不斷遺忘人的身體的歷史，倫理學被當成了對人的身體性的克服之學，人的身體被驅逐了。人類倫理學史的源頭就包含了將身體和心靈分解開來的力量。西方倫理學源頭身心二分法得以正式確立的關鍵人物是蘇格拉底，他將善看作是最高的道德範疇，他教人要認識自己，而這個自己不是指人的身體而是人的「靈魂」，也就是理智。柏拉圖則更進一步，將善不僅看作是道德範疇而且是本體論、認識論的範疇，善是最高理念，所以也是其他理念追求的目的，在他看來世界的本原是精神性的理念，我們的感覺以及我們的感官所接觸的世界是不真實的，精神理性是崇高的，而感覺物質則是卑下的。真正的幸福不在於物質的滿足以及感官的快樂而在於「善」──超脫

---

[6]　弗洛姆：《逃避自由》英文版，1960年。

感官的世界的對於理念世界的沉思（智慧），對於理念的服從與執行（勇敢），對於情慾的克制（節制）。中國倫理學歷史上雖然早期儒家主要講「外務」，如孔子講「君子」、「小人」，但是不講「身心」，就如不講「怪力亂神」。但是到了《大學》、《中庸》的時代儒學便進入了「內觀」，講如何克服身體（「修身」、「養性」）而達到「正心」，身心二分的思想就定型了。此後身心二分的思路一直是中西哲學、倫理學主導思路。在西方，中世紀哲學自然不必說了，近代哲學也是如此，如斯賓諾莎認為思想是真實的，而有限之物是不真實的，思想必須放棄有限之物；再如「我思故我在」的迪卡爾，把思與在直接統一了起來，表面看不是從思推論出在，但是這裏思與在的直接統一其實是把人當成了精神、思維而不首先是廣延實體；在康得那裏自我不是身體，而是「靈魂」、「主體」、「能思維的本質」……；在東方，中國哲學到董仲舒，再到陸王基本上也是如此。在這一脈哲學家看來「真理」、「善」只是屬於心靈的領域，身體離開了心靈就和真理、善無緣。當然在中西方哲學、倫理學史上也有一種將人的身與心同一起來的力量，例如中國先秦的揚朱，古希臘的伊壁鳩魯等，伊壁鳩魯就說過「靈魂是身體的一部分」這樣的話，在西方還有費爾巴哈、謝林、舍勒等的肉身化哲學，有尼采這樣的反道德主義哲學家，但是他們終究是弱勢力量。人的身心割裂已是不爭的倫理學事實，人失去了他的身心同一，倫理學失去了它的基礎。

三、身體倫理學：一個信念

　　身體倫理學的建立就是要恢復身體對於倫理學的奠基。存在就是身體，對於人來說身體性存在是第一位的，任何真正的自我言說必然是以身體性為依據的言說，靈魂的語言已經過多地被「公共信念」玷污和壓抑，今天要對壓抑性公共信念進行拆解，真正地傳達個體性體驗在倫理學中的應有的聲音，依據唯有一個，那就是我們的身體性存在。但是這簡單的真理，卻被迄今為止多數的倫理學家遮蔽了。他們殺死了身心一體的原始地安妥於世的人，建立了人的身心二分法，人的身體以一種匍匐的姿態莫名地承擔著這樣或那樣的骯髒與罪惡，而虛幻的想像的靈魂卻高高在上地站立了起來，被賦予了上帝、群集、集團等等名目，代表了正義、道德、良知。自古希臘以來人類道德的主導原則幾乎都是：愛絕對者（愛絕對主體或超級主體天神、聖人、領袖，遵從他們的意志），愛大全（愛群集、集團，將其意志當成自己的意志），愛（超越於自體的善）而無限地鄙視身體。這些原則看起來似乎絕對高尚，而實際並不如此，因為神、大全、超越之善並不顯身於世界，因而愛的原則最終就只能落實於它們在這個世界的代言人：地上的聖、神。在這裏人的身／心二分法透過神秘的神／人二分法、大全／個體二分法、超越善／自體善二分法的轉化進而發展為現世主義的聖／俗二分法，並在結果上落實為現

實世界的人在主體地位上的（超級主體與一般主體）的等級制度。

　　總的說來：一、傳統道德理念以人的身－心二分法為前提，它導致人的身心割裂，使人無法達成身心的一致和統一，是以心、理性、靈魂來壓抑身、感性、肉體，它是禁欲主義的、非行動的、反身體的、使人的肉體死亡的。尤其在中國，儒家的對於身體的蔑視（「捨身取義」、「殺身成仁」）是一以貫之的，中國歷史的源頭沒有像古希臘的伊壁鳩魯那樣的崇尚身體、感性的反對派倫理學家，又沒有經歷尼采那種非道德主義哲學的衝擊，所以中國的反身體、敵視感性、感官，視肉體為仇寇的道德主義觀念一直延續了幾千年，中國人在長達幾千年的過程中一直受著這些可恥的道德主義者的愚弄和欺騙，以至中華民族看起來似乎是先天就反身體的，不重視身體鍛煉、缺乏戶外體育活動的興趣，對身體的快感持之你比嗤之以鼻──對身體蔑視得太久了，幾千年的結果人們獲得了一種種族上的身體的頹敗形式，傳統的道德理念應該為這種身體素質的普遍虛弱、體力的普遍萎靡，感官、感性的普遍退化負責。二、人的身心二分法發展為大全與個人的二分法導致「大全」對「個人」的奴役。任何一個時代都有它特定的墮落，而我們這個時代在倫理學上的特定墮落絕對不是享樂主義和淫靡作風，而是人們對於個人、個體、個性的蔑視。我們已經到了蔑視個人卻不以為不道德的地步。如果我們承認人道主義的精髓在於對個體的人的自我選擇和決斷的權力的肯定，那麼我們會清楚地發現傳統的公共信念作為道德理念是多麼地反

人道主義，它的目的似乎就是要消滅個體：自由自覺自主的個體，而代之以無個性無決斷的「群眾」，其結果是使無數個體放棄個體自主沒入公共信念之中。身體倫理學奠基於自體就是要在這方面和傳統道德理念對立，它不試圖代替其他個體作出道德判斷，不試圖為其他個體提供一套普遍有效的道德規範，它也不試圖告訴別人道德選擇應該是怎樣的。它將說明的是個體的必然性、合理性以及真正個體和虛假個體之間的區別，呼喚個體自覺自主，呼喚真正的個體道德時代的來臨。

因而身體倫理學是一種反對身心二分法的以身心一體為基礎的新的倫理學：身體中心的倫理學，它呼喚一種嶄新的身體道德。這種道德將依持「人」的感覺而不是依靠神的意志，依靠「人」的自我意識而不是依靠外在的超越主體的威權，堅持身體的人作為唯一的道德主體（道德承擔者）的地位，堅信善就存在於我們的身體性存在之中，它不是超越於身體的「靈魂」的特權，不是「神意」的結果，道德內在於人的身體性存在，沒有超越於身體之外的善。如果人本善，那就是說人作為身體性存在本善。人不僅是身體的人還是個體的人，身體倫理學倫理學的中心基點是人類的道德實體是個人，而且是身體的作為行為主體以及結果的個人。離開了地獄與天堂的懲戒與誘惑，離開了神意以及社會大全，只剩下個體的人，這時道德的出發點就只有立足於自我意識和感覺的道德領受的個體的人。無數的平等的個體的人互相制約的社會關係構成了社會大全的善，因而社會整體的善並不

神秘，它只是指無數個體身體中心的以互相制約為基礎的道德領受，並不需要什麼「聖人」的教化、領袖的威權、上帝的授意，總之並不需要一個絕對主體或超越物（靈魂）作為「善」的源泉。身體倫理學要求建構一個後上帝、後聖人的道德精神、「只有諸神，沒有上帝」的道德主義，強調人在規範倫理學道德教條面前的主體地位，強調個人對於公共信念的否定權和認同權一致，主張個體對公共信念的相對主義領受的合法性，它不是否定道德的共通與共同，但是它更清醒地認識到規範倫理學的歷史相對性，對於規範倫理學的保守性甚至反人道性具有更強烈的主體自覺和更主動的叛逆意識。自體中心的道德是將個體的身體的人的主體地位放在世俗的繼承性道德教條、公共信念的前面，這一點正好和規範倫理學的法則相反。

第一，身體倫理學將人視為自體，一種雙重之實體（Doppelwesen），「我」是作為一個身體出現在倫理關係之中，身體倫理學對於人的靈魂性進行了懸擱。古往今來，對於人的解釋無非有三種，一種是將人作為純粹的自然物，一種是將人作為自然物身體和靈魂的結合，一種是將人看作是純粹的靈魂。現在身體倫理學的方法是將人的本原作如下懸擱：對人的靈魂存而不論，而將人看成是純粹身體。對於身體倫理學視域來說，倫理學主體的生就是身體的誕生，死亡也是身體的死亡，身體是自在本體，身體不存在作為身體倫理學主體的人也就死了，身體倫理學在這裏對人的靈魂存而不論，這就把心靈的靈魂的反思的思

的方面排斥在倫理學視域之外。

第二，身體的感性的自由，肯定人的軀體感受（快樂和痛苦）的倫理學意義，就是對人的感性而不僅僅是人的理性的自由作出了新的承諾。

第三，把人看作個人的觀點意味著「我」對於「我」的責任優先而不是像傳統倫理學那樣把「我」對於「他」的責任視為優先，這是一種提升：將人提升為「個人」。是以身體倫理學中不存在人的非我的目的論的問題，因為單純個體不能作為外在於其自身的合目的性來理解。在實踐倫理學中，首要的媒介就是人的客體化，「他人」被視為「有用」——一種物的特性，在這裏他人的善（實踐倫理學意義上的）是被作為可上手性來理解的，而在身體倫理學中人與人之間的關係不是以人的客體化而是以人的主體化為媒介，人與人之間的關係不是以具體的善來加以規定而是以抽象的終極的善也即無數的「我」是無數的「他」成為主體的前提的意義上來被認識的。我的主體地位是他的主體地位的前提，人的充分的主體化是身體倫理學的媒介，在實踐倫理學中只有主體的物化，對於另一個主體來說成為有用的才是善的，這裏包含著「為他」的目的論，主體不以自身為目的。而在身體倫理學中主體只有充分主體化才能使自己成為對方的主體化的可能性，才是善的，因而首先表現為一種唯我的目的論，自體以自身的自體化為目標。

新銳文叢34　PG1027

新銳文創
INDEPENDENT & UNIQUE

身體政治
——解讀二十世紀中國文學

作　者	葛紅兵
主　編	蔡登山
責任編輯	林泰宏
圖文排版	王思敏
封面設計	秦禎翊

出版策劃	新銳文創
發行人	宋政坤
法律顧問	毛國樑　律師
製作發行	秀威資訊科技股份有限公司
	114 台北市內湖區瑞光路76巷65號1樓
	電話：+886-2-2796-3638　傳真：+886-2-2796-1377
	服務信箱：service@showwe.com.tw
	http://www.showwe.com.tw
郵政劃撥	19563868　戶名：秀威資訊科技股份有限公司
展售門市	國家書店【松江門市】
	104 台北市中山區松江路209號1樓
	電話：+886-2-2518-0207　傳真：+886-2-2518-0778
網路訂購	秀威網路書店：http://www.bodbooks.com.tw
	國家網路書店：http://www.govbooks.com.tw

出版日期	2013年8月　BOD一版
定　價	350元

國家圖書館出版品預行編目

身體政治：解讀二十世紀中國文學 / 葛紅兵著. -- 一版. -
- 臺北市：新銳文創, 2013. 08
　　面； 公分. -- (新銳文叢 ; PG1027)
　BOD版
　ISBN 978-986-5915-88-9 (平裝)

　1. 中國當代文學　2. 文學評論

820.908　　　　　　　　　　　　102012531

讀者回函卡

感謝您購買本書，為提升服務品質，請填妥以下資料，將讀者回函卡直接寄回或傳真本公司，收到您的寶貴意見後，我們會收藏記錄及檢討，謝謝！如您需要了解本公司最新出版書目、購書優惠或企劃活動，歡迎您上網查詢或下載相關資料：http:// www.showwe.com.tw

您購買的書名：_____

出生日期：_____年_____月_____日

學歷：□高中 (含) 以下　　□大專　　□研究所 (含) 以上

職業：□製造業　□金融業　□資訊業　□軍警　□傳播業　□自由業
　　　□服務業　□公務員　□教職　　□學生　□家管　　□其它_____

購書地點：□網路書店　□實體書店　□書展　□郵購　□贈閱　□其他

您從何得知本書的消息？

　□網路書店　□實體書店　□網路搜尋　□電子報　□書訊　□雜誌
　□傳播媒體　□親友推薦　□網站推薦　□部落格　□其他_____

您對本書的評價：（請填代號　1.非常滿意　2.滿意　3.尚可　4.再改進）

　封面設計____　版面編排____　內容____　文／譯筆____　價格____

讀完書後您覺得：

　□很有收穫　□有收穫　□收穫不多　□沒收穫

對我們的建議：_____

_____

_____

_____

11466
台北市內湖區瑞光路 76 巷 65 號 1 樓
秀威資訊科技股份有限公司　　　收
BOD 數位出版事業部

....

（請沿線對折寄回，謝謝！）

姓　　名：_____　年齡：_____　性別：□女　□男

郵遞區號：□□□□□

地　　址：_____

聯絡電話：(日) _____　(夜) _____

E-mail：_____